爸爸陪着你长大

父亲笔下的女儿成长经历

（高中篇）

（2016年9月—2019年8月）

殷雄◎著

新华出版社

图书在版编目（CIP）数据

爸爸陪着你长大：父亲笔下的女儿成长经历. 3, 高中篇 / 殷雄主编；
殷雄著. -- 北京：新华出版社，2020.8
ISBN 978-7-5166-5244-2

Ⅰ.①爸…　Ⅱ.①殷…　Ⅲ.①家庭教育　Ⅳ.①G78

中国版本图书馆CIP数据核字(2020)第129593号

爸爸陪着你长大：父亲笔下的女儿成长经历（小学篇、初中篇、高中篇）

作　　者：殷　雄

责任编辑：贾允河　　　　　　　　**封面设计：**刘宝龙

出版发行：新华出版社
地　　址：北京石景山区京原路8号　　**邮　　编：**100040
网　　址：http://www.xinhuanet.com/publish
经　　销：新华书店、新华出版社天猫旗舰店、京东旗舰店及各大网店
购书热线：010－63077122　　　　**中国新闻书店购书热线：**010－63072012

照　　排：六合方圆
印　　刷：北京文林印务有限公司

成品尺寸：170mm×240mm
印　　张：47　　　　　　　　　　**字　　数：**743千字
版　　次：2020年9月第一版　　　　**印　　次：**2020年9月第一次印刷

书　　号：ISBN 978-7-5166-5244-2
定　　价：148.00元（全三册）

序 一

　　我的同事将两部书稿拿给我看，说是应作者之请，希望我能够写一篇序言。我拿起稿子随手翻阅，初时未觉其异，但越翻越感到惊奇。作者自女儿上小学开始，坚持每周给女儿写一封信，一直写到女儿初中毕业。这个过程，作者在"后记"中有所交代，女儿小学六年期间，他共写了251封信；女儿初中三年期间，他共写了149封信。在女儿从小学到初中的九年时间里，作者共写了400封信，基本上是每周写一封。

　　前不久，网络上传播着美国前总统奥巴马给女儿写的一封信，相当于确立了一种"准则"，对女儿的成长自有其现实价值。几乎与此同时，中央电视台有一个"读家信"的节目，由当代的一些名人阅读历史上一些名人的信件，对现代人来说也自有其历史价值。本书作者并不是一位儿童教育专家，而是一位学者型的企业管理者和能源领域的专家，自身有着丰富的工作阅历和生活积淀。他能够坚持每周给女儿写一封信，虽然这些信的内容用作者自己的话来说是一些"家长里短"，作者的原则是"有话则长，无话则短"，但就他的这份作为父亲的韧劲与坚持，就表明他是另一种意义上的教育专家。他现在还担任着北京大学等多所高校的兼职教授，据说，他的授课深受学生们的好评。从他的这些信里，我能够感觉到他是一位慈爱的父亲；从学生们对他的喜爱，我坚信他是一位合格的教师。

　　前面讲到的不论是奥巴马的信件，还是一些历史名人的家书，只是一封信而已，作者则是400封信。我们固然不能从数量的多少来评价这些信件的价值，但作为一位普通的父亲，他通过写这些普通的信件，实际上是做了一件"不普通"的事情。说其"普通",是因为世上任何一个父亲都爱自己的孩子,都愿意把自己的孩子教育成人,这是天下父母的共性,因此也属"普通";说其"不普通",是作者的坚持与韧劲,是绝大多数"普通"的父亲所做不到的,因此显得其行为"不普通"。正如作者的一位朋友所说,他确实是做了一件"可怕"的事情,"可怕"到大多数普通的父亲们会受到震惊。只有爱心和责任心,才能做到这一点。这些信里所说的事情,确实是一些孩子成长过程中的"家长里短",作者传递给女儿的一些为人处事的原则或信念,却有其独到之处。比如,作者一直教育女儿要做一个"大气、大度、大方"的人,而且在不同的场合下告诉女儿什么是"大气、大度、大方";再比如,作者要求女儿"自己的事情自己做",而且也经常提醒女儿哪些事情是她"自己的事情"。从这些生活理念中,我们可以感觉到,作者是希望女儿成为一个能够在社会中正常生活的正常人,而不是有意识地培养成为"精致的利己主义者"。这种价值理念,值得所有的父母加以借鉴。

一些名人给孩子的信件,可以看作是为一架"机器"拧上了螺丝钉。但再好的螺丝钉也有生锈的时候,甚至有失落的时候,这就需要经常进行擦拭,把失落的找回来或者换上一个新的。一封哪怕是再有见地、再起作用的信,总有其局限性;孩子成长的不同阶段所碰到的各种问题,也不是一封信所说的"准则"甚至是"方法"能够一劳永逸地起作用。作者大概也是认识到了这个问题,因此才周复一周、年复一年地反复与女儿进行交流、反复对女儿输入他所认为正确的价值观和生活理念,而且针对女儿在成长过程中的不同阶段碰到的具体问题,及时给予指导。我认为,此书的意义也正在于此,告诉所有的孩子和父母,孩子的成长是一个过程,父母对孩子的关心、爱护和教育也是一个过程。既然是过程,那么就少不了反反复复、絮絮叨叨,而正是这些反反复复的絮絮叨叨,才展现了真挚的父爱,同时更是一种言传身教。

说起言传身教,大多数父母对这个词的含义是清楚的。日常生活中对孩子的教育和影响,都是在不同的言传身教中体现出来的。作者的"可怕"之处,就是把这些言传身教用自己的笔及时而真实地记录下来了,它对孩子而言是一件值得珍藏的礼物,对自己而言是一种值得怀念的记忆,对别人而言更是一个值得借鉴的样品。作者在"后记"中说,自己"所做的事情,无非就是每周随手把这些事情记录下来,如此而已"。正是这种"如此而已"的行为,才是本书内容所具有的价值之外所折射出来的另一种价值。每个孩子在成长的过程中，父母都给予很多的"精神养分"，但随着孩子的成长，这些"精神养分"看不出来了，有些甚至丢失了。本书就是把父母给孩子的"精神养分"以信件的方式完整地保存下来了。假如每一对父母都能像作者这样做，那么孩子们将来看到在他们的成长过程中起过作用的"精神养分"竟是这般地鲜活与生动，他们将会得到一种多么快乐的享受啊！为了孩子的快乐和健康的成长，不正是每一对父母所希望的事情吗？因此，假如父母们读一读这些信件，不仅借鉴作者的育子之道，同时也是分享作者的快乐。"独乐乐，不如众乐乐"，也正是作者将他的这些信件拿出来与其他父母分享的初心吧！不忘初心，方得始终。愿天下所有的孩子能够健康快乐地成长，也愿天下所有的父母在看着孩子成长的过程中得到精神上的享受。

王余光

2017 年 6 月 6 日于北京大学

序　二

　　朋友拿来两部书稿，说是书信集，希望我能够写一篇序。我当主持人 32 年的职业生涯，收到无数观众来信。我怀着一种好奇心拿起书稿翻阅，顿时觉得，这位父亲真是做了一件很不简单的事，从女儿上小学开始，坚持每周给女儿写一封信，一直写到女儿初中毕业，九年时间里共写了 400 封信。我深深为这位爸爸的坚持与耐心所打动。

　　所有的父母都爱自己的孩子，但表达爱的方式各不相同。这位父亲由于工作岗位的特殊性，不能每天回家陪伴女儿，有时甚至一个月才能回家一次。但是，他没有忘记做父亲的角色，在无法经常与女儿当面交流的情况下，以这种每周写一封信的特殊方式与女儿进行交流。某个周末，抽出一个小时给女儿写一封信，似乎并不是件难事。但是坚持九年每周写一封信，这就是一件了不起的事情了。只有爱和责任，才能做到这一点。从这个角度来看，这位父亲是合格的。

　　作者是一位企业管理者和能源领域的专家，又是北京大学等多所高校的兼职教授，而且在古典诗词领域耕耘多年，创作了许多好的作品。他给女儿写的这些信件，内容具体，文风平实，对许多生活理念娓娓道来，不厌其烦。应该说，他把专家的严谨、诗人的浪漫与家长的责任心融为一体。这一封封的信，虽然不是优美的散文，也不是严谨的科学论文，更没有诗词的飘逸，但它们把父亲对女儿的爱鲜活地呈现在了读者面前。我相信，将来女儿长大了，最大的幸福莫过于父亲用这种特有的方式，对自己所表达过的爱。

　　这些信件中，父亲反复对女儿表达着他的人生观，比如希望女儿成为一个"大气、大度、大方"的人，养成"自己的事情自己做"的好习惯等等。我觉得，这些理念值得每位家长借鉴，这便是我向大家推荐本书的主要目的。衷心地希望，作者的女儿在父亲这些信件的鼓舞下，能够健康快乐地成长，因为只有女儿的快乐成长，才是对父亲的最好回报！

鞠萍

2017 年 5 月 28 日于中央电视台

序 曲

少年游·祝贺女儿金榜题名

（2019 年 7 月 21 日）

　　今天，女儿收到了她所心仪的大学和专业的录取通知书，这真是一件大喜事。高中三年中的紧张、焦虑，现在都随着这一纸通知书而烟消云散了。遂填词记怀。

数年勤苦沐春风，
好梦已成真。
双亲牵挂，孤身焦虑，
鸿雁送佳音。

时光流逝人增寿，
曲谱应常新。
吉他弦中，钢琴键上，
山水互为邻。

目 录
CONTENTS

高二年级

欲展经纶多使劲，如逢忧患应当先

高三年级

一年好景秋常忆，两代征程路正连

高一年级
陶冶情操才有梦，钻研功课勿伤身

高中并不是初中的简单重复

（2016 年 9 月 1 日）

宝贝儿，从今天开始，你就是一名高中学生了。爸爸这几天翻看以前给你的信，翻到你上初中的第一天，爸爸详细记录了那天晚上参加你们学校组织的开学典礼的情景。如果在你上高中第一天，爸爸有机会参加你们的开学典礼，那该有多好啊！不过也不要紧，生活中的每一天都不会是前一天的简单重复，高中更不是初中的简单重复，都会有新鲜的内容，无论是你，还是爸爸，都不可能经历每一天所有的"热闹"。许多事情，我们用脑子去想、用心去感受，在以后的岁月中再去回味那些经历和感触，也是一件极有意思和意义的事情。爸爸翻到 2013 年 9 月 21 日给你的信中有这么一句话："也许等你长大了，这个笼子就自然打开了，那时爸爸也就解放了，特别是精神上解放了。"实际上，女儿在爸爸心目中永远长不大，永远是个孩子。从这个意义上来说，爸爸只要没有走完自己的人生旅途，也就没有"解放"的那一天。

如果说，由小学进入初中是量变的话，那么由初中进入高中就是质变了。我们国家实行的是九年制义务教育，你从小学升入初中，是不需要进行考试的，而是就近入学。高中则完全不同了，实行的是一种选拔制度，就是通过严格的考试，按照一定的比例录取。你通过你们学校的初中升高中的直升考和 S 市中考两场考试，经受了挫折，也得到了磨炼。爸爸觉得，这是你的财富，你应该把这笔财富利用好，尽可能让它升值。高中与初中最大的不同，就是要住校，这也是你第一次离开家独立生活，与同学住一个宿舍，可以使你接触到不同的人，感受集体生活的气息。更重要的是可以学会如何与不同家庭背景、不同性格脾气的人相处。这就需要你更要做到爸爸在你上小学时经常说的"大气、大度、大方"，更少一些任性，更多一些宽容。在这个人生的另一个重要阶段，爸爸妈妈会一如既往地与你同行，并愿意随时听到你的声音，在你需要的时候给予你帮助和指导！当然，路在你的脚下，你必须自己走好每一步，爸爸妈妈愿意给予你一些力所能及的帮助，但更多的是精神上对你的鼓励和情感上对你的陪伴!

　　从这学期开始，爸爸要陆陆续续地向你讲述爸爸小时候、咱们家族以及你小时候的一些故事，使你不要忘记了自己的血脉，从而使你知道自己是从哪里来的。国家有国家的历史，每个家族有家族的历史，每个人也有自己的历史。这些都需要通过口耳相传或文字记录的形式相传下去，其中最可靠的就是文字。你看到爸爸写的这些东西，必然会有所感悟的。

当老师的想法挺好

（2016 年 9 月 4 日）

　　在你八月份去美国之前，爸爸本来就想抽时间与你当面谈谈。你给爸爸回复短信，说等你回来再说。可是，你从美国回来之后，由于种种原因，我们也未能面谈，爸爸也不知道你有哪些苦恼。如果你有什么不好与爸爸说的话，可以对 T 姐姐说。相对你而言，T 姐姐是过来人，她小时候也与爸爸妈妈闹过别扭，现在她的想法与小时候就大不一样了。人的成长，总是要有一个过程的，而且在这个过程中总需要一些生活波折的磨炼。

　　前几天，T 姐姐去家里看望你，你不会孤独了。翻译家傅雷说：“赤子的孤独，将创造一个世界。”联想到我们国家另一位杰出的人物、经济学家顾准（咱们家里有《顾准日记》，爸爸看过好几遍）的晚年，儿女不愿见他，而且与他断绝父子关系，爸爸不禁为他们感到悲哀。爸爸盼你快快长大，也好早一天懂事。你与 T 姐姐讲了你们分班的事情，说你将来想当老师，想考北师大。爸爸支持你这个想法，当老师挺好。孟子说，人生有三乐，其中一乐就是“得天下英才而教育之”。我们家族在老家也算是教师世家，亲戚中有好几位是老师，爷爷和姑姑的职业就是老师，很受人尊重。

　　星期六，爸爸在微信上看到几篇有关傅雷的文章。这位傅雷是一位翻译家，许多法国著名作家的作品，都是他翻译成中文的。他的大儿子傅聪是钢琴家，在“文革”之前跑到波兰了；小儿子傅敏，是一位教师。傅雷与两个儿子的通信，被编成《傅雷家书》，出版后产生了极大的社会影响力。在这几篇文章中，有一位作者说，今后再不会有父亲给子女写信了。爸爸看到这句话时，心里笑了笑。他说得肯定不对，因为爸爸就是一位给女儿每周写一封信的父亲。

爸爸的文笔当然无法与傅雷相比，思想性更不如他。但是，文笔与思想性只是一个方面，对女儿所表达的爱是一样的。因为你以前还小，爸爸也只能与你谈一些日常琐事。你将来长大了，如果想与爸爸进行思想交流，这正是爸爸所期望你的。我们之间的话题会有很多，比如诗词、书法、历史、哲学和人生等方面。

T姐姐说，妈妈与她谈了卖房子炒股的事情。咱们家在北京本来是有房子的，在北京电影制片厂的后院。院子里住着许多电影演员，也有许多明星。有一次，爸爸陪着爷爷在院子里散步，碰到了电影《闪闪的红星》中胡汉三的扮演者刘江先生。正值盛夏，他穿着一件汗衫，手里拿着一把大蒲扇，在院子里散步。爸爸指给爷爷看，爷爷以好奇的神情看着刘先生。你出生后的满月就是在那个房子里度过的。当时咱们家里有一对单人沙发，把你放进去，比一个小床都合适。爸爸去外地工作后，妈妈就带着你去姥姥家了。那个房子空了一段时间，后来出租了几次。为了这个房子的出租，妈妈总是抱怨房客难伺候，要求多。有一次，妈妈在北京出差，给爸爸打电话说要卖掉那个房子，因为出租太麻烦了。爸爸内心里是不愿意卖房子的，因为我们家在北京有一个房子，将来有可能再回北京工作和生活，或者你将来去北京上大学，也有个落脚点。但妈妈说，将来回北京肯定会再买更大、更好的房子，不会再住那里了。妈妈讲的也不是没有道理，爸爸就同意了，还说了一句"只要比当初买房子的钱多就可以了"，其实这句话是一句安慰妈妈的话。现在看来，如果当时不卖那个房子，少说也有近千万元的价值。我们在S市的另外一所房子，妈妈前年也卖掉了，如果当时不卖掉，现在至少也上千万元了。当然，这些东西都是身外之物，只要你能健康快乐地成长，比什么都珍贵。你学到本领，将来住什么样的房子并不重要。你现在不用想这些，只要好好学习、把身体锻炼好就行了。

"天才一定要晚成才好"

（2016 年 9 月 11 日）

你开学已经两个星期了，爸爸很是挂念。这个星期，爸爸在北京出差，与一位同事T伯伯吃饭时，他还问起"女儿最近怎么样"。爸爸的很多同事都知道你上高中了，也都表示出对你的关心。

前几天，爸爸在微信上看到一篇介绍散文家木心的文章《最高的天才，是早熟而晚成》，里面有一句话："保存葡萄最好的方式是把葡萄变为酒，保存岁月最好的方式是把岁月变成诗篇和画卷。"爸爸为你写的所有文字，虽然不是诗篇和画卷，也是岁月的记忆和痕迹。木心在这篇文章中写了这样一句话："不早熟，不是天才，但天才一定要晚成才好。"网上查木心这个人，经历很丰富，散文写得好极了，画家陈丹青对他很推崇。爸爸不希望你是什么天才，也不在意你是早熟还是晚成，只希望你做一个心智正常的人就行了。要说将来在事业上有什么成就，也希望你经过长期的积淀，厚积而薄发，大器晚成吧。自古以来，少年得志的人都没有什么好的结局，你在小学时读过的《伤仲永》这个故事，就是一个典型的例子。作家张爱玲说"成名要趁早"，是一种急功近利的表现，并不可取。

晚上，爸爸一个人步行去天安门。城门两侧都加了安检门，广场空无一人。回想起爸爸刚在北京参加工作时，随时可以骑自行车或坐地铁去广场。爸爸查日记，2012 年 8 月 17 日，爸爸从老家到北京，与你和妈妈、舅舅会合，然后我们一起去中国历史博物馆参观。进馆不要买票，但需要通过安检。排队的人很多，舅舅嫌麻烦而不想进去。我们进去之后，发现里面大厅倒是很凉快，于是打电话让舅舅重新排队进来。参观博物馆，都要查看身份证，耽误好多时间，使社会安全的成本更高了。

中秋节马上到了，今年单位又可以为员工寄送月饼了，另外各单位工会可以为员工买一点水果。爸爸还在出差，由单位把月饼和水果寄给妈妈。爸爸给妈妈发短信："我本周在北京出差，下周休假，回老家过中秋节，然后去 S 市参加培训一周，这个月基本不在家。预祝你们中秋快乐。女儿本周末回家后，你嘱她给我发短信，就说水果月饼收到了。她也该向爸爸问候节日！"爸爸一直未等到你的短信和电话，心里觉得空荡荡的。几块月饼值不了几个钱，但爸爸的这份心意，你现在真是不懂啊！

星期五，爸爸从北京回老家过中秋节。与姑姑和姑夫聊天的过程中，自觉不自觉地就聊到了你，大家对你都很关心，也很疼爱。姑夫发表了一个观点，按照佛教的说法，儿女金钱全是债，要放下。话是这么说，但女儿是爸爸永远的牵挂，怎么能轻易放得下啊！

今天下午，爸爸和姑夫带着二叔的小儿子、你的堂弟去公园里玩，他与一个比他大几岁的小男孩儿挖土、踢球。旁边有一对双胞胎男孩儿，大约六七岁，妈妈领着他们踢足球。堂弟很想与他们一起玩，但人家哥俩比他的岁数大，不愿意与他玩。爸爸立即想到你小时候与小朋友玩的情景。你那时表现出一个特点，就是与比你小的孩子玩时，你模仿人家；与比你大的孩子玩时，你也模仿人家。爸爸对妈妈表示过对你的创造力的担忧，因为你总在模仿别人，而不会让比你小的孩子模仿你的行为。当然，仅凭这一件事情，还不能得出你的创造力如何。现在，你已经升入高中了，小时候的事情你自己可能已经没有什么印象了。不要紧，爸爸会将你成长过程中的点点滴滴都告诉你的。爸爸有写日记的习惯，有些事情如果记不准，还可以查找当时的日记。遗憾的是，你出生前后（包括你妈妈在产前住院）时的日记，现在找不到了。我们搬过好几次家，丢过一些笔记本和资料。因此，有些事情只好凭借记忆了。俗话说，好记性不如烂笔头。爸爸希望你从现在开始，养成写日记的好习惯。写日记，不仅可以帮助你把每天经历的事情和所思所想忠实地记录下来，而且是一种锻炼意志和培养耐心的好方法。

爷爷的形象越来越伟大了

（2016 年 9 月 18 日）

星期一吃早饭时，奶奶病情发作，大发脾气。爸爸安慰了半天，也无济于事。奶奶的病根，也是性格使然，只想自己顺意，不顾他人感受。这几天，爸爸与姑姑和二叔姐弟三人回顾往事，深感爷爷这辈子的坚韧与不易。爷爷几十年来陪伴生病的奶奶，有时也会对奶奶发脾气。我们都说他，请他忍耐一些。爷爷说："将来等我死了，让你们来试一试，看看你们的耐性如何。"真是一语成谶！现在，我们真是对爷爷当初所说的话有了切身的体验，爷爷在我们心目中的形象真是越来越伟大了。爸爸用"伟大"这个词，真是一点也不夸张。去年 6 月，爷爷去世后，爸爸在《祭父文》中写了"忧思妻病，自学成医。也争也吵，不弃不离。相濡以沫，贫贱难移"。看到奶奶这个样子，爸爸更加思念爷爷。

在二叔家住了几天，爸爸和姑姑、姑夫带着奶奶一起回老家过中秋节。

二叔还要上班，他过两天再回去。我们先去四姨奶奶家，奶奶的爹（也就是爸爸的姥爷，你应称呼太姥爷）也在，奶奶又闹脾气，太姥爷也劝不住，真使人头痛。

这几天，爸爸和姑姑一直在看望长辈，分别看望了爸爸的姥爷、姑夫、四叔、大舅、二舅和四姨，他们也都一天天老了，爸爸也一天天老了。想起你在上小学时说过的一句话："你们不要盼望我长大，否则，我长大了，你们就老了。"此言不虚。但人总会老的，我们也只有顺其自然吧。

中秋节上午，爸爸和姑姑、姑夫一起回爸爸出生的老宅子里陪二爷爷过中秋。中午，与你的两位堂叔吃饭喝酒。二爷爷原来提出百年之后不进祖坟，而要与先于他去世、埋在别处的老伴相陪。这里面有很多故事，爸爸以后慢慢给你讲。以前，这类事情都由爷爷做主操办，爸爸从不操心。自从爷爷去世后，爸爸突然觉得，为整个家族负责的担子落到爸爸和二叔的身上了。今天，爸爸对两位堂叔讲了一些往事，意在说明，凡事要考虑整个家族的共同利益，而不能拘泥于各自的想法。国家、国家，国与家是联系在一起的，家是小国，国是大家，许多事情有相似之处。咱们家族的历史，爸爸以后慢慢讲给你听。

中秋节上午，爸爸给妈妈发短信："女儿今天补课吗？"妈妈回复："今天有一堂课。"大过节的，你还要上课，真是辛苦。爸爸让妈妈督促你给姥姥、姥爷和舅舅一家打电话问候节日，你自己也应该主动，因为你已经是高中生了，这点起码的礼节应该做到。孔子告诉他儿子孔鲤"不学礼，无以立"，他说的"礼"指《礼记》，其中就包括为人处事的基本行为规范，如果一个人不懂得这些礼节，就无法在世上立足。

苏东坡有一首著名的《水调歌头·明月几时有》的词，在小序中说"皆怀子由"，就是怀念他的弟弟苏辙（字子由）。爸爸曾经次韵和作过一首，如果你有兴趣的话，在爸爸的诗集中可以找到。中秋节晚上，爸爸读苏东坡的另外一首《水调歌头》词：

安石在东海，从事鬓惊秋。
中年亲友难别，丝竹缓离愁。
一旦功成名遂，准拟东还海道，
扶病入西州。
雅志困轩冕，遗恨寄沧洲。

岁云暮，须早计，要褐裘。

故乡归去千里，佳处辄迟留。

我醉歌时君和，醉倒须君扶我，

惟酒可忘忧。

一任刘玄德，相对卧高楼。

每逢佳节倍思亲，爸爸现在老家过节，虽然见到了老家的亲人，但更加想念爷爷，也想念你。于是，次苏东坡的这首词韵，填了一首《水调歌头·中秋思父》词：

迁客寄南海，塞北又深秋。

痛心去岁离别，思父几多愁。

遗恨无言难遂，行走村头小道，

恍惚忘神州。

箱底旧衣冕，河畔古沙洲。

将年暮，休算计，老皮裘。

落叶归根故里，决断勿停留。

我与友朋相和，姐弟闲时伴我，

何苦杞人忧。

追忆先君德，明月上琼楼。

填完这首词之后，不由自主地又想起了你，于是又以相同的韵脚填了一首《水调歌头·中秋寄语女儿》词：

思念深如海，何况又中秋。

不堪骨肉分别，揽镜却添愁。

明月今天圆遂，照亮山村小道，

倦鸟栖沙洲。

管甚诸侯冕，野渡自横舟。

惜朝暮，青春计，腋成裘。

大雁高飞万里，旧穴或空留。

我以诗词酬和，雏凤终将慰我，

雅志解烦忧。

处世先修德，清气润闺楼。

这两首词比较浅显，词意并不难懂，其中的"沙洲"指咱们老家村东边小河畔的沙地。爸爸也将这两首词发 T 姐姐，她看后感触很深。爸爸有一次曾经问 T 姐姐，小时候与父母闹过别扭没有。她说："闹过，只是你不知道而已。"现在，T 姐姐的想法肯定与小时候有了极大的区别，对父母的许多做法就会理解了。爸爸的亲身经历也是如此，小时候与爷爷的关系比较疏远，不愿意多交流，但随着年龄的增长，对爷爷的感情愈来愈深厚。爷爷去世后，爸爸对爷爷的思念越来越强烈，写了很多诗词来表达爸爸对爷爷的思念之情，前面的那首只是其中的一首。

今天，爸爸从 H 市飞 S 市，参加一个培训班。在机场候机厅，与姑姑聊天，她说现在她和二叔的债务窟窿已经补上，不会再增加了。爸爸闻听此言，心里稍微宽慰了一些。前些年，姑姑和二叔做生意亏了很多钱，爸爸资助了他们一些。手足之情，比什么都重要，何况金钱！

今天晚上，爸爸与同事 Y 伯伯在一家叫"猫岛"的小饭馆吃晚饭。Y 伯伯是当年为妈妈找工作出力最多的人，亲自陪妈妈去单位参加面试，这个恩情，爸爸是永远不会忘记的。爸爸祝你学习进步！

周末补课太多了

（2016 年 9 月 25 日）

本周，爸爸在 S 市参加培训，主题是电力体制改革与电力销售，这正是爸爸的本职工作。爸爸在模拟竞价的小组分享会上说："对于在座的很多人来说，可能只是一个游戏，但对我来说，则是真刀真枪的市场竞争。"培训就是实战，这就需要把平时工作中的一些做法在课堂上进行试验。由于毕竟不是真实的市场环境，有些小组以开玩笑的方式进行报价，因此有些结果令人捧腹。不过，经过这样的演练，对适应真正的市场还是有帮助的。这与你平时上课、做作业的道理是一样的，只有把这些环节搞好了，知识的掌握才会扎实，考试中也就有可能取得好成绩。假如平时不用功，一上考场，肯定会砸场子。

星期二晚上，爸爸梦见给爷爷打电话，但没有打通，只是听他"嗯"了一声，场景是在老家村里老宅的炕上。你也在场，你看了爸爸一眼，没有说话。这真是日有所思，夜有所梦。头天晚上，爸爸与一同参加培训的H叔叔散步时，聊到了对孩子的教育问题。H叔叔现在也远离S市，也很少回家了。他说，经常不在家里，可能对孩子的一些问题不能及时予以引导和解决。

培训期间，爸爸很想念你，给妈妈发短信："让女儿把她未发出的短信发我。"妈妈回复："她平时电话都关机，我也联系不上她。"你现在过着住校的集体生活，爸爸妈妈对你就更加挂念了。除了关心你吃得怎么样，睡得怎么样，更关心你的心态和情绪怎么样。可以说，你的一举一动，无时无刻不牵动着爸爸妈妈的心。你为了不耽误学习，平时不开手机，这是对的，学校和老师也对你们有这方面的要求。但有时你也要主动向爸爸妈妈报一个平安。爸爸当年上高中时，也是离家住校，有时几个星期才能回家拿一次干粮，那个年代也没有手机，连固定电话也没有，无法及时与家里联系。你们现在有这个条件了，也要合理地利用。当然，每天与爸爸妈妈频繁联系，不停地打电话、发短信、发微信，甚至长时间地"煲电话粥"，也是不可取的。凡事皆有度，在度的范围内就是合理的，超出了度，就不合理了。

星期六上午，爸爸去S市迎宾馆看望L爷爷和L奶奶。中午，在一个饭店为Z爷爷过生日。今天，小W一家三口没有来，据说有事情，先后给Z爷爷开过车的三位司机叔叔来了。你还记得M叔叔的儿子小Y吗？他今天来了，已经长到一米六五了，上初一。他吃了两碗凉拌面，肚子饱了，然后就坐在沙发上玩iPad。爸爸估计你好多年没有见他，早就忘记了。童年的小伙伴，本来是最纯真的友谊，但只要有一年半载没有接触，就会忘记。你现在这个年龄，正在上高中，今后很难忘记同班同学，将来走上社会，最亲近的朋友中一定有同学，你现在就要珍惜与同学相处的机会。

你现在补课太多了。爸爸与Z爷爷吃完饭后，直接去你补课的地方，前台服务生说你的课程不在这里，而是在另外一个地方。于是，爸爸又匆匆去找你，从教室门的窗框往里看。你们正在上化学课，一位女老师正在讲氧化还原反应。你坐在左侧三排，爸爸一眼就看到戴着一副黑框眼镜的你了。你上完化学课，紧接着还要上物理课。爸爸为了不影响你（其实也影响不到，因为门窗玻璃贴着带框的膜，里面看不到外面），赶紧离开了。去你另外一个补课的地方，查到你上午上课的时间（8点30到11点30）和教室，门口的牌子上写着"数学尖子班"，上面也写有老师的名字。回家后，爸爸把你这学期的课程列了一个表，周六和周日上下午都排得满满的。爸爸本来是不赞成给你报这么多补习班的，但妈妈坚持，你自己似乎也不反对，爸爸也就由你们娘俩吧，只要对你有帮助或者你自己感觉有帮助就行。

今天，爸爸把自己看到的情况用短信告诉妈妈："我昨天下午把女儿上课的教室都看了一遍。3点钟，她在上化学课，老师讲氧化还原反应。今天的语文课要上到12点50分，太辛苦了！"妈妈回复："现在送饭到学校了。一个孩子健康长大，陪着她一起经历所有的事情，让她开心，有智慧，直面所有的困难挫折，不是那么容易的事情，需要付出多少心力。你不经历永远不懂。"妈妈说得也是对的，爸爸在外地上班，不太可能每天陪着你们经历所有的事情，这是任何一个人都可以想得到和理解的事情。爸爸希望你学习进步，同时，爸爸更希望你花一些时间锻炼身体，几项业余学习的技能（钢琴、吉他和书法）有时间也弄一下，不要彻底丢掉了。

银行里的虚惊与诈骗短信的识破

（2016年10月1日）

星期一，爸爸去银行办理几张多余卡的注销事项。在柜台上共查到四个账户，注销了两个。银行规定，必须先补办丢失，再注销。爸爸认为这个程序多此一举，浪费许多资源和时间。爸爸目前使用着一个。还有一个个贷账户，每月都有支取记录。爸爸开始时没有理解是干什么的，于是给妈妈发短信询问。她提醒爸爸，注意卡不要被别人盗用了。听妈妈这么一说，爸爸心里一惊，赶忙咨询柜台服务员。原来是自己把贷款账户与卡号搞混了，结果虚惊一场。以前这类事情都由妈妈做，这一回爸爸自己办理，结果搞得手忙脚乱，这也算是"事非经过不知难"的一个例子吧。今后你有机会也要自己办一办类似的事情，看上去简单，其实需要非常细心和耐心才行，稍一不慎就会搞错，至少会耽误不少时间。爸爸在你小时候就告诉过你，"自己的事情自己做"，这一次办理卡的注销，对爸爸来说是自己的事情，同时也是第一次办理，有了一些切身的体会了。事情不分大小，都需要认真去做，才能做好。这就像你平时做作业一样，稍一马虎就会出错。因此，从各种具体的事情上培养耐心细致的作风，是十分有必要的。

星期三下午，爸爸在去单位的路上收到一个短信："爸妈，我的手机坏了，这是我同桌的手机，我有个学校的急事跟你们商量，看见回我信息，上课不能打电话。"猛一看，挺吓人的，以为你在学校发生什么事情了。但爸爸仔细一想，可能是诈骗短信。为了保险起见，爸爸将此短信转给你妈妈：

爸爸：你收到这条短信了吗？我在路上，刚看到。

妈妈：（很快回复）不可能。你的手机号码看来被出卖信息了。她有啥事不找我却给你短信，可能吗？

爸爸：开头是"爸妈"，我也怀疑。没事就好。

妈妈：不信你试试，肯定是让你转款。得，也别试了，我们的信息都是透明的，别让人家报复了，不理就好。

爸爸：现在的骗子防不胜防，你也要多加小心！

不论真假，父母如果收到这样的信息，总是会担心的。爸爸把这个诈骗短信转给你，下午5点15分收到你的回复："假的。"爸爸回复："爸爸知道！你也要提高警惕！"这个事情与爸爸在银行里碰到的事情，表面上类似，但实质不同。前者是自己的生疏，后者则是外界的干扰。不论是哪件事情，都需要遇事不慌，冷静地思考和处理。你以后碰到更为复杂的事情时，一定要冷静，第一时间要与爸爸妈妈联系，我们与你一起去处理，这样比较稳妥。

T姐姐原打算国庆节来看望你，但单位临时有事需要她值班，因此这个国庆节就不能来了。爸爸建议她明天晚上可以与你们娘俩吃饭，姐姐说"好"。T姐姐说平时与你还是有一些交流，你们比较亲近。这就好，她可以做你的知心姐姐。T姐姐自小就比较懂事，又是研究生毕业，有一些人生阅历了，你有些不愿意与爸爸妈妈说的话，可以多与姐姐交流，她可能会给你一些启发。

爸爸在网上看到宋代柳永的一首《八声甘州》，更加勾起对爷爷的思念之情，于是填了一首《八声甘州·国庆节思亲次韵柳永同调词》：

> 看白云片片罩南天，塞北又深秋。
>
> 正相思趋紧，衷情零落，厌上高楼。
>
> 漫漫光阴骤减，何事不能休？

遥想兰亭水，觞咏随流。

身影渐行渐远，惟有云汉邈，月色难收。

剩斑斑陈迹，追忆勿停留。

念斯人、举头张望，浪涌回、拍岸荡扁舟。

应怜我、于无声处，甩掉闲愁。

你将来如果真的想学文科，诗词这类作品还是要多读一些。你上小学和初中期间读了不少，但量还是不太够，需要平时更多地涉足与积累。

爸爸回想起以前许多的日子里，有快乐，也有忧愁，但很多日子只是比较平静而已。日月星辰周而复始，快乐也罢，忧愁也罢，日子总会一天天过去，你也会一天天长大，这是爸爸的最大心愿。

文采飞扬的初中毕业感言

（2016 年 10 月 6 日）

上周，爸爸读了柳永的一首《八声甘州》，因思念爷爷而次韵和作一首。昨天晚上，爸爸读柳永的另外一首《少年游》词，为了勉励你努力加强修养，健康成长，遂和作一首《少年游·次韵柳永同调词寄语女儿》：

愚贤不在慧根迟，骐骥向天嘶。

钟声尘外，心情云上，

鹏鸟翼先垂。

他年回首寻陈迹，思念渺无期。

花尽梅疏，草枯风索，

莫负少年时。

爸爸的同事 R 叔叔，前几天给爸爸发来一张你的照片和毕业感言，是从你们班级的毕业纪念册上拍下来的。他儿子原在五班，因班级撤销而分到三班，因此也有同样的纪念册。他同时也将他儿子的照片和毕业感言发给爸爸，并夸奖你的毕业感言写得很有文采。由于照片拍得不是十分清楚，爸爸仔细地辨认你的毕业感言，知道它是源于你在今年 6 月 22 日写的一篇文章《人生若只如初见》。那篇文章是 T 姐姐从你的微信上截屏发爸爸的，爸爸当时将其一个字一个字地记录下来。你以那篇文章为基础进行了改写：

记得三年前的那次初遇，阳光灿烂，风光旖旎，斑斑驳驳透过树枝打在稚气未褪的脸颊上，鲜衣怒马。三年宛如一支离弦的箭，岁月悠悠中弹指逝去。人生若只如初见……不是没有离别过，只是在长长的一生中，欢乐总是乍现就凋落，走的最急的都是最美的时光。人生中有很多个三年，而这三年是你们在时光上写诗作画。也许这就是一种缘分，不是所有人都能知道时光的涵意，不是所有人都懂得珍惜。这世间并没有分享与衰老的命运，只有肯爱与不肯爱的心。在凤凰花开的季节，曲未终人不散，即便将来成了有故事的人，这故事里也有过你我他。岁月并不是真的逝去，它只是从我们眼前消失，却转过来躲在我们心里，然后再慢慢改变我们的容貌。就如同三年前的初见一般，转瞬即逝，却又地久天长。

爸爸把昨天填的《少年游》词发到微信上，使用了这张照片。T 姐姐在微信上看到了，她认为要珍惜当下，开心地过以后的日子。姑姑在微信上看到了你的照片，十分高兴，要爸爸转达对你的祝贺和祝愿。

今天早上，爸爸在微信上看到一句话："善良比聪慧更可贵。聪慧是一种天赋，善良则是一种选择。"爸爸希望你在聪慧的基础上选择善良。当然，善良的表现方式各种各样，但同情心和助人为乐是最为重要的体现。在日常生活中，要关心班集体，与同学友好相处，受到委曲后要能够容忍，这些都是。同情心，就是孟子说的恻隐之心，见到遭受灾祸或不幸的人产生同情之心。除了同情心，孟子还倡导很多表现人性善良的例子："恻隐之心，人皆有之；羞恶之心，人皆有之；恭敬之心，人皆有之；是非之心，人皆有之。"孟子对这些表现都做了定性："恻隐之心，仁也；羞恶之心，义也；恭敬之心，礼也；是非之心，智也。"这就是我们中国人平常所说的仁义礼智，即"四端"，它们相当于人的四体。这些即是对人最高的要求，但另一个方面也是最低的要求，简单地说，就是不要做坏事，要做好事，对人要有礼节。比如，平时对老师和长辈就要表现出应有的恭敬，这也是作为学生的最起码的行为要求。

晚上，爸爸拨通家里的座机。拨了两次，第一次听到了你的声音，但你听不到爸爸的声音，于是挂掉重拨。这一次通了，爸爸问你这一段收到短信了没有，你先说手机被没收了，马上改口说主动上缴了。爸爸问是上缴老师了吗？你说上缴妈妈了，因为要好好学习。爸爸本来想与你聊一聊，你说要赶紧写作业，于是就挂掉了。放下电话，爸爸感受到你与爸爸说话时，带着那么一种很亲切的调皮的语气。你有这种心态，爸爸也就放心了，同时也有一种心理满足感。正如姑姑所说，女儿迟早会长大的，也迟早会懂得爸爸的一片苦心的，爸爸有足够的耐心等到那一天。

争取突破目前不大不小的瓶颈

（2016 年 10 月 11 日）

关于你补课太多的问题，爸爸总想与妈妈交流一下，但又怕她不接受规劝，反而搞得心里不痛快。实际上，爸爸不认为现在周末如此密集的补课对你的身心健康有太多的益处。涉及到你的教育与成长，包括你的业余补课和重要活动，是我们家目前最重要的事项，没有"之一"。因此，爸爸还是要耐心与妈妈进行各种方式的沟通，尽可能取得共识。其实，爸爸还有一个办法，就是去学校找你的班主任和任课老师，希望听听老师对此有什么具体的建议。当然，爸爸与老师沟通和交流时，肯定会事先告诉你，否则，万一老师问起你而你还不知道，你会觉得在老师面前很没有面子。

妈妈说，最近你的学习压力很大，学习遇到了瓶颈，晚上失眠，认为爸爸根本帮不上什么，就不要添乱了。其实，爸爸与妈妈的心情都是一样的，希望你度过目前这个从初中到高中、从住家到住校、从功课简单到难度增大、从鹤立鸡群到高手云集的转折期。正如爸爸以前对你讲过的那样，你需要有一次小小的突破，在某次考试中取得一些进步，你的自信心就会增强了。爸爸当初也有过与你同样的经历，从初中考入高中，入学成绩是全班第七名，似乎还不错，但遇到了县里各个乡中学的高手们，在第一学期的期中和期末考试中没有进入前十名。当时也怪自己没有集中精力学习，而是花了许多时间从县图书馆借书看，记得那时读了很多小说，中国的四大名著就是那个时候读的。有一次，爷爷去学校看爸爸，班主任老师将爸爸的情况告诉了爷爷，希望爷爷能够对爸爸有所管束。爷爷自小对爸爸的要求就很严格，但那次并没有批评爸爸，只是把班主任老师的原话讲了，希望爸爸自己要认识到考大学的重要性。爸爸将这段经历写了一篇题为《父亲的嘱托》的文章，参加了《人民日报》社举办的恢复高考20周年征文活动，并于1997年11月24日发表。爷爷看了报纸，可能会觉得很欣慰。那个时候，除了爷爷简单的几句话，并没有人进行过指导，全凭着自己咬紧牙关、克服缺点（当然，读书也不算是缺点，但客观上对学习成绩有影响）硬闯过来了。如今，爸爸妈妈与你的心跳是一个节拍，咱们三颗心共同跳，你应当安心。

妈妈还讲了你在学校的一些情况。最近你的理化补习改为一对一辅导了。学校的课有点跟不上，课后大班上课也不明白，一对一可以个性化学习，希望尽快能突破瓶颈。这主要是你最近的几次考试成绩不太好，因而缺乏信心。从国庆节开始，你本人提出，请补习老师对你进行数理化一对一辅导。你上初中时，在作文方面受到了一些套路训练，表面上看似乎文采飞扬，但仔细分析，则缺乏真情实感。你们宿舍四个同学，你是舍长，所有的卫生都由你来搞，其他同学有时又不太珍惜你的劳动成果，往地上乱倒水。其中一个同学有点飞扬跋扈，说话很脏，讽刺你"最用功，但就考那么一点成绩"。你对此有点受不了。晚上，宿舍同学聊天很晚，你想早点睡觉，但睡觉轻，很容易失眠，有点掉头发。

爸爸要说的是，这些事情爸爸都经历过，最后也都走过来了。你现在可能觉得是瓶颈，突不破，是坎儿，迈不过，但时间会回答所有的问题，下一次阶段性考试（你们叫段考）如果你进步了，很多思想和心理问题也就迎刃而解了。不管出现什么情况，你都要勇敢地面对，因为你必须经受现在这个阶段的考验。爸爸妈妈不可能一辈子跟着你，为你解决所有的问题。爸爸前面讲的自己的经历，你或许可以从中受到一些启发，从而有助于你尽快突破目前碰到的瓶颈。

爸爸提出，我们能否轮流去学校宿舍看望你，给你鼓鼓劲。妈妈说，学校管得严，父亲根本进不了女生宿舍。她去了两次，很难见到面。妈妈还说："除非她到了三十多岁，有了生活经历，对许多事情可能会理解了。"妈妈说的最后一句话是有道理的，就是不管发生什么情况，你总要自己去适应，家长不可能跟你一辈子。妈妈还说："如果有过不去的坎，再找你，一般的难题不愿意找你。"妈妈又说起你小学三年级时要她找一个像电视剧《家有儿女》中的夏东海那样的爸爸。妈妈说着说着就哭了，爸爸心里也很难受。妈妈说最近有点重感冒，爸爸要她好好休息。

　　放下电话，爸爸的心里真是五味杂陈，说不清是一种什么感觉，难受了一天，什么都不想做，也不知道这一天是怎么过来的。第二天早上，爸爸给妈妈发短信，告诉她不要再去想以前的事了，现在最重要的是如何帮助你解决目前遇到的问题。要从平时的一些苗头着手，不要让小事积累成大事，到时就更难解决了。目前你碰到的瓶颈，不大也不小，需要认真对待，爸爸相信你一定能够渡过这一关的，关键是一个重塑自信心的问题。你要这样想，你碰到的问题，其他同学也都不同程度地存在着。你还要面对这样一个现实，就是你的同学中间真是卧虎藏龙，高手很多，既然我们在某一方面不如人家，那就安心做一个平常的人，不要进行一些不必要的攀比与竞争。你也说过，有些同学的学习能力真是强，你都无法想象。既然无法想象，那就不去想象，就比如你的文艺特长也是别人无法比的，你的作文也是很多同学写不出来的。有时候想一想自己的特长，可以小小地得意一下，也是一种自我心理安慰，有助于提升自信心。这些办法，你都可以试一试，不要死钻牛角尖。

　　T姐姐今天从老家回来，把带回来的一些食物送到爸爸办公室。爸爸嘱姐姐多与你联系，帮助你度过这一段的学习与生活瓶颈。姐姐说，她一定会经常与你联系和交流的。

　　今天晚上，爸爸在网上看到一张照片，香港演员张家辉的女儿骑在他的肩上。爸爸自然想到你小时候的情景，我们全家出去玩时，你也是骑在爸爸的肩上的。爷爷就对亲戚说过，爸爸总是惯着你，因为你总是骑在爸爸的肩上。姥姥也有这个看法，她有一次就说爸爸还是很宠着你的。妈妈还拍有照片。2004年国庆节期间，我们一家与小W一家去Z市爬山，爸爸用胳膊夹着你上下很险的山道，在一些很危险的路段，Z叔叔给予帮助。爸爸夹着你的时候，你嘴里吭哧吭哧的，似乎一点也不害怕。M阿姨在旁边说，这才是真正的爸爸。今天与你说起当年的事情，既是一种对过去的美好回忆，也是一种对你的现实鼓励。学习犹如爬山，不管山多么陡峭、多么危险，只要鼓足勇气，奋力向上，总是可以爬上去的。你将来长大了，知道你小时候经历了一些什么事情，可以丰富你的阅历。人生的道路很长，爸爸着眼于你的一生而对你说这些话，而不只是盯着你目前碰到的这么一点小小的困难。

把同学的怪话当作对自己的磨炼

（2016 年 10 月 16 日）

星期四下午 3 点半，爸爸突然接到你的电话，真是高兴极了。这是你上高中以来第一次主动给爸爸打电话。你说今天来了大姨妈，身体不舒服，下午是音乐和美术课，你就在宿舍休息了。你向爸爸讲了最近的学习情况，担任了英语科代表，自己感觉数学和化学还学得不错，物理稍差一些，但文科的几门课（语文、政治、历史和地理）不好，政治和历史许多问题都听不懂，这次阶段性考试的成绩一塌糊涂，可能在全年级 300 名之后了。你表达了要放弃文科而改学理科的意愿。另外，数学老师是班主任，因此你就喜欢学数学，而且从小学到初中都是这样，班主任教哪门课，你哪门课就学得不错。你还说，全宿舍 4 人，你的考试成绩最差，人家都是一些不知名的学校考入的，而你是 S 中学的，竟然这么渣，有点难为情。

你在讲述的过程中，爸爸有一些插话，与你进行交流。爸爸主要讲了以下观点：

一是开学不到两个月，有一个适应期和过渡期，不要着急。爸爸当年刚上高中时，第一个学期的成绩也不好，后来才慢慢追上去的。对于比较差的功课，不要心急，而要为自己设置一个追赶的小目标。比如，语文这次是班级排名第 30 位，那么目标定为下次进入前 25 名。这样，学习就有了动力，达到目标后也就重新树立起自信心了。

二是学习方法要有一些变化。错题集很重要，每天都要翻一翻。为了达到事半功倍的良性效果，每门课都要进行预习。如果预习得好，第二天上课的效果就好，那么做作业的时间就会大大减少了。

三是你想学理科，爸爸也同意。不过，政治、历史和地理不能完全放弃，要考试及格才行，否则，高中无法毕业（你说肯定要考过 C+）。

爸爸、妈妈和 T 姐姐是你坚强的后盾，因此你要有信心。爸爸准备与你的班主任和任课老师保持联系和沟通，你可以假装不知道。你将他们的电话通过短信发爸爸。姑姑是当老师的，她有体会，就是老师都喜欢与家长交流。另外，T 姐姐是你的知心人，你如果有什么不方便与爸爸、妈妈说的话，可以与姐姐说，她会给你一些指导的。

你说今天上午哭得很厉害，就是因为考试不理想。你刚与妈妈通过电话，与爸爸通电话时，爸爸感觉你的心态已经调整得很好了，听不出来是哭过的样子。这也说明，哭是一种情绪渲泄的有效方法，碰到什么不开心的事情，哭完了，也就好了。你完全不要为此而感到难为情，其实，男人有时也想哭，只是碍于男子汉的面子而忍耐了。有一句话叫"男儿有泪不轻弹，只是未到伤心处"，人碰到不愉快的事情，就有哭的欲望，这是人体的一种自我调节心理状态的功能。你今天能把心里话告诉爸爸，说明你的心态很平和，爸爸心里感觉很踏实。晚上，与T姐姐进行了微信交流，爸爸说你现在处于懂事与不懂事之间，她说可能还是处于叛逆阶段，也是正常的。爸爸也对姐姐讲，准备与你的老师进行必要的沟通，她非常赞同。昨天晚上，姑姑来微信询问你的情况，也要爸爸经常与老师见见面，对你有好处。姑姑还说："这三年多给孩子爱，等她顺利进入大学门，我们就放心了，因为那时她长大了，能分清是非了。"你看，大家都在关心你的情况，你还有什么可忧虑的呢？

今天上午，T姐姐去家里看望你和妈妈，中午和晚上与你们娘俩一起吃饭。姐姐告诉爸爸，你说上次与爸爸通电话时，爸爸还是很严肃。爸爸听了姐姐转述你的话，只能笑笑。你主动向爸爸说你的学习情况，爸爸也只是安慰你，要你学会放松，不要太计较成绩，更不要与同学攀比。

晚上，T姐姐将你的一些照片发爸爸，建议爸爸经常给你发短信，对你进行表扬和鼓励。其实，妈妈对爸爸也说过同样的话。爸爸心里很矛盾，该表扬的时候却冷淡你，可能会打击你的激情，你可能觉得很扫兴；该批评的时候却容忍你，更是会惯出你的一些不良习性，这样对你今后的成长更加不利。古人说："誉人不增其美，毁人不溢其恶。"就是表扬人时不增加他的优点，批评人时不增加他的缺点。这真是一个两难的事情，爸爸只能是根据具体的情况而选择合适的方法与你交流。《三字经》中"养不教，父之过；教不严，师之惰"的说法，你小时候就会背，现在已经上高中了，应该对这句话的含义有更深刻的领悟吧。只能听表扬的话，而不愿意听批评的话，对于你的心理承受能力的增强是没有任何一点好处的。爸爸只能说到此了，你自己慢慢领会吧。等你将来结了婚，有了自己的孩子，你可能对做父母的不易会有更深刻的体会。

姐姐说，你昨天对她讲了一些学校的事情，同宿舍的同学说了一些伤害你的话。爸爸不知道你们刚开学到底发生了什么事情，你说这些事情算了，就当磨炼自己吧。你这么想就对了。爸爸奇怪，你们开学还不到两个月，彼此应当还不熟悉。不过也没啥，该容忍时应容忍，该反击时也要反击。当然，与同学相处，也要对症下药，讲究一点技巧。有同学说你成绩不好，那也可能只是别人的一句玩笑。你告诉她们，笑在最后，才笑得最好！太得意了，会栽跟头，把牙齿磕掉了，就再也笑不出来了。你因为成绩不好而在她们面前没有自信，不敢反击，因为班里人都是谁成绩好向谁靠拢。这只是暂时的，你是有实力的，会弯道超车的。你觉得这个年级的人太厉害了，学一遍就会，你因此而怀疑自己的智商有问题。爸爸告诉你，你的智商没问题，只是还没有完全适应高中的学习节奏。另外，大家都是全市与你一样考进来的尖子生，肯定是藏龙卧虎，这也是实情，不用回避。这时，更需要你冷静沉着，放平心态。你就承认她们厉害，然后慢慢追赶。这就像跑马拉松，有的人一出发就跑在前面，你在中游跟随。但过一段时间，阵容就变了，跑在前面的人也许就慢下来了。爸爸在高中和大学都是后来追上去的。你就按爸爸说的三条去做：一是做好课前预习，可以提高听课和做作业的效率，变被动为主动；二是经常研究错题集，绝不犯重复的错误，可以起到举一反三的作用；三是给自己定一个追赶的小目标，每次考试都往前移一移位置，慢慢就赶超她们了。

你说古文不懂，那是因为你没有念熟。书读百遍自通，每篇古文都要念熟，有些甚至要背熟。这是爸爸的经验，供你借鉴。不要着急，慢慢调整心态。按爸爸说的做好预习，两周之内必见效果。你试试看。爸爸相信你的实力！另外，不要熬夜，按时作息。平时加强锻炼，保持旺盛的精力。这样，学习效率才能提高。

与宿舍同学相处，可以采取两个措施：一是主动向那个成绩好的同学请教问题，她就会对你减少敌意；二是分化瓦解，主动与至少一个同学搞好关系，那个最难搞的同学慢慢就被孤立了，她就会主动向你靠拢！另外，也要主动与老师交流，说出你的困惑，老师会乐于帮助你的。爸爸妈妈是你最坚强的后盾，你碰到任何问题，我们都会帮你想办法克服。当然，解铃还须系铃人，最终还要靠你自己克服困难。爸爸相信你会过好这一关的。

作文一定会写好的

（2016 年 10 月 23 日）

星期三晚饭之前，你给爸爸打来电话，讲你们在学校的事情。你与一个男生配对打羽毛球，同宿舍的同学忌妒你的球打得好，就拿你上次考试的作文没有写好而说事。你说刚才给妈妈打了电话，妈妈要你不要理会，因为这是别人的忌妒。爸爸同意妈妈的看法，你还是要以"大气、大度、大方"的姿态对待同学间的这类小摩擦，可以找这位同学单独谈谈心，说明大家在同一个学校、同一个宿舍，这是一种缘分，应该努力成为好朋友。至于学习成绩，每个人的适应程度不同，也不是通过一次、两次考试就可以完全把一个人的能力定死了。你还说，有同学说你长得丑，因为这个同学平时爱打扮，而你是不打扮的，也不改校服，显得比较平实朴素。妈妈说小孩子的审美观与成年人是不同的。妈妈说得对，你就应该这样。你说，有的女同学开始谈恋爱，打扮自己以吸引男同学。爸爸提醒你，千万不能做这种事情，因为你的年龄还太小，现在不是谈恋爱的时候。你表示你不会做这种事情的。

你还是感觉自己在学习上差一些，有人听一遍就听懂了，而你听两遍也听不懂。爸爸鼓励你要有自信，爸爸相信你的作文不会写得差的，一定会写好的，因为你有这个基础和实力，只是还要有一个适应期，千万不要以一两次考试的成绩作为衡量的标准。况且，你们现在举行的各种考试，只是老师检查和督促你们的学习情况的一种方式，什么也说明不了。你就当作是一次一次的练习和练兵，三年之后的高考，才是检验你们学习情况的试金石。

你给爸爸打电话讲你在学校的情况，爸爸十分高兴。爸爸给你出的一些主意，包括如何与同学相处，如何尽快度过适应期，等等，这些都只能供你参考。这是作为父亲的最重要的责任。你以后碰到问题，就给爸爸打电话或者发短信，爸爸都会为你出谋划策。

星期五有台风，各单位不上班。早上，爸爸给你发短信："今天来台风，你们放假了吗？"短信显示，你还没有收到，估计你关机了。爸爸不放心，又给妈妈发短信，她说你星期四晚上就回家了，学校为了确保同学的安全而提前做了安排。知道你们平安，爸爸就放心了。你在家里可以好好休息，加上这个周末，有三天的调整时间，这将有助于你进一步放松心理，以更好的精神状态迎接下周的正常生活和学习。

两位老师对你的真切关怀

（2016 年 10 月 30 日）

星期一中午吃饭的时候，爸爸与原来的一位同事聊天，他爱人 Z 老师是你们学校中学部的语文老师，他们家的儿子在中学部上初三。他也知道你已经上高中了，把你的情况告诉他爱人，请她关注你的学习情况。爸爸给 Z 老师发短信："Z 老师，女儿在高中部上学，请你对孩子予以教诲，十分感谢！" Z 老师回复："上午我爱人已经跟我说了闺女的情况，嘱咐我跟她的任课老师联系。中午打电话问了下孩子的情况，也转述了我们家长这边想密切联系的诚意。据任课老师反映，孩子相当好强和令老师喜欢，如果家长还有什么想法，欢迎跟他们随时沟通，方便有的放矢地进行教育。" Z 老师把你的班主任 L 老师和语文 F 老师的手机电话号码发过来，要爸爸直接与他们联系。

也许真是心有灵犀一点通，你可能真是感觉到了爸爸对你的关心。下午，收到你的短信，对前天因台风放假一事发表评论："这是一场优秀的台风。只下了一点雨，于是我们多得了三天假。开心极了，要是天天放假该有多好哦。" 呵呵，你就是要像这样保持快乐的心情，才能尽快度过这段转折时期。

Z 老师虽然告诉了爸爸你的班主任和语文老师的电话，但爸爸没有马上与他们联系，而是静下心来思考了两天，该不该与他们联系，该说哪些话。爸爸知道，你和妈妈都不愿意爸爸与你们老师联系，但姑姑和 T 姐姐劝爸爸一定要联系，这对你的成长有好处。T 姐姐从小学、初中、高中一直到大学、研究生，这么一路走来，应该也算是过来人了，尤其是对高中阶段自己的心理状态有过切身的体会。姑姑是当老师的，更是清楚老师的心理。思来想去，爸爸觉得还是应该与你的老师进行必要的沟通和交流，特别是想向他们请教一些问题，这样对你只有好处而没有坏处。于是，爸爸于星期三早上分别给你的班主任 L 老师和语文 F 老师发了短信：

L 老师，您好！我是 Y 同学的爸爸，很抱歉打扰您了。孩子上小学时，我在 D 公司工作，一周回一次家。孩子上初中时，我在 Y 公司工作，两周回一次家。因此，从小陪伴孩子少，主要是她妈妈和姥姥负责她的生活和学习，我这个父亲不是太称职，心里一直有歉疚。现在孩子上高中了，而她也住校了，我们还是见面交流少。加之孩子处于这个年龄段，多多少少都有一点叛逆的心理，不愿与爸爸多交流。我的一些同事也碰到类似的情况，对于孩子的不理不睬感觉很苦恼。这样，我也只能多与老师沟通情况了。听孩子的意思，她的文科差一些，愿意学数学。她的理由是，班主任是数学老师。我听她这么说，也只有笑笑。而在我的印象中，她在初中的文科应比理科好一些。这个变化，我倒是没有想到。我鼓励她，开学不到两个月，总有一个适应期，不要着急。她在学校的表现，我也不特别清楚，她妈妈也不希望我多介入，担心我把事情搞砸，孩子会更逆反。因此，她上次单独向您请教。但我作为父亲，总是要尽责任，表现出对女儿的爱。我希望能有机会与老师多交流，请您对孩子严加督导。当然，我也知道，老师对所有的学生都是一样的期待。我的父亲、大舅和姐姐都是小学教师，父亲已去世，大舅和姐姐已退休，现在有两个表妹也是中学教师，因此，我们家算是教师之家吧，与老师有一种天然的感情。我姐姐说，老师都欢迎与家长直接交流。今后希望我做哪些配合工作，请您吩咐。期待着与您交流！

爸爸给 F 老师的短信大同小异，只是没有说你喜欢数学的事情。F 老师马上就加了爸爸的微信。L 老师打来电话，谈了以下内容：

Y 同学是一个很阳光的孩子，勤奋，努力。但学得比较苦、累，开夜车，睡不着觉，有同学看到她晚上偷偷地哭，说明压力大，相当看重学习。建议放弃一些课外补习班。她妈妈说，已经放弃了一些，恢复了文艺方面的补习，这很好。我的理念是：做人第一位，身体第二位，学习第三位。不要纠结考试分数。我找她谈过，她说每天下午进行一个小时的锻炼，跑步、单杠等。这就对了。

看得出来，你们是合格的家长。孩子纠结于学习，这是需要交流的。你爱人要你不要管，但父亲还是要管的，可以少问学习，多关心生活（比如与同学的相处）。我们夫妇对孩子的教育理念也有不同，也有争吵，我们的孩子考上了北京的一所大学。我的经验，夫妻双方要沟通，取得一致意见后再与孩子谈。我对 Y 同学说，不要活在别人的看法中，不值得与不会做人的人交朋友，需要再大度一点，承认这次确实是没有考好。

关于你说的要不要把以前写的信给孩子看，我的建议是可以试探性地透露给她，看看她的反应再说。我在《百家讲坛》的一个节目中听到一个说法，当儿子长大后，"母不宜为师，父不宜为媒"。如果父亲给儿子做媒，岂不是把自己的择偶标准加在儿子身上了吗？反过来，如果女儿长大了，那就是"母不宜为媒，父不宜为师"。

关于父母谁做老师的问题，L老师的态度已经很明确了。你在学校还是要听老师的，在家里与爸爸妈妈进行适当的交流就可以了。中国古人有"易子而教"的习俗，也是认为父母教自己的孩子有诸多不便，因此相互交换孩子而教。古往今来的很多道理和做法，都是前人无数的经验总结而来的。不管妈妈如何，爸爸只愿意做你的朋友。当然，中国人也有"言传身教"的说法，就是父母的言行本身就对子女起了老师的作用。这是另一个话题了。

停了一会儿，F老师在微信上说他下课了。爸爸问现在是否方便接电话，他说可以。于是，爸爸给F老师打电话。他谈了以下内容：

Y同学已经很优秀了，这不是恭维话，而是真实的感受。不要压力太大，不要担心。高中不是义务教育，可以采取分层次教学。Y同学这次考试的进步虽然不多，但也没有落后，已经很不错了。

Y同学有与众不同之处。开学时，她给了我一本她的初中作文本，我感觉这些文章写得不错，很有文采。但也看得出，有些文章表现出明显的套路痕迹，没有写出自己的真情实感。她妈妈讲，这是参加作文补习班的结果，老师教了些套路。据说，这次中考，许多平时作文写得不错的同学的语文成绩普遍不高，或许是阅卷老师识破了这类套路。不过，这也不要紧，今后不这么写不就完了吗？Y同学的文采很好，今后结合自己的真情实感，作文肯定能写好。

说起补习班，听说前一段Y同学参加课外补习班太多了，效果不一定好。我的建议，课外补习至多两门课，而且也要有针对性，参加确实是弱项课程的补习班。主要基于两个理由：一是每位老师都会在周末布置大量的作业，即使效率最高的学生，也需要一天的时间才能做完这些作业。如果参加很多周末补习班，根本没有时间完成学校的作业，反而搞得很累。学生首先要跟上老师的节奏，这样才有学习效率和效果。如果还有闲暇，不妨参加一两个补习班。二是外面补习班老师的水平，不会比我们学校老师的水平高，否则，他们不就可以应聘我们学校的教师岗位了吗？外面补习班的老师，除非本身就是老板，否则，只是为生存而讲课，谈不上什么事业心和教学方法，这种补习的效果就要大打折扣了。

我有一个朋友，他的女儿进入我们学校后，点名要在我这个班。他要我给他女儿额外补习语文，我说目前不需要，等孩子上了高二再说。如果孩子跟着我的节奏，我保证她的语文高考成绩达到120分。她目前的成绩是90多分，要达到120分是不容易的，因为除了作文，还有基础知识和正误判断，很容易丢分。我的这位朋友采纳了我的建议，没让女儿另外补习，结果高考语文成绩132分，这是很高的分数了。

语文是这样，其他科目也是如此。如果能保持年级中等水平，就很不错。加上自己的主观努力，是可以做到超越的。这次段考，班上就有同学进入前30名。一样的人，别人能做到的，自己为什么做不到呢？关键是不要着急，慢慢来，既不能太自信，又不能太自卑。要知道，初中是按地域入学的，有很多同学是陪读的。高中阶段，个个都是全市范围考进来的精英，要承认这个现实。这也是实现赶超的一种动力。

关于父亲的角色，对高中阶段的同学十分重要。你爱人要你少介入，这个恐怕不妥。你要多介入，因为孩子在成长的各个阶段中，父母所扮演的角色和产生的作用是不一样的。有一位房地产商的孩子，小学和初中时，妈妈对他的照顾无微不至。但上了高中后，对妈妈理都不想理，而是对爸爸很崇拜。人都有一种英雄崇拜情结，小孩子更是如此。听你刚才讲的经历，你也算是成功人士了。你能走到今天，身上肯定有一些特质，女儿是会欣赏的，关键是要采取合适的方式。你说到坚持给女儿每周写一封信，已经写了几百封，说明你对女儿的爱，这真是难能可贵。女儿将来成年后看到这些信，肯定会大受感动。但现在由于年龄和学业的关系，她可能兴趣不大，有可能还会厌烦。我建议你把最近的信给她看一封两封，试探一下她的态度。你现在写的信，对她才更有指导性。另外，可以与女儿讨论一些共同感兴趣的话题。比如，报纸每周都有社论，我要求学生读这些文章，因为这些社会问题是写议论文的极好素材。周末在家时，你就可以就某篇社论发表你的看法，可以讲不同的观点，也可以补充社论中没有涉及到的方面。

我自己参加工作24年了，也当了24年的班主任，看到了各种各样的学生和家长，没有统一的模式和标准，可以说各有千秋。作为老师，都想使自己教出的学生成才。除了老师的付出，学生本人的努力和家长的配合也是分不开的。我们学校有一个优良的传统，就是学生可以向任何一个老师问问题，而不管是不是自己的任课老师。我在带高一时，常常有高二的学生来问问题，我都予以认真耐心的解答，其他老师也都是如此。因此，Y同学要大胆向老师提问题。另外，老师都比较忙，不可能对每个同学都问"这个问题你懂了吗"，而要靠同学自己去理解；还不懂，就做习题或再问老师，直到自己完全搞懂。

最后再说一句，Y同学不要有太大的压力，只要自己努力了就行了，结果自然不错。我虽然是五班的班主任，但你今天希望我提醒她的事项，我会找合适的机会对她讲的。

爸爸在电话中听两位老师讲，自己在一张纸上做了简单的记录。中午，爸爸离开办公室出差。他们俩的谈话，爸爸是在飞机上整理的。还发生了一个小插曲，F老师的谈话整理了一半，飞机就要降落了，爸爸把记录纸放在前排座位背后的袋子里，结果下飞机时忘记带了，当时不知道脑子里在想什么。晚上在酒店里凭记忆整理完毕，但基本意思还是准确的。

晚上，爸爸把整理好的材料分别发给两位老师，请他们审核材料是否表达了他们的原意。同时，爸爸给你发了短信："爸爸一位同事的妻子是你们学校中学部的老师，与你们的F老师熟悉。F老师反馈，你的进步很大，比入学成绩排名提高了。他对你很认可，你要有自信。上午，L老师也给爸爸打了电话，对你的印象是很阳光，勤奋努力。他们都希望你放下包袱，不要太看重分数，不要活在别人的看法中。爸爸同意L老师的理念：做人第一位，身体第二位，学习第三位。"

星期四晚上，L老师给爸爸打电话，讲了与你谈话的情况：

今天晚上与Y同学谈了40分钟，转达了你的意思。你小时候，你爸爸陪伴你比较少，他心里一直有歉疚，但也不知道该怎么表达。你爸爸在外地辛苦工作，追求事业，也是为了你和你妈妈。我自己也是如此，几年前总想把夫人和儿子接到S市，让他们感觉幸福和快乐。儿子有一次对他的班主任老师说："我晚上睡了，爸爸还在加班，没有回来。第二天早上醒来，爸爸已经走了。"

我对孩子讲，你将来即使成了名人，他也是你的爸爸。如果你认为爸爸哪里做得不对，也应找他聊一聊，把你的想法告诉他。L老师的话你可以不听，但要理解你爸爸。他为了让你们母女幸福快乐，必须要在外面多挣钱。我自己家也是这样，夫妻也会对一些问题产生不同的看法。我这几年买股票和房子，机会把握得还可以，有了一点经济基础了。我爱人现在说，对什么都不感兴趣了。她为什么说这个话？因为有了一点底气了。

Y同学说，她将来想回学校当老师。我说你可以把它当作一个目标。她说，老师对她关心得太多了，花费了那么多的时间。我说你错了，当老师的，任何时候都想让学生健康、开心、快乐！你现在上高一了，处于不断的成熟中。她说，她认为自己为同学做了很多，但同学觉得自己做什么都是应该的。我说，要学会施恩不图报、受恩永不忘。我是J省农村长大的，得到了许多朋友的帮助。有时与人家喝酒，多敬人家两杯，就是报恩。我爱人有时也不理解我的做法。

爸爸听完L老师的电话，很受感动。你可能也感觉到老师对你是多么的关心。假如爸爸不主动与老师联系，他哪会有时间专门找你谈话呢？另外，爸爸与L老师有许多共同的经历，我们之间今后也会有许多共同的话题。

星期五晚上，爸爸接到你的电话，下下周你们要去军训，但你最近的身体不是太好，需要找一家具有三甲资质的医院，开一张诊断书，说明你最近不适合参加剧烈的运动。爸爸当时一愣，感觉这件事情有点难度，因为脑子里似乎并没有与医院特别熟悉的人。你在电话里还讽刺爸爸，说这么点事情都办不了。可能妈妈在你的身旁，她说她来想办法。

你虽然说不用爸爸办这件事情了，但爸爸真是有点不放心，不知道你最近究竟在学校里发生了什么事情。于是，给妈妈打电话，问清楚到底是怎么回事情。妈妈说，前天晚上，你怎么也睡不着觉，很晚了还给妈妈打电话，妈妈在外地出差，也没有办法，要你去校医院检查一下。昨天，校医告诉你，没有任何问题，只是神经有点紧张，放松就好了。校医还建议你不要参加下下周的军训了，以前有同学在身体不适的情况下勉强参加军训，结果差点发生不测。爸爸明白是怎么回事了，心情也就放松了，联系了一位医生，这件事情基本上可以办成。于是，爸爸给妈妈打电话，表示明天可以办好此事。

星期六上午，爸爸去医院找医生，讲了你最近的身体状况和校医的建议，医生写了病历并开了诊断书："急性腰肌劳损，避免剧烈运动三周，腰部免受力一个月，不适随诊。"他还开了一盒贴的膏药，以备不时之需。

　　昨天晚上，我们在外面吃饭，听你讲你们学校和宿舍的有趣故事。你们宿舍的另外三个同学都是从同一地区的学校考来的，似乎很抱团，你认为她们与你不怎么对付。你是宿舍长，平时为她们服务较多，但这三位同学似乎不太珍惜，因你上次考试成绩不如她们而总是讥讽你，你对此感觉很苦恼。一开始，你总是忍让，但最近也稍微强硬一些。晚上睡觉前，她们总喜欢说话，你说了她们，她们反而收敛一些了。你说，有一次一位女同学说她很久没有见到她爸爸了，你建议她打电话让她爸爸来学校看她嘛。你还对她说："我还不是一个多月没有见到我爸爸了，他很长时间才能回家一次。"爸爸听了这句话，心里感觉很安慰。其实，你们同学之间除了学习，在其他方面也会有一些攀比，这都是正常的心理状态。爸爸安慰你，现在开学还不到两个月，无论是个人的学习，还是与同学相处，都有一个适应期。上次的考试，只是一次小小的试验，今后的日子还长，千万不要着急。爸爸把 L 老师的两次电话谈话和 F 老师的一次电话谈话给你和妈妈复述了一遍（今天下午，爸爸已经给你通过短信发过去了）。开始时，你可能是看了爸爸给你的短信，有点不太愿意听，但妈妈还是愿意听的。妈妈还说，爸爸现在也在进步，你还是要认真听。爸爸认为，与同学相处，有时候该强硬也要强硬，否则，别人以为你好欺负，总想找你的麻烦。当然，你也不要给同学造成一种你很厉害的印象，总的原则还是要做一个有教养的人，彬彬有礼是恰当的。

　　你说晚上总是睡不着觉，有时候好几个小时都无法入睡，看有机化学的课本也是睡不着，但一回家就睡得很好。爸爸妈妈只要你健康、快乐地成长，不要把身体搞坏了，否则，这个高中宁肯不上。爸爸的这个观点，妈妈表示认同。爸爸给你一个建议，躺在床上不要看书，而是听听英语录音（最好是比如《新概念英语》第四册等比较枯燥的内容），可能一会儿就睡着了。

　　通过昨天的交流，爸爸了解了你最近在学校的学习、身体和心理状况，心中有底了，没有什么太大的问题。爸爸还是有点不放心，于是，今天写完给你的信后，又给你发了一条短信："今后在与同学的相处中，爸爸建议你采取这样的策略：遇弱不强，遇强不弱。就是对于老实和弱小的同学，你要友好对待；对于那些蛮横的同学，你也要坚持自己的原则，该强硬时也要强硬，同时要把握有理、有利、有节。有理，就是自己的言行要占理。有利，就是不能总是无原则地迁就对方的无理。有节，就是要有所节制，不要得理不饶人。"

爸爸同时给妈妈打电话，请她提醒你打开手机，看看这个短信，并把此短信也转发妈妈。但从短信台回复来看，你并没有收到这条短信，说明没有开机。这样也好，省得你玩手机上瘾，反而会成为大问题。

总之，你们开学刚刚两个月，大家都在适应，碰到事情不要忧虑，总能找到解决办法的。爸爸妈妈相信你能够很快度过适应期，进入正常的高中生活。

"教育，从心开始"

（2016年11月6日）

听妈妈说，你这几天胃痛，爸爸很心疼。这可能是由于你的精神太过紧张而引起的，因此调节心态至为重要。

星期四，应 L 老师的邀请，爸爸去参加你们学校高一年级第一次家长会。整个过程很有意思，许多老师的讲话很有内容，也很有哲理，爸爸将其记录整理，你读后可能会觉得有所启发和帮助。爸爸事先对妈妈讲，不要告诉你爸爸来参会，因为你不太愿意爸爸参加这个会。这对你来说，也是一个很大的变化，你在上小学和初中时，可喜欢爸爸参加你们学校组织的家长会了，上高中之后却正好相反。这也是一种叛逆的表现方式吧。

爸爸于 5 点 40 分到学校，向门卫打听哪里是文体馆、哪里是女生宿舍，人家很好奇地问"你没来过呀"，搞得爸爸真有点不好意思，说明爸爸这个父亲的角色真是很不到位。家长会 7 点开始，爸爸在校园里转悠，熟悉地形，拍了一些照片。爸爸先到女生宿舍的楼下，看到学生们出出进进。前天，妈妈把你的宿舍号码告诉了爸爸，但你不希望爸爸去学校，因此爸爸就没有进去。爸爸去了教学楼，找到你们班的教室，后黑板上有"万圣节"的板报内容。从教学楼出来，去文体馆找会场。从三楼往下看，有几个人在打羽毛球，爸爸突然想起在 F 老师的微信上有他打羽毛球的照片，于是仔细观察，有几个人往外走，其中一个果然是 F 老师。于是，爸爸赶紧下楼，在门口与 F 老师打招呼、作自我介绍。他很惊奇地问爸爸，怎么知道是他？爸爸说："在您的微信上看到过您的照片。"F 老师要去食堂吃饭，邀请爸爸一起去，我们边走边聊。F 老师讲了周一晚上找你谈话的情况。开始时，你对 F 老师找你谈话都有抵触，说自己作业也做了，也没有违反纪律，老师为什么要找你。

F 老师说，有点事情与你谈一谈。具体谈了一些什么，F 老师没有多讲，只是说，还是要爸爸多与女儿交流。爸爸讲了自己在你小时候陪你的时间比较少，F 老师说，如果你是打麻将、赌博、自己玩等事情而不陪女儿，这是不对的；如果你是因为工作在外地，这没有什么好说的。F 老师认为，你现在处于成长的过程中，需要父亲的指导。他也劝爸爸不要太烦恼，女儿长大后就会理解你对她的一片拳拳之心。F 老师邀请爸爸与他一起在食堂吃饭，爸爸也就恭敬不如从命了。

在打饭时，F 老师向爸爸介绍了你们的班主任 L 老师，他们一起打羽毛球。爸爸今天也是第一次与 L 老师见面。吃饭时，F 老师与他班上的一个同学的家长聊天，爸爸与 L 老师聊天。L 老师说你很聪明，也很勤奋。爸爸问 L 老师，是否你在学习方式上有点笨？他说不能这么说，方法也需要摸索。爸爸看时间差不多了，两位老师还要回宿舍冲凉，然后开家长会，于是与他们告辞，自己先去文体馆。

在从食堂去文体馆的路上，爸爸本来要从左面绕过去，但不知道为什么，不知不觉就走到右面的篮球场一侧的路上了，心里还在想，路上会不会碰上你。真是无巧不成书，心想事就成，远远就看到一个女同学从对面走过来，从走路的姿式上看像你，待走近时，果然是你，爸爸心里真是高兴。你问爸爸，妈妈知道我来吗。爸爸说知道，因为你不愿意爸爸来，爸爸就告诉妈妈，只来参加家长会，而不惊动你了。爸爸刚才心里还在想，换一条路去文体馆，或许能碰上你，果不其然。你说刚把妈妈送到文体馆，现在回宿舍，准备晚自习。于是，爸爸与你告辞，自己去文体馆。

家长会的主题是"教育，从心开始"，由高一的年级老师 W 老师主持。爸爸记得你上初中时，爸爸参加学校组织的第一次家长会，当时的主题是"让孩子从这里起飞"。W 老师说，这是高中阶段第一次家长会。你们的孩子很优秀，能考上这所高中，都是很棒的。选择了这所学校，就是选择了认可学校，也是对老师的信任，这里是孩子梦想起飞的地方。W 老师放了一些照片，内容包括校园景观、洗衣房、文体活动、校外人士讲座、高年级"学霸"介绍学习方法，等等。W 老师一边播放这些照片，一边进行讲解。W 老师还放了高一年级第一次段考年级前十名的同学照片（爸爸在教学楼的宣传栏里看到了，你的一位初中同学名列第九）。

　　高中部主任 C 老师作了《弘扬实验学校文化，追求教育价值最大化》的主题报告；高中部副主任、学生处主任 L 老师作了题为《科学实验，聚焦成长，追求卓越》的讲座；教务处主任 T 老师作了题为《从自觉到自悟：也说高中学习的差异》的讲座。他们的讲话内容，爸爸都做了记录，回家整理好发给你妈妈了，你如果有兴趣，可以让妈妈发你看看。T 老师对家长提的几条注意事项，爸爸觉得很重要：一是认识到初中与高中学业的巨大差异。初中是大量做题，重复训练；高中更多是思维、思路和创造性的拓展。二是学习是孩子自己的事情，必须"自己的事情自己做"，家长要大胆放手。现在并没有多少家长能够在学业上辅导高中阶段的孩子。三是家长做好后勤工作，为孩子树立榜样，帮助孩子管理好自己的健康、时间和情绪。

　　W 老师在总结时对家长所讲的几条内容，也非常重要：一是帮助孩子平稳过好"磨合期"（1—3 个月，有的孩子可能需要半年或更长时间）。高中不是"坡"，而是"坎"，这是必须要过的一关。二是帮助孩子有信心应对课程难、作业多等问题。三是正视孩子成绩的变化，成绩说明不了什么，高中与初中是不同的。四是智慧地"辅导"孩子的功课，就是帮助孩子树立理想、搞好身体。五是主动与班主任和任课老师联系，学校不主张学生把手机带进学校。六是学会守望，就是不即不离，远远地望着孩子。七是营造和谐的家庭氛围。孩子的成长只有一次，家长要与他们一起成长。

　　W 老师说的"守望"这个词，十分传神，也说到了爸爸的心坎儿里了。其实，爸爸现在就是这样，与你直接交流的机会不多，但爸爸愿意在远处守望着你。

　　家长会结束后，各家长到孩子各自的班里，参加家长班会。

　　化学 J 老师要求同学主动、积极地学习，不要等老师布置作业，就要主动做完。在学习过程中，不会做的题目和不理解的问题，要立即找老师，不要以"老师忙、累"等理由而不去找。大家要知道，学得再好的同学，也不如老师。有些问题对于你们很难，但对于老师来说也许就是一两句话就把知识点讲清楚了。因此，一定不要把问题积累得太多，更不要自己花费很多不必要的时间。

　　物理 Q 老师认为，高中课程有两个特点：一是难，是与初中相比较的。二是快，老师讲得快，这是最有效的，越慢越少，越少越慢。高一第一学期是适应期，大家一定不能着急。怎么学？跟上老师的节奏，处理好课上与课下的关系。课上，就是抓紧每一节课的效率，在思维上得到训练；课下，就是认真完成作业，不会做的题和不懂的问题，马上找老师，尽快解决。

班主任L老师首先播放了第一次段考的成绩排名（进入年级前一百位的），你的英语成绩139分，排名第92位，这是一个非常好的成绩了，爸爸祝贺你。L老师的讲话，爸爸基本上记下来了：

——孩子的排名，都是正常的，本班最高排名为全年级第33名。

——学校的师资没有问题。2013、2016年高考全省第一（我也有幸是其中的老师之一），现在大多数老师仍然在，个别调整了。因此，大家不要担心师资的问题。

——过去C校长说过一句话：高一、高二素质教育，高三应试教育。如果高一就分班，这算什么素质教育？但现在升学的压力大，也要面对现实，因此高一下学期分文理科。对于老师来说，教好书，是责任，育好人，更是责任。

——国家对培训机构也要管一管。社会上的这类机构忽悠学生去上课，结果是害了孩子。本校的升学率，本科是100%，一本是95%，大家有什么可担心的？

——家庭氛围很重要。我与爱人争吵时，她说要离婚。我想了想说，我是不会离婚的，因为再找到一个比你还好的不太容易。我们在本地没有亲戚，吵架都没有劝架的。

——怎么才算是接受良好的教育？懂礼貌，讲文明，守规矩，懂得感恩。大家闺秀，给人的感觉确实不一样。班里座位的分配，不是固定的，而是轮换的。教室中间的几个座位是最好的，但不能总是给一部分同学坐，因为对其他同学是不公平的。

——学校对孩子的期望：追求成为中华民族的脊梁。本市10%之前的学生才能进入本校，这些学生不能成为脊梁，还靠谁呀？习近平说："一个不知道未来的民族，是没有出路的民族。"

——与人为善，懂得感恩的人，才能改造世界。首先要善待父母。有人说，家里养狗的人是有爱心的人。我说，养狗的女人，先爱自己的公公婆婆吧。我当年向哥哥借钱，嫂子不愿意。现在，我弟弟向我借钱，爱人不愿意。我说，必须借！要买房子，这个坎过不去。我爱人与我家人相处得还算不错。

我买房子，是保安提供的信息。有人对保安的态度不好，他就给你划车。我爱人在街边买菜，从不还价。我们难道缺那几毛钱吗？这个社会人人都要生存，因此不能把对方的价格压到最低。

——本学期结束后，分文理科。大家只要上课认真听讲，下课做作业，就能应付考试。学生分班排座都是公开、公平的，三个学段的考试成绩综合起来，第一段占比 20%，第二段 30%，第三段 50%。

L 老师把任课老师的电话号码公布出来，爸爸拍了照片，回家后发你妈妈了。L 老师的这个举动，就是鼓励家长多与老师沟通交流。你和妈妈不希望爸爸过多地介入你的学习生活，恐怕也是片面的。

家长班会结束后，爸爸妈妈在教室门口碰到你，你说刚才去图书馆上晚自习去了。你说对政治课的好多名词都听不懂，比如集体经济、所有制等等。你表示自己要学理科，因为将来大学里的教育心理学等都需要理科的基础，文科的历史和地理基本放弃了。爸爸妈妈提醒你，也要准备通过会考，否则，高中无法毕业。

爸爸感觉，你与同宿舍同学的关系还是比较紧张。你说，其中两个同学晚上睡觉前总喜欢讲话，你提醒了一次，结果她们俩就冲着你来了。在家长会之前，爸爸与 L 老师透漏了你与同宿舍同学的相处可能有一点小小的不愉快。L 老师说，如果有很大的问题，来找他，这不算向班主任告状。

我们与你告辞后，爸爸对妈妈说，刚才看到你的初中同学的段考成绩排名第 9 位。妈妈说，这正是你的心病，你们在初中时学习不相上下，现在人家进步比你快。爸爸说，还是要承认这个现实，放下包袱，否则，心里总是这么想，无法正常学习。妈妈要爸爸今后对你就是鼓励和表扬，不必谈别的事情。

在回家的路上，回味今天的家长会，有很多感触。爸爸在三年前也参加了你上初中的第一个家长会，当时也做了详细的记录，有一次打印出来给你看，但你表现出毫无兴趣的样子。那时，你还太小了，对老师的一些话可能也是半懂不懂。现在，你是高中生了，思维能力与理解能力应该比三年前有了很大的提高。爸爸小时候上学时，哪有什么家长会呀？学得好不好，完全靠自己的自觉。爸爸从初一开始就注重自学，有一次初中的校长问爷爷，你儿子有什么好的学习方法？爷爷回答，主要是自学。前不久，爸爸告诉过你，爸爸刚上高中的第一个学期，考试成绩不是太好，那时总去县图书馆借小说读，《三国演义》、《水浒传》等名著都是那个时候读的。那时也读过《红楼梦》，但好多内容看不太懂，尤其是诗词，觉得很枯燥，往往扫一眼就跳过去了。第二学期刚开始，班主任G老师（他也是爷爷的老师）向爷爷告爸爸的"状"，说爸爸不注重功课，花太多的时间看小说。爷爷那一次破天荒地没有责骂爸爸，而是把老师的担忧告诉爸爸。爷爷没有责骂，反而激起爸爸的自尊心，于是加强了学习，结果那个学期的期中和期末考试都是全班第一，此后就一直名列前茅，也算是一个小小的"学霸"吧。可见，人生道路上是需要经过一些转折点的。至于表扬与批评之间的关系，爸爸在以前的信中已经对你说了很多了，归结为一句话，就是这两方面的话都要听。

星期五，爸爸将给你的信件"初中篇"整理完毕。写完"后记"中的最后一个字，真是百感交集。回想这十几年来的风风雨雨，恍若昨天，你却在不知不觉中就长大了。爸爸现在也慢慢想通了，每个人都有各自的命运，你自己决定的事情，最终要由你自己来负责。高中三年一晃就过了，无论你将来去哪里上大学，总是要离开家的。如果某一天你突然想明白了，理解了爸爸的苦衷，那么爸爸所经历的所有烦恼也都会烟消云散。

今天上午，妈妈带你去Z市参观一个乐园。有句话"儿行千里母担忧"，其实，"女儿出门父更忧"。晚上，妈妈说你们在看马戏。爸爸说你肯定乐疯了！妈妈发来一个驯老虎的视频和两个海族馆的视频，你露出半个头。爸爸无法陪你，心里好难受。不过，你现在已经上高中了，生活中和学习方面的难题，必须学会独立面对，父母无法完全代替你。爸爸在你小时候经常向你灌输的"自己的事情自己做"的理念，前天家长会上老师也讲了，你必须学会这么办。比如，你的初中同班同学现在成绩比你好，你必须要接受这个现实，而且应该与她继续保持友好的关系。当然，攀比之心，人皆有之，尤其是你们这个年龄阶段的小孩子，大家相互之间在某个方面比一比，暗中较较劲，甚至有时还会表现出一点忌妒心或小心眼，这都是正常的。爸爸也从你这个年龄过过，也有与同学比学习、比劳动的经历，因此可以理解你的这些情绪。你如果把这件事情处理好了，你将来走向社会后才能面对比这更复杂的事情。

今天晚上，爸爸与L老师相约见面。我们交流了很多事情，L老师谈了他的家庭和一些理念。他表示还要找机会与你谈话，促使你要多与爸爸交流，这对你的成长有好处。爸爸的话你可以不听，但 L 老师的话你是一定要听的。爸爸希望你早日度过适应期，以轻松愉快的状态投入新的学习生活。

没有参加学校的军训活动

（2016 年 11 月 13 日）

这个星期，你们学校组织军训，你因为身体原因而请假休息。上周，你告诉爸爸说有安排，但没有具体说安排了什么活动。爸爸以为，你这几天的主要任务就是好好休息，调节好精神状态。什么叫"好"？就是把最近碰到的一些不愉快放下，把精力集中到课堂上、作业上，业余时间积极参加学校的"阳光体育"活动。这样，你的睡眠就会好起来，学习会逐渐进入正常的节奏，考试成绩也会自然而然地提高。这就是"一通百通"的道理，首要的问题，就是你的思想要想通，这是内因。至于说哪个同学说了啥，哪个老师说了啥，哪道题做错了，等等，都是外因，是次要的问题。

这个星期四，姥姥、姥爷来了，你先代爸爸问他们好。爸爸给姥爷发了短信，请他对你进行一些正面开导，不要一味惯着你，该严肃时还要严肃教育。爸爸还说，你也不是学霸，很平常的一个孩子，上高中后压力大。姥爷说，不用太担心，孩子慢慢就长大了，一切都会好起来的。他说你这几天每天都去爬山，出一身汗。这样好，可以通过锻炼而使身心都得到放松，这也正是爸爸所希望你做的事情，不要整天为那些功课和分数而焦虑。

D 公司的内部杂志登了一篇关于 T 姐姐的文章《万绿丛中一点红》，说她是 2014 届新员工中唯一在现场一线的女员工。爸爸深为姐姐感到自豪。昨天晚上，爸爸躺在床上，看古人的几首有关初冬的诗，其中有杜甫和白居易的各一首。爸爸自从前天与姥爷通了电话，告诉他去年你爷爷去世的事情，这几天一直在思念爷爷。于是，爸爸就分别次韵和作了一首。今天，在微信上发了一首，其中有一句"急病输盐水"，指的是爷爷在世时为乡亲们输液的往事，T 姐姐以为爸爸生病了，打电话问候，爸爸也很感动。二叔最近碰到不愉快的事情，T 姐姐前几天休假，去 B 市看望二叔，然后回老家看望她爸爸妈妈了，今天下午回来。T 姐姐上高中时，二叔把她从老家转到 B 市的一所学校，因为一般人认为，B 市的教学质量要比老家好。姐姐懂得感恩和报恩，对二叔的事情很上心，真是一个孝女。你可以多与姐姐交流，她会告诉你许多她的经验，也会帮助你克服许多困难，这样你就会少走一些弯路。

"做人修身首要"

（2016 年 11 月 20 日）

爸爸最近看到一个成语：前倨后恭。恭是恭敬，倨是傲慢，这个成语的意思就是以前对某人傲慢，后来对此人恭敬。这个成语典故出于《史记·苏秦列传》，讲他嫂子对他成名前后的不同态度，你如果有时间，可以翻出来看看。前倨后恭固然不好，但与之相反的前恭后倨也不可取。我们平时在生活中就要注意自己的态度，千万不要用得着别人的时候就热情、谦恭，用不着的时候就冷淡、疏远。正确的处世态度应当是不卑不亢，受了别人的恩惠，就要想法报答。爸爸当然不是说别人为你做了一件具体的事情，就要你马上报答什么东西，而是提醒你强化知恩图报的意识。上周与你谈到 T 姐姐对二叔的态度，就涉及到了这个问题。T 姐姐也不是把二叔当年对她的好时刻挂在嘴上，但当二叔碰到事情时，T 姐姐就会表现出她对二叔的深厚感情。至于父母的养育之恩，这当然是一个很重大的话题，不是几句话可以说得清楚的，爸爸以后会慢慢与你讨论这个问题。

星期二，爸爸在妈妈的微信上看到一篇题为《警告自己：所有的伤害，只因自以为是》的文章。讲述一个女人在澳大利亚坐火车过站了，司机对她态度不是太好，但还是采取特殊的措施帮她拦下返回悉尼的火车，车上的乘务员说："悉尼欢迎你。这辆列车因你而晚点两分钟，但，我们很高兴这么做。"由此，这位女士有了很深刻的感悟："你所感受到的世界，只是你内心的投射。很多时候，事情本身不会伤害，伤害你的是自己对事情的想法与看法而已。"文章还举了《吕氏春秋》中颜回讨米的故事，爸爸从网上查到这段故事的原文：

孔子穷乎陈、蔡之间，藜羹不斟，七日不尝粒，昼寝。颜回索米，得而焚之，几熟。孔子望见颜回攫取其甑中而食。选间，食熟，谒孔子而进食。孔子佯为不见之。孔子起曰："今者梦见先君，食洁而后馈。"颜回对曰："不可。向者煤室入甑中，弃食不详，回攫而饭之。"孔子曰："所信者目也，而目犹不可信；所恃者心也，而心犹不足恃。弟子记之，知人固不易矣。"

故知非难也，孔子之所以知人难也。

这段故事说的是孔子当年周游列国时，被困在陈国和蔡国之间的某个地方，既没有菜，也没有汤，七天没有吃上米饭，大白天也只能睡觉。孔子的弟子颜回出去讨米，讨回来后煮饭。当饭快要熟了的时候，孔子看见颜回用手抓锅里的饭吃。饭熟了之后，颜回请孔子吃饭。孔子假装没看见颜回抓锅里的饭吃的事情，坐起来说："刚刚梦见我的先人，假如饭是干净的，那么就用这些饭来供奉先人吧。"颜回赶忙说："不可以。刚才有灰尘飘进了锅里，把饭弄脏了。我觉得把这部分米饭丢掉不好，就抓起来吃掉了。"孔子于是对其他弟子们说："按说人应该相信自己亲眼看见的事物，但是自己亲眼看见的也并不一定可信；人应该依靠自己的内心，但自己的内心也不一定靠得住啊。你们要记住，要了解一个人不容易啊。"孔子认为，获得某种知识不算难，难的是了解一个人。

从这段故事中，我们知道孔子在心里冤枉了颜回，但他用很智慧的方法知晓了真相，一般人恐怕没有孔子的这个本事。我们是不是也常常因为"亲眼所见、亲耳所闻"，对他人产生了某种印象，从而为他人打上某种"标签"呢？孔圣人可以当下就用智慧而轻易了解真相，消除误会，可是我们这些普通人呢？爸爸之所以对妈妈在微信中转发的这段故事产生了兴趣，主要是自己有切身的感受。咱们家里也是如此，有时候爸爸妈妈出现一些矛盾，你可能只看到表面的现象，或者只听爸爸说了什么、妈妈说了什么，但事情不一定真的就是那样的。同样的道理，你在与同学相处中听到别人说了什么，也不一定是真实或准确的。对待这类事情，唯一的办法就是放下，不要理会，把注意力集中在你应该做的事情上，当前你的主要任务就是把学习搞好。

昨天晚上，妈妈给爸爸打来电话，讲了你最近的情况。有一天晚上，你给妈妈打电话，说自己胃痛。妈妈正在出差，建议你去找校医。妈妈给管生活的L老师打电话，L老师说正要与妈妈联系。你自己说同宿舍的同学影响你睡觉，但人家反映，你半夜睡不着，起来看书，也影响人家休息。妈妈听你说，是一种说法；L老师听别的同学说，是另一种说法。从妈妈的角度来说，可能会偏袒你，认为你说的是事实（当然也是事实，但不是全部的事实）；从L老师的角度来说，她不会偏听偏信，而是会两方面的话都要听一听，然后做出独立的判断。至于L老师的判断是否准确和正确，也只能是仁者见仁、智者见智了。

事实上，L老师并没有忽视你的需求，对妈妈说有一间空着的宿舍，她来想想办法，能否让你搬进去。假如真能办成，那真要感谢L老师。爸爸对妈妈讲，如果需要爸爸与班主任讲，就告诉爸爸，因为上次班主任L老师已经表达过这个意思，有问题可以随时找他。为了你能够平衡度过这个适应期，爸爸妈妈需要多想一些办法。爸爸建议妈妈明天去找找L老师，尽快把换宿舍的事情定下来。不管这件事情能不能办成，我们都要感谢L老师，至少人家有解决问题的诚意和办法。

前不久，爸爸在一篇文章里读到辛弃疾的《汉宫春·会稽秋风亭观雨》词，有一些感触，想着和作一首，但总也找不到切入点。今天，突然想到应该以你们学校为素材写点东西，于是次韵和作一首《汉宫春·女儿母校咏》词：

> 袅袅清风，杏坛声朗朗，尽栖鹰雏。
>
> 依山数栋馆舍，格调尤殊。
>
> 门前马路，绕黉门、街市生疏。
>
> 环境雅、精神尚俭，不容半点虚浮。
>
> 家国英才安在？脊梁吾辈事，应展鸿图。
>
> 修身做人首要，再论茅庐。
>
> 严慈守望，计归期、蒸煮鲜鲈。
>
> 根本固、他年入世，续编无字真书。

"脊梁吾辈事"来源于上次家长会上L老师的讲话："学校对孩子的期望：追求成为中华民族的脊梁。""修身做人首要"来源于有一次L老师与爸爸通电话中说的话："我的理念是：做人第一位，身体第二位，学习第三位。"中国古人讲的"修身"，后人误会成是修养道德了，其实是指锻炼好身体。"严慈守望"来源于上次家长会上W老师讲的"学会守望，就是不即不离，远远地望着孩子"。爸爸把此词分别发L老师和F老师，他们很快就回复了。L老师回复："写得好！情、景、意及学校的教育之本都尽在其中。"F老师回复："'严慈守望，计归期'尤其让人感动！可怜天下父母心！"他们可能有一点恭维爸爸的意思，但爸爸所要表达的心情，他们都感受到了。你最近失眠严重，爸爸就没有发给你。过几天，等你的睡眠质量有了好转，爸爸再给你看这首词吧，主要是想让你生出对母校的自豪感和荣誉感，这对于你们这些同学增强与母校的感情非常重要！

你睡不好觉，爸爸感觉很心疼，也很闹心。妈妈说你换了一个新手机，号码也换了。于是，爸爸给你的新手机发了一个短信，还是鼓励你要放松，不要把考试分数看得太重，要快乐地学习、快乐地生活。

保持廉洁奉公的良好家风

（2016 年 11 月 27 日）

本周三早上，爸爸与同事 Z 叔叔去外地好几个地方出差。我们这次坐高铁，在路上需 4 个多小时。本想在车上睡一会儿，但座位后面的一个小孩子不安静，他妈妈用手机放一个片子，声音太大，爸爸无法入睡。这位母亲是为了安抚孩子才如此的，爸爸很理解，周围的人也没有谁提出"投诉"。生活中的很多事情其实都是如此，站在对方的角度想一想，也就相互理解了。

这次在 G 省的 B 市，住在海边的一个会议中心。完成公务之后，顺道去海边转转。爸爸曾经于 1993 年来过一次这里，当时记得有一位市委副秘书长陪同我们来这里参观，具体景象记不得了，但总的感觉是当年海滩附近没有现在这么多、这么高的建筑物。这二十多年来，我们国家在飞速发展，只有像爸爸这种过来的人才有切身的感受，你这种年纪的孩子，从记事起就是现代化的印象，没有这种切身的感受。有句俗语"生在福中不知福"，其实反过来也是一样的，就是"生在苦中不觉苦"。这就是环境造就人。从现在的角度看，爸爸小时候的生活很苦，常常吃不饱肚子，但当时大家都那样，也不觉得苦，而是认为生活本来就是那个样子。福与苦，只有经过对照才会有切身的感受。

前面说到的那位市委副秘书长，是一位女士，后来听说因腐败问题而被判刑，这一辈子也就完了。爸爸从小就给你灌输廉洁奉公的意识，而且爸爸为你做表率，从来不收别人的东西，因为那些是不义之财，不能要。2007 年 8 月，爸爸所在的单位发生一起腐败案件，震动很大。爸爸在某天的晚上从单位赶回家，连夜开家庭会，请姥姥当我们家的"纪委书记"，严格监督爸爸妈妈的行为，发现我们带回可疑的钱物时要问一问是怎么回事，合法不合法。

爸爸记得一回家就说要开个会，妈妈正在读《金刚经》，不太理会，爸爸还很生气。你那时刚上小学，那天晚上爸爸回家时你已经睡觉了，不知道此事。今天爸爸突然想起来了，就给你说一说。爸爸曾经也对你说过，爷爷的职业是教师，他放在家里的墨水和信纸，从来不让姑姑和爸爸使用，说那是公家的东西，他备课和批改学生作业才用的。你小时候也读过包公的故事，包公的家训中就有这样一段话："后世子孙仕宦，有犯赃滥者，不得放归本家；亡殁之后，不得葬于大茔之中。不从吾志，非吾子孙。"你今后不管从事什么职业，一定要秉持我们家这种廉洁奉公的家风，也就是要"从吾志"。

这个周末，爸爸在家里整理以前给你写的信。爸爸有一位媒体朋友X伯伯，听说爸爸每周都要给你写一封信，表示很震惊，说爸爸做了一件"很可怕的事情"。爸爸将几封信件通过微信发给他，请他提供一点参考意见。X伯伯建议，从每封信的趣事或者核心内容中抽出一句话，作为小标题，如果只是按照日期编排，则有点太"寡淡"了。X伯伯是S市一家报纸的总编辑，现在退休了，他的意见是很重要的。于是，爸爸采纳X伯伯的意见，每封信都加一个小标题。小学和初中时共计400余封信，这个工作量是非常大的，爸爸在两个昼夜里完成了，而且按照年级分辑，每辑都以两句对仗的七言诗做标题，感觉层次确实分明了，分量也重了许多。你长大后看到这些文字时，一定会感谢爸爸把你的成长经历记录下来，这对你来说是一笔宝贵的精神财富。

这几天，爸爸思念奶奶，给二叔打电话，请他这两天回老家看望一下。爸爸和二叔把奶奶完全托付给姑姑，有点不像话。二叔说这几天忙完手头的事情就回去。这些年来，爷爷奶奶都是由姑姑和二叔照顾的，爸爸回老家的次数有限，心里有说不出的愧疚，特别是爷爷临去世时，爸爸也没有与他见最后一面，真是追悔莫及啊！爸爸一想起这些事情，心里就感觉很痛苦。你现在不会有这种感觉的，但当你成人之后，特别是在爸爸妈妈百年之后，也会有同样的心情。人就是这样一代一代地过来的，没有什么人能够例外。

过去的路与未来的路是相通的

（2016 年 12 月 4 日）

你还记得爸爸在你小时候去 G 省 B 市挂职的事情吗？这个星期二早上，

爸爸看到当年挂职时的秘书H叔叔（现在担任一个镇的镇委书记）发来微信，这几天在S市参加一个培训班。爸爸看到这个微信，心里十分高兴。自2006年2月离开B市后，我们就再也没有见过面了。时间过得真快，一晃就十年过去了。爸爸给H叔叔发微信，今天晚上请他和与他一同来的五位同事一起吃饭。

H叔叔见到爸爸，心情有点激动。他们五人中有一位女同志说，她见过爸爸，那次爸爸正好下乡，她就在那个乡里工作。席间，爸爸与H叔叔谈当年的往事，心情真是格外轻松。H叔叔谈起你那年与妈妈去B市看望爸爸的情况，那时你才4岁，现在已上高中一年级了。H叔叔的孩子8岁了，爸爸在时还没有出生。爸爸与B市的一些老朋友通了电话，他们都希望爸爸有空时能够回B市一次，爸爸说自己也很想回去见见老朋友。H叔叔说，在B市挂职的干部很多，大家与爸爸的感情与众不同。爸爸说，感谢大家的抬举。H叔叔回忆，当年爸爸说过，将来你上学后，每年带你去B市体验一下生活，使你知道落后地区到底是一种什么状况。爸爸无奈地笑了笑说，不要说去毕节了，就是回自己的老家都很难，自她出生以来只回去过一次。爸爸说这话时，脸上在笑着，但心里却有很多无法言说的苦恼。爷爷在世时，多么希望你每年能够回老家看看他们，姑姑和二叔也盼望着你回去。但是，妈妈每个假期都为你报许多补习班，客观上也没有时间。你将来回忆起爸爸的这段文字时，你会感到后悔的。

昨天晚上，你在学校参加音乐节的表演，妈妈把你的表演照片和视频发给爸爸。妈妈说，晚上的表演比较曲折。你自带了音箱和话筒，表演前都调好音了，但上台时，道具组的同学太匆忙，有个同学碰倒了音箱，把线接头弄断了，结果没有声音，搞得你很尴尬，只好让后面的同学先表演。后面借了链接线，你是最后一个表演的。但是，往往压台的表演在最后，爸爸看了视频，觉得你的吉他弹唱太棒了。你唱的歌，旋律好熟悉，歌词听不清楚，妈妈告诉爸爸是《同桌的你》。怪不得这么熟悉。爸爸觉得，你通过这次经历，应该有自信心了吧！妈妈也说希望你能自信，从此开心起来。爸爸有了诗兴，于是写了一首《七律·女儿音乐节演出感怀》诗：

怀念青春寻印痕，娇儿演绎旧时音。

多愁善感堪成梦，仗义疏财不坏身。

贫眼所惊惟器物，高人常重是精神。

手中吉他心中愿，一曲轻歌值万金。

第五句"贫眼所惊惟器物"是一个典故，出自宋代沈括的《梦溪笔谈》："唐人作富贵诗，多记其奉养器服之盛，乃贫眼所惊耳。如贯休《富贵曲》云：'刻成筝柱雁相挨。'此下里鬻弹者皆有之，何足道哉？又韦楚老《蚊诗》云：'十幅红绡围夜玉。'十幅红绡为帐，方不及四五尺，不知如何伸脚？此所谓不曾近富儿家。"沈括的本意是说明宋代比唐代的物质生活丰富得多。爸爸借用这个典故，结合诗的第六句，是说明人要有精神追求。最后一句"一曲轻歌值万金"是从唐代张籍的诗句中点化而来的。唐代诗人朱庆余参加科举考试，在考试之前有点忐忑不安，于是给当时任职水部郎中的主考官张籍写了一首《近试上张水部》诗："洞房昨夜停红烛，待晓堂前拜舅姑。妆罢低眉问夫婿，画眉深浅入时无？"张籍很欣赏朱庆余的才华，于是以一首诗安慰他："越女新妆出镜心，自知明艳更沉吟。齐纨未足人间贵，一曲菱歌敌万金。"最后一句指他一定会金榜题名的。这个故事你是知道的。爸爸就用这首诗对你进行鼓励吧，使你通过这次成功的表演，树立自信心，逐渐适应高中的学习生活。爸爸写完诗后，给你发短信："宝贝儿，爸爸看了妈妈发来的你的吉他弹唱视频，棒极了！你把很多人甩出好几条街！"你回复："甩吧。错别字。"爸爸回复："爸爸写错了，是甩。你把爸爸带回了自己的青春时光。"

今天，爸爸把你昨天在音乐节上表演的照片和爸爸为你写的诗发在微信上，点赞的人很多，不是为诗，而是为你的表现点赞。T姐姐给爸爸发微信，建议爸爸多给你发短信，内容就是鼓励你，或是抽空去学校看望你，使你感觉到这三年爸爸都在不停地关心着你。待你上大学后，独立面对社会，需要处理生活中碰到的各种事情，自身性格中的不足便会自然而然地得到修正。T姐姐是过来人，她讲的这些都是她的亲身经历。

今天，爸爸把你上初中期间给你写的信全部整理完毕，共计149封，每周一封，从来没有缺过。看着电脑上显示出的一本完整的书稿，爸爸长出了一口气，感觉终于又完成了一件大事。你在初中三年期间的点点滴滴，爸爸都记录下来了。这些信件中的主要内容，爸爸要么给你发过短信，要么与你交谈过，只是你没有看过整体的文字。今后在适当的时候，爸爸会让你看到的。回味过去的三年，别有一番滋味在心头。从你来时的路，爸爸似乎已经望到了你的未来之路，这二者是相通、相连的。这条路虽然崎岖坎坷，但一定会通向你心目中的目的地，从而实现你的人生理想。爸爸对你有信心，你自己更要有自信！

爸爸首次登上了北京大学的讲台

（2016 年 12 月 11 日）

前不久，爸爸整理好了你在上小学和初中期间写给你的信件，实际上是两本书了。这些信件，基本上涵盖了你的成长经历。爸爸虽然不能每天都陪伴着你，但在心里是无时无刻不在关心着你的。这两本稿子，相当于是爸爸送给你的礼物，使你明白，爸爸原来一直在陪伴着你。假如将来能够正式出版，也许会对其他做父亲的人有所帮助，使他们不要重复爸爸的遗憾，在陪伴子女成长的过程中做得更好一些。前几年，图书市场上有一本《好妈妈胜过好老师》的书籍，非常畅销。这说明，父母都很重视对子女的教育和培养，都想借鉴别人的经验。爸爸当初写这些信的时候，并没有太多的想法，只是出于对你的承诺，每周写就是了，将其作为一项例行的事项。但在整理这些信件的过程中，爸爸自己也被感动了，觉得要做好一个父亲的角色真是不容易；假如让爸爸重新做一回父亲，或许会做得更好一些。

昨天，爸爸去北京大学给工程管理硕士讲课，以履行自己作为北京大学兼职教授的职责。人生都有许多"第一次"，正如爸爸做父亲也是第一次。这次当大学教授对于爸爸来说是第一次，因而具有特殊的意义。爸爸担心迟到，很早就离开酒店，坐出租车去北大东南门。今天讲完课，爸爸就要回 S 市了，因此随身带着行李。原本请出租车司机送爸爸到讲课的教学楼"李兆基楼"门口，但保安看到爸爸的工作证不是北大的，不允许出租车进去，要爸爸给管理部门打电话。爸爸觉得，早上 7 点多一点，又是星期日，打电话也不一定解决问题，于是爸爸下车拉着箱子自己走进去了。提前了一个小时，在教学楼里转悠，看墙上挂的介绍北京大学和中国近代教育的历史图片。然后进教室，做好上课前的准备工作。学校派了一位全日制的研究生 Y 姐姐作为爸爸的助教，帮爸爸接好屏幕，然后准时上课。听课的同学是 2015 和 2016 两个年级的研究生，约 90 多人。中午，Y 姐姐带爸爸去学生食堂，吃了一碗牛肉面。我们集团有两位同事也是这个班的学生，中午与爸爸一起吃饭。爸爸要付钱，但这位 Y 姐姐不肯，爸爸也只能恭敬不如从命了。饭后，爸爸独自去北大校园内的未名湖和东门转悠，寻找北大的感觉。爸爸刚参加工作的 1988 年国庆节后，有一次与几位同事骑自行车来过北大。那时沿路都是菜地，北大似乎在远郊区，现在则大大不同了，与城里连成了一片，校园内也盖了很多新的建筑物，真是今非昔比了。

爸爸从上午 8 点半到下午 5 点，整整讲了一天。课程结束后，有一位女同学代表全班给爸爸献花，这也是他们的一个传统，给每位讲完课的老师献花，爸爸感觉很暖心。爸爸订了今晚回 S 市的机票，Y 姐姐和爸爸的两位同事一起送爸爸到东南门，Y 姐姐帮爸爸订了去机场的车。在路上，收到 Y 姐姐的微信，反馈了同学们对爸爸讲课效果的评价，都是正面的，爸爸也深受鼓舞。爸爸刚到机场，就收到北大工学院负责教务工作的 L 叔叔发给他们院长的微信（爸爸猜想，肯定是 Y 姐姐给他反馈的信息）："院长好，Y 总今天的讲座已结束，今晚返回。同学们反映讲座特别精彩，互动热烈，跟部分同学专业密切相关，非常期待明年的能源课程。特向您汇报。"这说明讲座很成功，爸爸也就放心了，总算是不辱使命。爸爸回复："谢谢同学们的鼓励。"

爸爸在机场吃了晚饭，说来也巧，吃饭的地方正是那一年我们一家在机场吃饭的地方。不知你是否还记得，当时爸爸和妈妈在一个地方买了饭，你到另一个地方买饭，然后端过来与我们一起吃。德国著名诗人歌德在《浮士德》中写道："万物昙花一现，却总有痕迹留下。"往事并不如烟，它们都保存在我们每个人的记忆之中了，而你的许多经历和往事都保存在爸爸的笔下了。今天既充实又劳累，能够登上北京大学的讲台，而且讲座很成功，真是一件荣幸的事情。它也将随着爸爸写给你的这封信而保存下来，从而在这个世界上留下它该留下的痕迹。

今天也有不好的事情。在高中同学的微信群中获悉，爸爸的高中数学老师 W 先生逝世，终年 78 岁，心里感觉很悲痛。回忆起当年上高中时，W 老师给我们上数学课的情景。W 老师满头的白发，背有点微驼，课讲得非常精彩。人的一生中，除了父母的恩情外，最重的莫过于老师的教诲之恩，这就是中国人常说的"一日为师，终身为父"。为了缅怀 W 老师的教诲之恩，爸爸写了一首《七律·悼 W 先生》的诗：

微信群中报恶音，含悲洒泪忆师恩。

满头白发微驼背，一缕香烟常会心。

代数几何能冶性，板擦粉笔最劳神。

先生驾鹤西游去，身后葱葱桃李林。

　　爸爸写好诗后，将其发给一位高中同学 Z 伯伯，并请他代爸爸去 W 老师家里祭奠。

　　L 老师告诉爸爸，本周三你们要进行第二阶段考试，连续考三天。爸爸有意识地不去问你，以免你有压力。爸爸以前对你说过，平时的测验不是为了排名次，而是为了暴露问题，从而有针对性地解决问题。经过这样反复的课程教学和心理的训练，到了正式考试时，就有可能超常发挥。其实也不是超常，因为平常能力的积累是无法超越的，只是把自己的能力全部发挥出来了。你就把在高考之前的所有考试都作为平时训练就可以了，而不必太在意成绩和排名。

段考的进步可助你找回自信

（2016 年 12 月 17 日）

　　上周，你们进行第二次段考。爸爸为了不增加你的压力，因此有意识地不问你这些事情。但爸爸心里很清楚，这次考试对于你找回自信并重新快乐起来十分重要。上次你在学校音乐节上的表现非常好，多多少少已经找回了一些自信。爸爸听你说，有些同学对你的态度也发生了很大的转变，这都是好的迹象。星期一下午，爸爸给班主任 L 老师发微信："L 老师，假如段考成绩出来后，烦请您将 Y 同学的成绩和排名发我一下。我有意识地不问她本人，以免她压力大。十分感谢！"L 老师回复："好的。目前知道数学 95 分，这次比上次难很多。年级排名 254，上次排名 324。"爸爸回复："我已经很满意了！"爸爸又分别给其他任课老师发短信。晚上，陆续收到一些老师的回复。地理 Z 老师说，你报的是理科，文科参加三科（政治、历史、地理）的综合考试，分数是 84 分，她说这个成绩单挺好的了。物理 Q 老师打来电话，她认为你的表现不错，这次考了 60 分，由于试题很难，55 分为及格。Q 老师说，分数说明不了问题，关键是要把问题暴露出来。她说，孩子在家里的事情你们办，学习上的问题我来解决。Q 老师是用固定电话打的，爸爸平时对不认识的电话很少接，因为都是一些银行贷款、购房等广告电话，有心不接，但第六感觉告诉爸爸要接这个电话，否则，就错过一个与 Q 老师交流的机会。第六感觉有时真准，但它并不是唯心，而是基于平时对事物的感知而留存于大脑皮层中的印记，在适当的条件触发之下就显现出来了。

星期三，生物 N 老师和化学 J 老师将你的分数告诉了爸爸。你的生物成绩 73 分，年级排名 325 名；化学成绩 81 分，年级排名 190 名左右。N 老师要你主动去找他一下，他会给你一些鼓励。爸爸给 J 老师发短信："J 老师，您认为 Y 同学的主要问题是什么？" J 老师回复："我认为没什么问题，考试就不是让学生都考满分的。当然有高分有低分，80 分说明老师讲的基本都能很好地掌握了，需要的是自己多一些深入探究，开阔思路，多一些研究。"爸爸回复："谢谢 J 老师，请您多多指教她！十分感谢！"

爸爸将这些情况给妈妈和 T 姐姐发微信，T 姐姐要爸爸多给你发鼓励和关心的短信，不要管学习成绩如何。姐姐还认为，每个人都是独立的个体，成人后都需要独立去面对未来的路，坎坷的、曲折的，好的、不好的，都要自己去面对，父母只是爱的支撑，这就足够了。姐姐也是从你这个年龄走过来的，她现在独自面对社会，因此感触就深一些。

星期三晚上，你给爸爸打来电话，讲了你最近的一些情况，爸爸心里很高兴。爸爸妈妈心中时常挂念着你，你何尝不挂念爸爸妈妈呢？你主动讲了自己的考试情况，感觉成绩不太理想，但排名往前靠了一些。爸爸将你的数学成绩和排名告诉了你，排名向前提了 70 位，这是很大的进步。你说有同学讽刺你，只是文艺好，但文化成绩不好。爸爸告诉你，每个人看待世界的立场都是站在自身的角度，别人说你只是文艺好而学习不好，你可以反过来看，自己只是成绩暂时不好但文艺一直好。我们通完电话，爸爸又给你发了一条短信："爸爸本来不想对你说考试的事，你既然主动说起名次，爸爸才说的。你一定要快乐轻松，人生才刚刚开始。你还是要按照爸爸在你小时候对你讲的大气、大度、大方去做。一切都会好起来的！"

星期四，爸爸对你的思想状况还是不太放心，于是又给你发了一条短信："宝贝儿，你睡不好觉，爸爸很心疼，昨天晚上几乎一夜没合眼。今天，妈妈带你去看中医，你就听医生的话，主要还是靠调节自己的心理，药物只起一个辅助的作用。爸爸相信你，一定会度过适应期的。你碰到任何问题，爸爸都愿意帮助你！"下午，L老师发来微信："孩子总成绩（理科）652分（语文 125，数学 95，英语 135，物理 59，化学 81，生物 73，文综 84），年级排名第 174 位，上次排名第 301 位，总体而言进步很大。就算加上 71 个文科生，也是第 245 名，较第 301 名还是进步很大的。"爸爸回复："谢谢L老师。这对 Y 同学而言，有助于提高她的自信心！"爸爸将你的考试成绩转发妈妈："你好好鼓励她一番！这次应是一个突破，在物理成绩不太好的情况下，取得这个成绩，真是不易，应该可以找回她以前的自信心，一扫这半年来的郁闷！"同时，爸爸也给你发了短信："你的总成绩 652 分，年级排名第 174 位，上次是第 301 位。你没有理由不开心了吧？爸爸祝贺你！在爸爸的心目中，你永远是最棒的！！！"

爸爸给 L 老师发短信："L 老师，真是谢谢您！孩子昨天晚上与我通话时，还有点信心不足。恳请您再找她谈谈话，这一次对她是很大的突破，相信她会有所改变。"L老师回复："好的！我晚上找她，顺便补下今天她缺的数学课！"晚上，L 老师给爸爸发微信，你这次考试在班里的排名是第 17 位。语文 F 老师也发来微信，你的语文成绩年级排名第 58 位。F 老师还问你今天怎么没来上课，爸爸告诉他："她最近睡眠不好，今天上午她妈妈带她去看中医。刚才 L 老师发来她的总成绩，年级排名第 174 位。我相信，这对她找回以前的自信很有帮助！"F 老师回复："我们都希望她能克服目前遇到的问题，她肯定能行！"爸爸与 F 老师通了电话，他对你很有信心，希望你能够放下担心，轻松愉快地投入新的学习生活。

宝贝儿，你这次考试成绩进步很大，突破了自己的心理障碍，爸爸真是高兴之极，精神也为之一振。爸爸有一种预感，你应该找回了以前的自信，睡眠问题也会自然解决了。这就是所谓的"破茧"吧。上次，你在音乐节上的吉他弹唱非常成功，爸爸看了妈妈发来的演出视频，写了一首诗放在微信上，结果引来许多朋友的点赞，他们不是夸奖爸爸的诗，而是赞美你的表现。星期三晚上，爸爸乘着愉快的心情，以那首诗的韵又为你写了一首《七律·女儿段考进步次旧韵寄语》诗，既是对你的鼓励，也是爸爸的期待：

惊涛骇浪也无痕，心静可闻天籁音。

陶冶情操才有梦，钻研功课岂惜身。

担当庶事须超物，放下虚名莫费神。

稀米难酬当日愿，人生经历赛黄金。

爸爸希望你通过这次考试，明白许多人生的道理。人在生活中哪怕遭遇到惊涛骇浪，也会有风平浪静的时候，关键是要使自己的心情安静下来。诗中所说的陶冶情操、钻研功课、担当庶事、放下虚名等等，虽然都是一些老生常谈，但这是我们的老祖宗几千年里留下来的正确的价值观和方法论，我们都要认真吸取和借鉴。人生的成败不重要，经历最重要，它的价值胜过黄金。

爸爸最近给你发的短信，你都没有回复。爸爸前几天在食堂碰到一位同事，他是你们班 L 同学的父亲，他说儿子平时不给父母打电话，发短信也不回。爸爸当时说，现在的孩子们都是如此，我家的女儿也是这样。爸爸这样一说，他也是很无奈地苦笑一声，但似乎也多了一些释然的表情。你在上小学时，有一次在补习班学习，爸爸去接你，在教室外碰到单位的一位司机，他也来接儿子。他说，平时儿子在家里不愿意与父母多交流，回家就把房门一关，在里面也不知道干什么，他只能通过来补习班接送儿子的路上与他说几句话。爸爸当时也笑着说，现在的孩子们都是这样。你们这些孩子，难道给父母打个电话、回个短信就是那么的困难吗？你们真是不懂父母的苦心，将来总有后悔的那一天！

在琴房里蹭流量的女孩儿

（2016 年 12 月 25 日）

上周，T 姐姐把与你的微信交流截屏发爸爸，你为了蹭流量，在你们学校的琴房发微信。你说心疼流量，姐姐就在淘宝上给你买了一个 G 的流量。你看，你有个姐姐多好啊！你自己在琴房练练琴，这正是爸爸希望你做的事情，不要整天就是学习文化课，应付考试，而是适当发展自己的业余爱好，提高自己的综合素养。

周日晚上 7 点半，爸爸在你们学校初中部与 L 老师夫妇见面。爸爸原打算坐 7 路车去，结果上错了车，司机还不错，半路停下来，让爸爸去最近的地铁站改坐地铁，结果迟到了几分钟。我们在学校的院子里边走边聊，讲到孩子的逆反心理时，L 老师的爱人说，她儿子也不与他们联系，真是一样的父母一样的孩子。L老师说你很阳光，成绩进步很大，家长不用太操心。爸爸下午与L老师打电话时，也表达了这个意思，就是子女终究要离开父母，独立面对社会。爸爸对L老师讲了自己与爷爷的关系，爷爷生前从来没有对爸爸笑过，总是一脸的严肃。但是，自爷爷去世后，爸爸非常怀念他。将来要是爸爸不在了，你看着爸爸给你写的这些文字，或许也会怀念爸爸的吧。

　　下周，爸爸再给你写信时，就是新年了。爸爸祝你每天快快乐乐地生活学习，不必为了几分的考试成绩而郁闷。

爸爸买了"文房新五宝"

（2017年1月1日）

　　今天是元旦，又是一年过去了。回顾去年以来的情景，倒是真不平静，主要是你上高中后经历了一段不适应期，爸爸表面上虽然镇静自若，但内心里也不平静，总会为你担忧，这也是作为父亲的一种天性吧。元旦过后，你又要紧张地准备期末考试了。不论是顺利还是波折，日子总是这样一天天地过去了。

　　下午，爸爸上街买了三张号称是"文房新五宝"的水写纸，两个12元，一个8元，回家后试写，质量确实不一样，真是"一分钱一分货"。你上小学时，妈妈就为你买过这种纸，但当时爸爸和你的书法老师不主张你用，还是要用墨汁写字，因为这种水写纸不利于毛笔的顿挫转折。当然，在掌握字的形体和结构时，这种省事的水写纸还是有一些作用的。你的书法Z老师就说过，不能全部使用它，只能将其作为一种辅助工具。爸爸每天晚上一般都要写几个字，以前用过的几张水写纸该淘汰了，用墨汁写又觉得太麻烦了，每次还要把毛笔清洗干净，耽误时间。再说了，爸爸也不想成为一个书法家，只是把写字当作一项业余生活中的内容。

　　你每天几乎都在写作业、做试卷中度过，这也是没有办法的事情。其实，爸爸希望你能够在假期中放下那些作业，弹弹琴、写写字，或者到外面跳跳绳、跑跑步，适当地调剂一下生活节奏和内容。中国有句古语："磨刀不误砍柴工。"你把身体搞好了，把精神状态调整到有点亢奋但又不要过于亢奋的状态，这时的学习效果才是最好的。爸爸希望你有空时也要写一写书法，切不可以学习紧张为由而荒废掉。

爸爸初中时的"偷油"经历

（2017 年 1 月 8 日）

元旦期间，爸爸可能有点感冒了，咳嗽得厉害，但没有发烧。爸爸不愿意吃药，而是通过锻炼和休息来增加免疫力。比如发烧，从医学的角度说，这是人体自身免疫系统起作用的表征。爸爸自 1991 年在 B 市时开始每天洗凉水澡，自身抵抗力有了提高，二十多年来一直没有发过烧。其实，疾病也是欺软怕硬的，你硬它就软，你弱它就强。生活中的许多事情都是如此，表面上看很困难，但只要自己不怕困难，而是努力想办法克服困难，那么这种困难也就不成其为困难了。

有一天晚上，你给爸爸打来电话，要爸爸不要与你的老师走得太近，以免同学说闲话。你说，当初在小学时，有同学就对你说，你爸爸当官有什么了不起呀。实际上，在你上小学时，爸爸与你的老师并没有接触几次，主要是由于单位与学校的工作关系而拜访过你们的 W 校长和 Y 校长，别的同学和家长也不会知道。你小学时许多同学的家长是爸爸的同事，他们可能在家里对他们的孩子说爸爸是干什么的，因此你的同学那样对你说。不管怎么样，你能对爸爸说出你的想法，这样很好，爸爸感到很高兴。

星期六下午，爸爸去 S 市参加集团的年度工作会议，晚上，在酒店一楼健身房的跑步机上跑步 1 个小时，距离 7 公里，消耗热量 800 大卡。与爸爸一同跑步的 W 叔叔说，像爸爸这个年龄的体质真是不错，他的速度是每小时 5 公里，还没有跑 1 个小时。他在 B 市一家单位挂职时得了咽炎，边跑步边咳嗽，真是难受。另一位同事 Y 伯伯在旁边骑自行车。我们锻炼结束后，Y 伯伯提议去吃夜宵，爸爸从来没有这个习惯，因此自己直接回房间休息了。

今天晚上，妈妈在微信朋友圈中发了一条信息："因工作原因，不能再照顾多只猫，现将小黄（Micky）托付与人，有欲认养者，和我联系。要求是必须喜欢猫而且养过猫的爱猫人士。Micky 简历：4 岁，boy，已绝育。"妈妈在留言中写道："各位亲，铲屎官不好当啊，养宠物就是一失足成千古恨，养猫要慎重啊！"爸爸几年前就说过，家里不要养宠物，因为需要花很大的精力去照顾它们，我们家里目前这种状况，根本无法应付。但妈妈不听爸爸的劝告，执意从朋友处抱回两只猫，理由是为了能让你在家里与猫玩耍时更放松一些。这几年，妈妈费了不少精力，也与你生了不少的气，因为你总是以不恰当的方式抱猫，它们不喜欢你抱它们的方法，于是就要反抗，结果你有两次被猫抓伤，妈妈只好带你去医院打防疫针，以免染上病。当然，任何事情都有两面性，虽然因为这两只猫闹了不少别扭，但毕竟与它们有了感情，真要把它们送人，还是多少有点恋恋不舍。不过，两害相权取其轻，假如有人愿意领养，爸爸还是赞成把它们送出去。爸爸一直担心，你被猫抓伤，特别是如果抓了脸，留下伤疤，那真是追悔莫及啊！

　　目前对你来说，主要是解决睡眠不好的问题，而这主要靠调节心理和情绪。高中阶段是过集体生活的开始，你一定要过了这一关。万事开头难，过集体生活也是如此，慢慢也就适应了。爸爸第一次过集体生活是初中，那时主要是想离开家，渴望新的环境。我们那时住校，条件真是差极了。冬天里，由于用于取暖的煤炭不足，宿舍里的火炉常常是有气无力地有一些火星，从来没有呼呼地燃烧。一条炕上睡十几个人，说句夸张的话，大家想翻个身，可能还需要喊一声"一二三"。伙食就更差了，除了莜面和白菜汤，一年也吃不到几次肉和豆腐，偶尔可以吃一顿馒头，由于馒头的个头小，分量不足，大家也吃不饱。家庭条件好的同学，每周可以从家里带一些干粮（馒头或烙饼之类的食物），爸爸的干粮只有莜面做成的炒面。

　　这些生活上的困难倒也罢了，最大的问题是照明，教室里和宿舍里的电灯晚上9点就熄灭了，经常碰上停电。爸爸自己做了一个煤油灯，就是用一个玻璃罐头的瓶子装煤油，用一块薄铁皮卷起来，里面装上一些棉花或破布条，然后再把它砸成像一块长方形饼干那样的形状，在罐头瓶盖上开一个口子，把这块铁皮卷成的灯芯装进去，一盏灯就这样做好了。这种油灯的灯芯比较宽，比普通的圆形灯芯的煤油灯要亮一些。由于灯芯宽，煤油可以充分燃料，因此冒出的油烟也相对比较少，我们就称这种灯为"无烟灯"。爸爸那时比较勤奋，待同宿舍的同学睡着后，爸爸把一只长方形的凳子放在炕沿上，把"无烟灯"放在凳子的下面，用被子盖起来，自己也钻进去，就着灯光看书学习。尽管是"无烟灯"，但由于蒙在被子里面，烟出不来，因此常常把自己的脸熏黑，鼻子里经常罐满了油烟。

另外一个最大的问题，就是供销社里经常买不到煤油，我们几个同学晚上偷偷跑出去，从学校院里停着的手扶拖拉机的油箱里偷人家的柴油。白天从供销社买一根塑料管子，晚上把拖拉机的油箱盖拧开，把管子的一头伸进去，在外面的另一头要低于油箱，用嘴吸管子，柴油就被吸进嘴里，然后赶紧从嘴里拔出来，插入一个瓶子里，柴油就自动流进瓶子里了。在初中的物理课本中，将这种现象叫作"虹吸"，它是一种利用液面高度差的作用力现象，是由液体压强和大气压强产生的。有一次，我们的数学 W 老师代替物理老师讲这节课，W 老师提问，爸爸作了回答，比较完整地把这个现象说清楚了，老师当时还表扬了爸爸，说今天没有带记分本，其实应该记记分数的。待瓶子灌满了油，把管子从油箱里拔出来，拧紧油箱的盖子，赶紧跑了。有一回，我们几个正在"作案"，被我们的班主任 Z 老师发现了，当时把我们吓坏了，以为这下可完了，被批评倒是小事，今后不能再用这种办法搞到柴油来点灯才是大事。让我们没有想到的是，Z 老师不仅没有批评我们，反而嘱咐我们"不要把油撒在地上，以免第二天有人看到"。他说这个话的时候，脚步没有停下，说完连头也没有回就走了，似乎这件事与他一点关系都没有。说实在的，这个结果太出乎我们的意料了。后来，我们也想明白了，老师没有不希望学生好好学习的，只要爱学习，学生做什么，老师都是支持的，这类"偷油"的行为也不例外。我们当时的语文课本里有一篇鲁迅的文章《孔乙己》，主人公孔乙己偷别人的书而被打，他自我解嘲说："窃书不能算偷……窃书！……读书人的事，能算偷吗？"按照孔乙己的逻辑，我们也是读书人，柴油是为读书而照明的，因此"偷油"也不算偷，充其量是"窃油"了。这件事情过去几十年了，爸爸一直记忆犹新。今天给你讲这个故事，也是让你了解爸爸当年求学时的一些趣闻逸事。你们现在的学习条件，比我们那时不知要好多少倍，至少是不饿肚子、不缺照明、书籍充分，但你们缺乏的是我们那时的刻苦勤奋的精神。时代不同了，爸爸当然不能拿自己的经历来要求你，但这种求学的精神，还是值得你们这一代人借鉴的。爸爸那时虽然生活艰苦，但精神上很快乐，对未来充满了希望。你也要对未来充满希望，尽快克服目前的困难。最重要的是，爸爸希望你快乐起来。爸爸还是你小时候经常对你说的话，只要你快乐，爸爸就快乐！

第三次段考的进步很大

（2017 年 1 月 15 日）

你上次给爸爸打电话说，不要爸爸与你们的老师多接触，以免同学们说闲话。但是，你们班主任老师和语文老师则认为，作为爸爸，对上高中的女儿在学校的情况不能不闻不问，因为单单靠妈妈是不能解决你所碰到的所有问题的。他们表示，也会主动与爸爸沟通的。

星期二晚上，你们的班主任 L 老师给爸爸打来电话，说这次段考你的数学成绩 114 分，年级排名第 64 位。他还说，这次数学试题比上次难，全班平均 88 分。这对你来说，真是一个好消息，这个成绩能够给你带来很大的精神鼓舞，可以重新树立起你的自信心。爸爸给你发短信祝贺。

星期四，L 老师发来微信，说你的第三次段考班级排名第 8 名，年级第 127 名。爸爸给 L 老师打电话，他把你的各科成绩告诉了爸爸：数学 114（年级排名 64 位），语文 105（308 位），英语 120.5（129 位），物理 73（30 位），化学 66（255 位），生物 69.5（346 位），文科综合 81（331 位）。你的这个成绩，应该说进步很大，与入学成绩相比，超越了 170 位同学。爸爸将综合排名给你发短信，将详细成绩给妈妈发短信。爸爸给你打电话，你没有接。晚上，爸爸与 L 老师通电话，他说，下学期重新分班，你进重点班是没有问题的。这就够了。爸爸说是的，希望还在您的班里。L 老师说但愿吧，即使不在我的班里，有什么事情需要我办的，也没有问题。爸爸感谢 L 老师对你的关心。

星期三早上，爸爸接到物理 Q 老师的短信："她物理考的不错，孩子聪慧且习惯好。"爸爸回复："谢谢 Q 老师对她的教诲！"爸爸给化学 J 老师发短信："J 老师，Y 同学这次化学考得不太好。"J 老师回复："这次考试试题比较难，66 分是中等水平。"爸爸回复："排名 255 位。她还是有一些知识点没有掌握。"J 老师回复："是的，假期要再复习一下，多记多练。"

你这个学期结束了，学习有进步，表现在考试成绩上。爸爸回忆自己上高一的第一个学期，入学成绩全班第 7 名，期末之前总是看小说，去县图书馆借书，结果成绩一塌糊涂，忘记是第几名了。当时爸爸的班主任老师向爷爷告"状"，你儿子看小说花的时间太多了。当时，爷爷对爸爸的表现很无奈。爸爸经过自我反省后，痛改前"非"，努力学习，在第二学期就名列前茅了，并且一直保持到高考。俗话说："纵有千件事，先从紧急来。"其实，喜欢读书也不是什么"非"，只是说在那个阶段要把主要精力放在复习功课上。爸爸曾经将这一段经历写入一篇题为《父亲的嘱托》的文章，发表在《人民日报》（1997 年 11 月 24 日）。爸爸前几天还对你讲过这段故事，意在让你宽心，因为每个人的成长过程中都会碰到类似的问题，都会做一些现在看来很可笑但当时却有点不得了的事情。你有时间再看看爸爸当年写的那篇文章。

这次段考结束后，也就意味着这个学期放假了。你正好利用假期修整一下，主要是调整心态，好好体会一下范仲淹在《岳阳楼记》中所说的"不以物喜、不以己悲"的境界。这两句话用在你的身上，就是不因偶尔的几次或几科的考试成绩不好而悲伤，更不要过多地与其他同学攀比，而是要以淡定的心态面对生活中的一切事物，按照自己的节奏向前走。

小年夜的忆旧情思

（2017 年 1 月 22 日）

星期二，爸爸收到上次对你说过的在 G 省 B 市挂职时的秘书 H 叔叔托人从云南寄来的两公斤中药材三七（块状而非粉状），每斤 780 元。爸爸昨天通过微信给他打去 1600 元。2005 年你和妈妈去看望爸爸时，见过这个叔叔。三七是传统中药材，有活血化淤的作用。长年住在迎宾馆的 L 爷爷和 L 奶奶已经服用了几十年三七粉，效果很明显，脸上的老年斑很少。他们的儿媳 X 阿姨以前经常代爸爸买三七粉，但爸爸有点不好意思经常让她买，于是，请 H 叔叔托人从云南代买。今后就可以自己把三七块磨成粉了。今天，X 阿姨还给爸爸打电话，嘱咐爸爸一定要每天按时吃三七粉，她周围的一些人都得了血梗。

星期四下午，你与爸爸通电话，爸爸讲了化学 J 老师给爸爸发短信，将你的考试成绩告诉了爸爸。你觉得奇怪，J 老师怎么会知道爸爸呢？上次开家长会时，L 老师把所有任课老师的电话都在屏幕上显示出来了，爸爸当时拍了照片。你考试结束后，爸爸分别给他们发短信，J 老师欢迎爸爸与他进行交流。爸爸问你分班的情况，你说自己报了重点班，不想进素养班，因为那些学生太厉害了，你竞争不过。爸爸说，你要有自信，这里有一个水涨船高的问题，在一个整体素质比较好的班里，大家水平都高，你的水平也就自然提高了。

星期五是小年夜（腊月二十三），在网上读文天祥的两首《小年》诗：

> 燕朔逢穷腊，江南拜小年。
>
> 岁时生处乐，身世死为缘。
>
> 鸦噪千山雪，鸿飞万里天。
>
> 出门意寥廓，四顾但茫然。
>
>
> 壮心负光岳，病质落幽燕。
>
> 春节前三日，江乡正小年。
>
> 岁时如有水，风俗不同天。
>
> 家庙荒苔滑，谁人烧纸钱。

文天祥的这两首诗写于小年时的燕京（现北京市），是他兵败被俘后英勇就义的地方。文天祥在节日中的百感交集、对家乡的思念、视死如归的决心，在这两首诗中一览无余。爸爸想起自己的老家过年时的情景，遂和作《五律·小年夜次韵文天祥同题诗》（二首）：

> 故乡无肉腊，南粤有新年。
>
> 常忆祖孙乐，独思父子缘。
>
> 青山披大雪，骏马啸长天。
>
> 不见旧城廓，茫茫复自然。
>
>
> 国破思韩岳，荆轲别赵燕。
>
> 江南离暖日，塞北遇寒年。
>
> 迫渡黄河水，难归大宋天。
>
> 厓山末路滑，无处铸铜钱。

第一首思念爷爷，诗句比较通俗易懂。第二首缅怀文天祥，其中用了好几个典故。"韩岳"指南宋抗金名将韩世忠和岳飞；"迫渡黄河水"指当年文天祥被俘后在元军的押送下过黄河去元大都（现在的北京）；"厓山"也写作"崖山"，是南宋最后覆亡的地方，原址在广东省的新会。2013年国庆节时，我们全家与 M 伯伯一家人去过那里，爸爸当时在给你的信中写过这么一段话："4 日上午，与 M 伯伯一家去 Y 市。中途去厓山宋元古战场参观，爸爸的同事 J 叔叔在约定的出口等候。我们在来的路上，没有直接走西部沿海高速，有一点绕道，大约耽误了半小时。"那天下午，我们还去附近参观了恩平碉楼立园。爸爸在给你的信中写道："这家庭院原来的主人谢维立，现在后人散落世界各地。事过境迁，物是人非，现在拿钥匙的人都是与原楼主不相关的人。爸爸想起苏东坡的诗句'生前富贵草头露，身后风流陌上花'，确实道出了事物的本质。记得爸爸上次对你说过一句中国人的俗语'房多累主人'，现在看着这处院落，不知'旧时谢家堂前燕'飞到哪里去了，真使人有万般的感慨啊！"人都会忆旧的，文天祥是这样，爸爸是这样，你将来也会是这样的，一方面是文化的传承，另一方面是人性使然。

晚上，T姐姐给爸爸发微信，说她本打算今天来看望你，但因加班而无法来了，只好过年再来家里。你主动向姐姐问候春节吧，同时也要记得给长辈和老师们问候春节，以表达对他们的尊重，这也是我们的一种家教和家风。

老宅里的家族大团圆

（2017年1月27日）

前儿天，爸爸回到老家，T姐姐也回来了。爸爸与姑姑商量，今年过节回村里老宅，把能够请到的亲戚都请上，在老宅院子里点一个大大的煤炭旺火堆，取"众人拾柴火焰高"之意。开始时，姑姑和姑夫有点想不通，T姐姐也不太同意，但经爸爸说服，他们也想通了。爸爸给堂伯打电话，他也有此意，由他来准备晚餐。

今天是大年三十。下午，爸爸与姑姑一家和二叔一家去上坟。堂伯已经上过坟了，在他父母的坟前插了三支香烟，但在老祖宗的坟头上没有看到。爸爸和二叔每次上坟，在每个坟头都要烧纸和放贡品，包括堂伯父母的坟头，因为他们都是我们的长辈祖辈，都应受到祭祀。去年，堂奶奶下葬时，堂叔因为想在他妈的棺材里放东西而与四爷爷有一点冲突。堂叔说："他们（指爸爸和二叔）做什么都行，我做什么都不行。"四爷爷说："人家是为众人，你是为你自己，能一样吗？"四爷爷的水平高，他的这个话点出了问题的关键。为众人，就能得到众人的拥护；为个人，只能得到众人的厌恶与反对。小到一个家族，大到一个国家，任何组织内部都需要为众人服务和谋利的人。《孟子》中记载了孟子和齐宣王之间的一段对话：

　　孟子：独乐乐，与人乐乐，孰乐？

　　齐王：不若与人。

　　孟子：与少乐乐，与众乐乐，孰乐？

　　齐王：不若与众。

　　这段古文，不用爸爸翻译，你都能够理解。个人的快乐建立在众人的快乐之上，才能真正地快乐。进一步引申，还是要有范仲淹的"先天下之忧而忧、后天下之乐而乐"的家国情怀。

　　晚上，在堂伯家聚餐，老老少少共计30人。老姑夫和四爷爷与家人也来了，大家都高兴，感觉这么多人一起过年，真是百年少有。下午，在老宅院子里用两吨煤炭垛了一个旺火堆，5点多钟开始点火，到了晚上12点，烧得很旺，预示着今年一年都会兴旺。

　　大聚会结束后，回到姑姑家里，又点了煤炭旺火。大家聊天到凌晨5点钟，无非是一些家长里短。这才是真正的生活。姑姑对你尤其关心，问这问那的。

　　爸爸一个人回老家过年，整个家族的人都会在心里问，为什么媳妇与孩子不回来。这个问题正是爸爸的心结。如果有人问，爸爸也只能说你要复习考大学，这是最重要的事情，别人也能够理解。回老家过年和祭祀祖宗，这只是一个形式；透过这种形式，是一种民族传统和家风家德的传承，这是一个人、一个家族乃至一个国家的文化能够一代一代传承下去的载体和象征。从这个意义上来说，它就不仅仅是一种形式，而是一种很神圣的文化仪式，这种仪式感有时可以震撼人的心灵，从而使道德得到净化。爸爸把一些老家过年的照片和视频发给你，希望你能够从中感受到一些热烈祥和的气氛。

新学期、新班级、新气象

（2017年2月7日）

　　这个春节期间，爸爸在老家，每天都是访亲拜友、吃肉喝酒。闲时与家人聊聊天，倒也过得轻松惬意。

　　大年初三，爸爸的高中语文老师N先生在北京做白内障手术成功，他老人家自己赋诗一首：

　　　　　　门生关注我手术，深情厚谊含里边。

手术成功特高兴，满怀喜悦拜大年。

爸爸也为 N 先生手术成功而高兴，遂和作一首《七绝·次韵 N 先生白内障手术成功》诗：

吾爱吾师修炼术，温馨漫步人生边。

心明眼亮盈诗性，安度平常每一年。

N 先生当年对爸爸有知遇之恩。高一下半年，学校举行语文竞赛，各个班里通过考试选拔参赛者。爸爸的选拔赛成绩不太好，但 N 先生还是让爸爸代表班里参加竞赛。结果，爸爸取得了第二名的成绩，也算没有辜负先生的期望吧。N 先生也是爷爷的老师，爸爸对他更添一层尊敬。

爸爸的发小 Z 叔叔，这次也见到了，我们还一起参加同学聚会。我们家刚来 S 市时，Z 叔叔也在这里工作。有一次，我们去爬山，Z 叔叔和爸爸一起把你坐的小推车沿着台阶一级一级地抬到山上。你虽然不可能记得此事，但这说明你与 Z 叔叔还是有一种缘分的。你将来长大了，应该对 Z 叔叔当年对你的关爱表达谢意。

爸爸在老家与同学聚会，微信群里有一些反响，外地的同学很羡慕。爸爸写了一首《五律·同学聚会有怀》诗：

过年重聚会，常有未归人。

畏惧天涯路，珍藏游子心。

江南送喜雨，塞北报春音。

陪伴众亲友，强于敬鬼神。

昨天是大年初十，爸爸与 L 老师进行微信交流，他说你分在 7 班，他教文科班，不当你们的班主任了。爸爸也给 F 老师发微信拜年，他把你们班的新班主任 Z 老师的电话告诉了爸爸。他说他也不教 7 班，仍旧教 5、6 班。F 老师向爸爸详细讲了分班的情况，分班是按成绩的，理科班共 10 个班，分为三个档次，其中 1、2、3 班是第一档次，叫实验班；4、5、6、7、8 班是第二档次，是同一个级别，都属于重点班，班级序号不是排名；9、10 班是第三档次，也叫二类实验班。另外有两个文科班。你所在的班级属于第二档次，这也符合你不愿意与那些尖子生们在同一个班里的愿望，以免压力太大。

整个春节期间，爸爸一直惦记着你的分班的情况。现在分班已经结束，爸爸也就放心了。开学后，你就在新的班级里开始新的学习生活了。新年有新气象，新班级更要有新形象。爸爸希望你忘掉上学期的一些不愉快，以轻松的心态融入新的班集体。一切是新的，一切都会好起来的。大家又处于相同的起点上了，你应该有信心与大家共同进步！

独特而难忘的元宵夜

（2017 年 2 月 12 日）

正月十四，爸爸因事去了一躺 S 市，住在风景区内一个叫作"燕子呢喃"的小旅馆，抽空坐游船游了一次锦江。船老大很幽默，把沿途的景区介绍得很精彩。游船在某处停下来，船老大给我们指远处的一座像观音送子的山峰。他说，一年只有一百零几天可以看到，雾天看不到，阴雨天看不到，当然你们不来也看不到。如果今天谁要是求子的话，肯定会更加灵验的。他这么一说，大家都笑了。船老大还兜售用红豆编成的手镯和项链。2004 年，我们一家和 Z 叔叔一家来过这里，你当时只有 4 岁。在上下山时，爸爸一只手抓着铁链，另一只胳膊夹着你，你也不知道害怕，只是从嘴里发出哼哧哼哧的声音。Z 叔叔在某些路段替爸爸一会儿。M 阿姨说，这才是父爱啊！

晚上，在景区的入口处观看放焰火。回到旅馆房间，想着今天的情景，回忆当年的时光，写了一首《七律·游锦江》诗：

傍晚行船眺远峰，观音菩萨雾中迎。

水波荡漾增江绿，燕子呢喃唤客声。

风景牵人观峭壁，心情由己亮明灯。

秋天红豆编成串，一粒相思一粒情。

这首诗，也算是爸爸送给你的新学期礼物吧。

为改善睡眠环境而租住公寓

（2017 年 2 月 19 日）

开学以来，你的睡眠还是不太好，似乎有一些抑郁的征兆。爸爸经常对你讲，人无压力便没有动力。为了使自己进步快一些，总还是需要一点压力的。这正是你小时候学过的课文"学如逆水行舟，不进则退"的道理。另外，抑郁也是人的一种正常情绪，其实人人都会有心情压抑、精神萎靡的时候，也就是说，人人都有抑郁的时候。因此，不必把它看得太过严重。

爸爸的话是这么说，无非是给你宽心，给你减压。但问题是存在的，这个睡眠问题还是要想办法尽快解决。妈妈为你在学校附近租了一套公寓房，并且陪你住在那里。目前看来，这也许是对你最有效的办法了。妈妈说，先让你离开宿舍的环境，与同学保持一定距离。最近，你的睡眠情况有所改善，而且高中阶段就打算这样过了。

爸爸与妈妈多次说过，如果以损害身心健康为代价，那么这个高中和以后的大学宁可不上。不论是上高中还是上大学，只是追求知识和增长阅历的手段，而不是人生的最终目的。人在这个世界是为了快乐地生活，而不是为了得到什么虚名。记得你上小学时，有一次问爸爸："如果我考试不及格，你会不会打我？"爸爸说，只要你努力了，就可以了，至于考试成绩，我们根本不过问。你当时说，你和妈妈一个腔调。确实如此，在这个问题上，爸爸和妈妈的意见是高度一致的，只看重你的健康快乐成长，而不看重你的考试成绩。直到今天，我们仍然是这个态度，因此，你根本没有必要为自己增加压力。你的睡眠不好，可以通过吃中药慢慢调理，西药千万不能吃，副作用太大。

爸爸给你发短信："听妈妈说，你最近的睡眠有改善，这是好的现象，爸爸很高兴。不论过去发生了什么，爸爸永远都是爱你的。过去陪伴你少，也是没法子的，现在也无法弥补。你碰到任何事，爸爸都与你悲喜一心。正如去年对你说过的，爸爸永远做你的坚强后盾。爸爸真的希望你做一个快乐的孩子！"爸爸愿你快点走出心理困境，一切都会好起来的。

别人的影响都是外在的

（2017 年 2 月 26 日）

星期三晚上，爸爸梦见参加你们班里的活动。老师要同学参加一个活动，学习一种什么课程，你在犹豫，爸爸鼓励你报名。早上，爸爸给你发短信："爸爸昨晚梦见你们学校举办一个课外学习班，老师动员同学报名，你在犹豫，爸爸鼓励你报名。闹钟把爸爸惊醒了。"

俗话说，日有所思，夜有所梦。爸爸最近只要一闲下来，就会想你的事情。自你出生以后，你与姥姥和妈妈在一起的时间长，爸爸只是每周末回家，陪你去各种补习班上课。要说平时对你有多么严格，也谈不上，只是强调你要做一个"大气、大度、大方"的人，而且要"自己的事情自己做"，以增强你的生活自理能力。虽然说"养不教，父之过"，但"师父引进门，修行在个人"，爸爸所讲的道理，你只能自己去感悟。爸爸平时在家里喜欢看书，如果这是什么缺点的话，那么爸爸并不想改正这样的"缺点"。爸爸妈妈有时当着你的面争吵，客观上会对你产生负面的影响，爸爸为此而感到自责。姥姥和妈妈照顾你的生活已经是无微不至了，你对她们只有感恩。

你上小学时曾经被班主任老师讥讽，为此而难以释怀，压在心里好几年。这可能也是造成你目前这种精神负担的一个因素。但你要换一个角度想一想，哪个人没有被老师批评过呢？老师的有些话说得固然难听，但出发点总是好的。其实，爸爸上小学时也被一个老师不待见，经常在课堂上被冷嘲热讽，当时也觉得受不了。但事过境迁之后，有一种"却道当时也平常"的感觉，说起当年的事情来也只是当作一种趣闻逸事了，哪里还会忌恨老师啊！待你后年考上大学，以前的一切都烟消云散了，展现在你眼前的是一条通向你的人生理想的广阔道路。你应该有这个胸襟，否则，爸爸自小要求你做到的"大气、大度、大方"不是成为一句空话了吗？在你成长的过程中，只有爸爸妈妈会对你直言不讳，把哪些对的、哪些错的告诉你，别人有时候只会客气，人家犯不上说一些让你不高兴的话。

你终究要长大，要离开家独立于社会。不管任何人对你产生任何影响，你都要凭自己的双脚走你自己的人生之路，任何人都无法代替你走自己的路。

不要忘记问候妈妈生日快乐

（2017 年 3 月 5 日）

今天是妈妈的生日，爸爸于前天在网上给她买了两个蛋糕和一束鲜花。昨天特意给你发短信，提醒你不要忘了问候妈妈生日，并注意查收蛋糕。你的主动问候，妈妈会感觉很欣慰，这也不是形式，而是一种感恩心态的表达。

至于爸爸的生日，你问候不问候都不是问题，因为爸爸连自己都记不住，而且从来也不过。爸爸唯一的一次过生日，是在 12 岁那年（1977 年），因为这是乡俗，老祖宗传下来的规矩，就是这个年龄过生日要办一些仪式。最重要的是两项：一是用白面蒸一个可以套进脖子的面圈，上面放 12 个捏成一定形状的馒头，代表着福气满满。或许那些馒头就相当于今天的蛋糕的性质吧，你可以考察一下西方人过生日为什么要吃蛋糕。二是如果家境好，还要买一个黄金或白银制作的模型锁挂在脖子上，类似于贾宝玉戴着的那块"通灵宝玉"，代表着长命百岁。爸爸那一次只享受了套面圈，而没有戴金银锁。爸爸那次过生日还是比较隆重的，许多亲戚都来了，家里宰了一只羊，做了土豆粉条和油炸糕，在当时农村的标准来看已经很丰盛了。

那次生日还有一件趣事，那时爸爸正在学骑自行车，亲戚中有人是骑自行车来的，爸爸就偷偷把人家的自行车骑到村子的巷道里，在一处拐角处摔倒了，把连接脚蹬的杆（我们称其为"公鸡腿"）摔弯了。中午要举行套面圈的仪式，但爸爸不见了，把家里人急得够呛，最后是姑姑出去把爸爸找到了，帮着把摔坏的自行车推回去。那一次因为是爸爸的生日，因此爷爷格外开恩，没有打骂爸爸，只是用眼睛狠狠地瞪了几眼也就过去了。那个亲戚用锤子把摔弯的"公鸡腿"砸直了，这件事情也就这样过去了。现在有时回顾起那一次过生日，觉得很温馨，因为那次是爸爸的姥姥和姑姑操办的，其中还包含着一份亲情，至于爸爸闯下的摔弯自行车蹬腿的祸，也就作为爸爸人生当中众多类似行为的一个而永远留在爸爸的记忆当中了。有一次与姑姑说起此事，她说早就忘记了。可见，许多自己认为很重要的事情，在别人看来一点意思也没有，人家根本就没有往心里去。你现在也是这种情况，觉得在学习上不如比你更聪明的同学，你觉得很难为情，为此还影响自己的心态和睡眠，但也许在别的同学看来，根本不会在意你的内心感受，甚至连你的考试分数也不关心。这样想来，你还有什么必要给自己施加一些无形的压力呢？

下个月是你的生日，爸爸到时候给你买一个你爱吃的蛋糕吧，今天预祝你生日快乐！

"无寻处，唯有少年心"

（2017 年 3 月 12 日）

星期四，爸爸在妈妈的微信上看到你的文章《有故事的青春：无寻处，唯有少年心》，写于3月6日。妈妈介绍说，这篇文章是应你的初中语文老师的要求写的，老师将其登在一个《壹花物语》的公众平台上，前面写了一段按语：

我每每拿Y姑娘的姓来讲这个多音字，Y姑娘，殷红的血，于是满堂大笑。笑了无数次之后，我每每愧疚，是不是坑了这个有才华的小姑娘。

能歌，会舞，善属文。能写一手漂亮的小楷，能抱着吉他自弹自唱。学习也出奇的优秀。

毕业之后，Y姑娘常给我发她谱的曲子，她写的词。我没学过音乐，也不想给她修改什么词句。因为这就是独属于她的原汁原味的青春岁月。

特约了一篇稿，附上她的一首原创音乐。

保护原创，词曲请勿任性转发！

由于是图片，爸爸没有办法进行编辑，因此，昨天晚上将你的文章一个字一个字地抄写下来。你在开头写的一段话很真实，特别棒：

四岁那年，生命中多出了一件很重要的东西：钢琴。

八岁那年，生命中多出了一件很重要的东西：诗词文学。

十二岁那年，生命中多出了一件很重要的东西：吉他。

两件乐器和绚烂的文学世界，打开了我音乐创作的大门。

在两段过渡性的文字之后，便是你的三首原创歌词：《饮水纳兰》、《昭君出塞》和《零度恋人》。歌词有点缠绵辗转，反映了你的感受。爸爸虽然被别人称为"诗人"，但由于观察事物的角度不同，感受就不同，因此写不出来你这样的文字，只有欣赏的份儿，感觉真是写得好。文章的结尾极富感染力：

有一句词写道："欲买桂花同载酒，终不似少年游。"其实我知道自己并非什么才女或者音乐天才，但是我愿意用歌词和旋律记录下每一刻我的感受和情绪，哪怕学习压力再大，哪怕功课那么紧张，我还是想做我真正喜欢的事情，因为我的"桂花酒"酿得正香甜，我要把心中所想都用一首首歌唱出来。等到我长大以后再看看这些青涩的东西，笑笑当年那个"为赋新词强说愁"的自己。这些，都是我青春的足迹，是成长的记忆。

无寻处，唯有少年心。

爸爸一口气读完你的这篇文章，心里真是五味杂陈。一方面，为你的才情而自豪；另一方面，又为不能经常陪伴你而感到悲伤。不管怎么样，你会一天天长大的，总有一天会理解爸爸对你的一片挚爱。爸爸在妈妈的微信上留言："文章自然天成！"是的，好的文字并不靠人为的词澡雕琢，而是犹如从心田自然流出的一汪泉水，它清冽、它甘甜，但它也醇厚，醇厚得能使人有醉意。你自己说"无非是寻词摘句而已"，但有道是"天下文章一大抄，就看会抄不会抄"。会抄的，是"引用"或"化用"；不会抄的，就是"抄袭"。这两者之间并无明确的界限，全凭作者和读者自己的感悟。当然，在发表文章时，凡是引用别人的，标出详细的出处，就不算是"抄袭"了。

星期五晚上，在回家的路上，爸爸从网上品苏东坡的那首著名的《临江仙》词：

夜饮东坡醒复醉，归来仿佛三更。

家童鼻息已雷鸣。

敲门都不应，倚杖听江声。

长恨此身非我有，何时忘却营营？

夜阑风静縠纹平。

小舟从此逝，江海寄余生。

爸爸读完这首词，也并没有多想什么。但不知为什么，晚上在床上辗转反侧，很难入睡，不由得想起你的文章，不知道你现在干什么，心里顿觉空荡荡的。于是，重新打开床头灯，次韵苏东坡的词和作一首《临江仙·次韵苏轼同调词寄语女儿》：

无酒也能如酒醉，夜深计算何更。

难眠反侧耳间鸣。

女儿心感应，词曲寄天声。

枷锁解除如大有，终于不用营营。

钟情翰墨寸心平。

时光流水逝，从此自由身！

爸爸昨天晚上梦见你在弹琴，爸爸在旁边看着，真是一个温馨的场面。

爸爸还是放不下你的文章，这几天反复读，从中体会你的心思。你在文章中引用了一句"欲买桂花同载酒，终不似少年游"，爸爸在网上查到这个句子出自南宋诗人刘过的《唐多令·芦叶满汀洲》词：

芦叶满汀洲，寒沙带浅流。

二十年重过南楼。

柳下系船犹未稳，能几日，又中秋。

黄鹤断矶头，故人曾到否？

旧江山浑是新愁。

欲买桂花同载酒，终不似，少年游。

这首词有点伤感，很符合爸爸目前的心境，想起故乡村东小溪中的小沙洲，于是，和作一首《唐多令·次韵刘过同调词寄语女儿》：

故土小沙洲，当初伴水流。

忆旧年更上层楼。

月色朦胧云不稳，待红日，计春秋。

嫩叶绿枝头，施肥有用否？

欲登山先忘闲愁。

桃李芬芳浓过酒，谁与似？杏林游。

童年生活过的小山村，承载着爸爸全部的精神寄托，永远不能忘怀。树高千丈，落叶归根，总有一天，爸爸还是会回到生我、育我的家山乡水之中的，因为那里是爸爸的根，也是你的根。但愿到那时，爸爸仍然还似"少年游"，奉献给家乡的，就是你在文章的结尾所说的"唯有少年心"！

"少壮工夫老始成"

（2017 年 3 月 19 日）

星期一晚上，爸爸做了一个梦，与爷爷在一起打篮球。在梦中，爷爷的个子显得很高，但与平时一样，只是陪着爸爸打球，也不说话。自从爷爷去世后，爸爸很少梦见他，可能也就是一两次。俗话说，日有所思，夜有所梦。

但爸爸梦见爷爷的情境少，并不说明爸爸对爷爷的思念不多、不深。实际上，自爷爷去世后，爸爸突然感觉自己也老了许多，因为再也没有自己的爸爸了。爸爸能够做的事情，就是用诗词把对爷爷的思念记录下来。

今天上午，与 T 姐姐微信聊天，自然谈到你。姐姐说她也经常给你发短信和微信，你可能由于学习紧张而很少回复她。姐姐对爸爸说，不管你回复不回复，爸爸还是要经常给你发短信，你现在因不理解爸爸的心意而不回复，但将来总有一天会理解的。姐姐也说，当你独立出去上大学时，离开了家里的影响，自然会有独立的思想，就会认识到原来爸爸一直在关心着你。她自己也经历过同样的思想变化，上大学之前，总觉得她爸爸妈妈什么事情都管她，对她要求很多也很严，但自从她上大学之后，对爸爸妈妈的做法就理解了。其实，爸爸对爷爷何尝不是如此。记得上初二时，爸爸自作主张，一定要住在学校里，就是不愿意在家里听父母的唠叨。那时，学校离家只有 2.5 公里，走路一个小时，可以不住校。事实上，村里的许多小伙伴也都不住校，爸爸就是想离开家而独立。当然，爸爸在住校期间，最重要的事情还是学习。以前对你讲过，爸爸与同学"偷"学校手扶拖拉机油箱里的柴油，自己做照明用的灯，就是那个时候干的事情。还有一次，爸爸不到 5 点就起床了，在教室里背课文，碰到一位搞后勤的老师从办公室出来解手，原来他们几个人还在打麻将。后来，他就对别人说爸爸刻苦用功的事情。那次早起，也是挺偶然的，并不是每天如此，正好被那位老师看见，于是就被当作一个励志的故事传播开了。虽然有点名不副实，但那时爸爸确实还是比一般同学更刻苦用功一些。

你上初中时就读过陆游写给他儿子的两句诗："古人学问无遗力，少壮工夫老始成。"无论是谁，也不管是什么时代，一个人一生事业的基础莫不源于青少年时代的刻苦用功而打下的基础。爸爸能有今天，除了客观环境等外在因素，青少年时期的吃苦耐劳与勤奋用功是一个很重要的因素。即使得到许多人的帮忙，但也要理解为"自助者天助"，如果自己犹如一堆稀狗屎，别人是无论如何也扶不上墙头的。迄今为止，爸爸近十年来每周坚持给你写一封信的韧劲和耐心，你应该好好体会一下。

精英人物：从3D到3Z

（2017年3月26日）

你的生日快到了，T姐姐想向你祝贺生日，但总也与你无法取得联系，因此托爸爸转达对你的问候。你如果有空时，主动给姐姐发个短信或微信，免得她总是挂念你。

爸爸最近有两点感想，今天与你分享一下。

一是人要学会感恩，在生活中体现出感恩。最大的恩，首先是爸爸妈妈给了自己的生命，尽管你以前开玩笑说："我并不想来到这个世界上，是你们让我来的。"但是，既然你来到了这个世界上，你的生命就有了载体，对你自己、对父母、对社会，就有了一份责任，而不论这份责任是你主动接受的还是被动接受的。爸爸出生在老家那样一个艰苦的地方、那样一个贫穷的家庭，要让爸爸自己选择，当然也不愿意如此选择。爸爸初中时的一位数学老师就说过，如果爸爸生在一个教授家庭就好了。这位老师，就是爸爸以前对你说过的让爸爸在课堂上解释"虹吸现象"的那位教数学而客串物理课的W老师。实际上，W老师并不是爸爸的任课老师，但也许就是那次客串物理课时对爸爸的表现留下了好印象，加之平时听其他任课老师的一些介绍，他才对爸爸产生了怜惜的情感。爸爸明白他的意思，教授家庭的条件比较好，爸爸在学习上会取得更大的成绩。可惜的是，人不能选择家庭出生，但可以通过自己的努力改变自己的生活环境。俗语说，穷人的孩子早当家。爸爸既然无法选择生在一个教授家庭，那么就努力把自己变成一个教授。爸爸现在基本上做到这一点了，在各种因素的促进之下成为北京大学的兼职教授。咱们家族中许多亲戚认为，你就是在蜜罐中长大的，说起来都是羡慕的语气和神情。因此，你还是要珍惜和感恩现在所拥有的一切。

二是人的成长不能脱离年龄阶段。每个人在每一个年龄阶段，都会遇到各自不同的问题。你这个年龄段正值青春期，大多数孩子都会有一种逆反心理，这都是正常的，而且每一代人都是如此。爸爸妈妈对此也理解，同时也接受。重要的是，你要通过自己的学习、思考和自律，把这种逆反心理控制在自己、老师和家长可以接受的范围之内。你只有在每一个年龄阶段都经历一些事情，承担一些责任，才会为成长的轨迹留下较深的印迹。自己对自己要有所要求，不能过分地原谅自己。爸爸记得刚参加工作时，给一位老前辈的孩子辅导功课。这个孩子也正处于逆反期，对父母的话听不进去，甚至说话都是凶巴巴的。在爸爸看来，父母对他的行为实在是太娇惯了。这位老前辈有一次无奈地对爸爸说，这个孩子有点幼稚，所谓幼稚，就是"傻"。这真是"知子莫若父"，他对自己孩子的毛病是清楚的，但似乎也没有什么太好的办法。爸爸给你讲这个故事，就是希望你能够有所借鉴，对照自己的行为，以增强自律性。这样，你将来走上社会，就可以更快地学会如何为人处世，因为人的一生中，最重要的事情莫过于与各种人打交道。在家里，自己的父母可以原谅孩子的过失；在社会上，别人没有义务和责任原谅一个人的过失。

爸爸过去经常对你说要努力做到"大气、大度、大方"这 3D，今后要努力在此基础上做到"自省、自觉、自律"这 3Z。从 3D 到 3Z，说说容易，要做到也并非易事，并且做到 3D 本身就非常困难。你去年暑假去美国游学期间，自己说见识了不少精英人物。社会对精英人物的要求就是这样，你如果想使自己成为那样的精英人物，就必须这么办。这其实也不是爸爸对你的要求，而是社会所认可的精英人物的必备素质。

爸爸为你订了生日蛋糕

（2017 年 4 月 2 日）

昨天上午，爸爸在网上给你订了两个生日蛋糕，在附言上写了"爸爸祝宝贝女儿生日快乐！"晚上，爸爸给你发短信，嘱咐你提醒妈妈注意查收蛋糕。你回复"谢谢爸爸"。爸爸的心里感觉很安慰。

今天糕店来电话反馈，送到家里无人收。爸爸给妈妈发微信，她说出去上课，已经告诉对方请明天送来。爸爸把此情况反馈给蛋糕店，但一位女孩子反复打来电话，没完没了地说此事。爸爸只好反复告诉她，家里没有人，明天送去就行了，今天先放在冰箱里。她反复说，品质无法保证。爸爸说，你们尽力而为吧，这么一点事情，不要反复打电话了。

今天下午，Z 叔叔来电话，他们一家三口晚上与 Z 爷爷、Z 奶奶一起吃饭，请爸爸参加。Z 爷爷说爸爸现在不戴眼镜，感觉与以前总是不一样。一会儿，M 阿姨带着小 W 来了，爸爸已经两年没有见这个孩子了，长得好高。M 阿姨说，没有你家孩子高。她还说，小 W 目前正在准备考高中，不希望别人提此事。看来，每个孩子都不愿意别人问他们有关考试的事情，这或许是有一点很隐密的小心思吧，至于是什么心思，爸爸能够猜出一些，但也不便明说，省得无意中把你的小心思也触碰了，那样的话，你就更不愿意理爸爸了，呵呵。

"家校共营，家校共赢"

（2017 年 4 月 9 日）

星期二是你的生日。爸爸回顾当年你出生时的情景，往事历历在目。不知不觉中十几年过去了，你从一个襁褓中的婴儿变成一个高中生。这个现实，有时挺不好让人接受的。难怪你小时候有一次对爸爸妈妈说："你们不要盼我长大。我长大了，你们也变老了。"如今的现实，真是让你无忌的童言说中了。

星期三晚上，爸爸给妈妈发微信，问收到蛋糕没有。妈妈说收到了，吃不了，送人一个。你小时候很喜欢吃蛋糕，每次都吃很多。现在长成了大姑娘，注重身材了，不愿意多吃蛋糕，担心长胖。看来，以后你再过生日时，爸爸只要给你买一个蛋糕就够了。

你的班主任 L 老师和语文 F 老师对你很关心，时常与爸爸进行一些微信交流。这个星期四，你们学校要开家长会，L 老师说，如果爸爸去参会，有空就到他的办公室一叙。你们这次家长会的时间和地点与上次一样，先集中小礼堂，然后到各自的班里。爸爸去年参加家长会，你给爸爸发短信："不要来！不欢迎！"但这种事情，爸爸不能听你的。爸爸这次还是给你发短信："爸爸明天可以参加学校的家长会吗？"你一直没有答复。可能有两种意思：一是由爸爸自己决定，二是也希望爸爸去参加。爸爸还是安排时间去参加。

星期四下午，爸爸来到你们学校，给你打电话，你正在学校，要爸爸回去。爸爸真是拿你没有办法，已经与 L 老师约好要来，怎么能回去呢？爸爸给 L 老师打电话，他出来接爸爸，在他的办公室聊了一会儿。他让爸爸在电脑上看你这次段考的数学成绩为 105 分，年级平均为 110 分。L 老师说，他前几天当面问你的成绩，你要 L 老师不要问了。

L 老师带爸爸去见你所在的 7 班班主任 Z 老师，她本人看上去就是一个女孩子。爸爸在春节后给 Z 老师发短信，但她一直没有回复。今天上午给她发短信："Z 老师，我是 Y 同学的爸爸，今天去参加家长会，希望能见到您！"她说收到了。L 老师和爸爸进来时，她要到教室里准备家长会，我们边走边聊。她说对你很放心，你很努力，表现很好。这次考试200多名，你自己认为退步了，从来没有考过这么差。其实，你的入学成绩和去年第一次段考都在300名之外。这次的段考成绩，可以说是一次飞跃性的进步。

爸爸在你们的教室里，看到你的课桌上有自己写的对考试的反思材料，Z 老师说是她要求同学们写的。爸爸把你的反思材料拍了照片，回家后进行了整理：

2017年4月4日

高一下一段考分析

一、语文（比上次进步很多）

（1）优点：基础扎实，作文成绩优异，阅读理解力强。

（2）缺点：文言文功底差，对于古文语法常识掌握生疏。

（3）改进方法：巩固语法知识，继续做文言文练习。

二、数学（比上次退步很多）

（1）优点：无计算错误和概念错误。

（2）缺点：理解不了题意，不会举一反三，思维单一。

（3）改进方法：多做练习，打牢基本功，训练灵活的思维方式。

三、英语（偏差不大）

继续保持良好的习惯与态度。

四、物理（退步较大）

（1）优点：写完了试卷。

（2）缺点：对公式掌握不熟，在用字母计算时出错。

（3）改进方法：掌握公式，练习计算。

五、化学（进步较大）

（1）优点：写完了试卷，学会了蒙题。

（2）缺点：灵活性差，过于死板。

（3）改进方法：提高效率，训练化学思维，学会自主学习。

六、生物（偏差不大，但很渣）

要找到适合自己的学习方法，理解概念，训练逻辑推断力。

七、文综（有进步）

多背书吧……

八、总体（有一点退步）

注重理科思维方法，多背文科。

努力吧骚年，多读书多看报，少吃零食少睡觉。

爸爸看了你的反思材料，特别是最后一句话，真是有点忍俊不禁。这些话语正是你们这个时代和这个年龄的特有语言，俏皮活泼之余，也不失严肃认真，应该说，还是切合实际的。如果你真是这么想的，而且今后真这么去做，你的进步一定会更大。

你们教室的后墙黑板上挂着各班实验奖学金获奖候选人的介绍，你是其中之一：

Y同学，高一（7）班实验奖学金候选人。她是一名遵守校规的好学生，从来不迟到早退，严格执行学校的规章制度。她刻苦努力，勤奋学习，敢于提高，课下认真完成作业，在高一上学期成绩显著提升，取得很大进步。

与此同时，她将课余生活安排得丰富多彩，努力提升自己的综合素养。她热爱阅读，每天坚持看书。她喜欢运动，打球、跑步、跳绳样样在行。作为班里的文艺委员，她多才多艺，擅长钢琴、吉他、书法、国画、声乐、舞蹈和词曲创作，在上学期的音乐节中表现优异。她曾经荣获全国音协钢琴八级，2015年"帕瓦拉多"杯青少年吉他大赛全国第二名，英皇拉丁舞铜牌，软笔书法楷书七级，CCTV"希望之星"英语风采大赛深圳赛区决赛银奖等奖项。她热爱母校，尊敬老师，团结同学，得到了老师和同学们的认可。

作为一名社会公民，她热爱祖国，遵纪守法，经常参与社会公益实践，如在地铁中当义工，探访老人院和孤儿院等。作为一名本校的学生，她对母校有着深厚的情感与敬意。她再接再厉，做一个讲情怀、有素养的实验学子，为母校争光添彩，让本校以她为荣！

爸爸看着这篇介绍文字，深为你感到骄傲和自豪，心里说："我的女儿，理应如此！"一会儿，妈妈来了，坐在你的位置上，爸爸站在教室后面，因为今天每个同学的父母或其他家长至少来一位，教室里没有多余的位置，必须有家长站在后面。

Z老师主持家长会，讲了以下内容：

欢迎各位家长参加今天的家长会。我目前处于适婚年龄，也在思考一个问题：父母为什么要孩子？对孩子有什么样的责任？基于对这两个问题的思考，我们今天的家长会的主题是：家校共营，家校共赢。

本校高中一年级分为12个班，548位同学，其中理科班10个（1—3班是实验班，4—8班是重点班，9—10班是二类实验班）、文科班2个。

7班47位同学，女同学25位，男同学22位。每位同学都在班里担负一定的责任（你是文艺委员），目的是让每位同学都要为班里作贡献。

座位都是打乱的，每两周轮换一次。

共有九门课程，其中政治、历史、地理在高二下学期时进行水平测试，每科100分，100道选择题。

今年的主要活动：

——4月29日—5月1日放假；3—4日合唱比赛、游园会。

——5月11—12日，第二次段考。

——7月3—4日，第三次段考。

——7月7日，散学典礼。

——10月，井冈山社会实践活动（纪律不好的同学，不允许参加）。

考试的情况，全班前十的同学进入年级200名以内（你的排名200出头）。建议家长做纵向对比，看孩子是在进步还是退步。连续三次段考前80名的同学，可以申请转入实验班。

同学成绩不理想时，回家后：害怕？失望？孩子的回答：担心家长责骂、责怪、责问、挨骂（23位同学这样回答）。

家长的态度：不用担心，尽自己的最大努力就行了；智力是有差距的；焦虑、失望。

我与大家分享自己的心理路程。上了高中后，觉得很自由、叛逆，不愿意与父母讲话，嫌他们烦。现在知道，为当时所做的事情感到后悔。

家长要给孩子一些自由。

孩子在家里的地位：4+2+1＝非常6+1，形成强烈的自我意识。心理特征：

——生理发育超前，心理成熟滞后。情感困惑，别扭的亲子关系，少年维特的烦恼。

——在"非常6+1"环境中长大，事事以"我"为中心。

班里晚自习守纪律的同学名单：17人（其中有你）。

——人际困惑，社交盲目。不懂人际相处之道，同学间人际关系紧张。盲目反传统、反父母、反师长，盲目相信朋友。

生活：缺乏自理能力，高消费，不懂节制。

学习：不愿吃苦，缺乏主动性，缺乏行动力。

对家长的建议：

——多关心孩子的身心健康，关注平时的状态。多听少说，关注孩子的情绪、心情、爱好，看什么书、搞什么运动、听什么音乐、看什么电影、交了哪些新朋友、心理变化、理想。

——让孩子参与到家庭事务中，和孩子共同成长。多一些亲子时间，多一些平等走心的交流，进化爱的方式。

——鼓励孩子独立，给予他们自由，让他们形成自己的内在评价体系。我有一些大学同学，上大学后很自由，熬夜打游戏等事情比较多。

——拒绝"急于求成"、"简单粗暴"的方式，教育需要老师和家长的共同努力。

向家长推荐一本书：《为何家会伤人》。其中有一段话："孩子们在乎的是爱。学生与教师的关系，核心是学习。而亲子关系的核心是爱。"

老师问孩子：父母爱你们吗？回答"爱"。无条件爱吗？孩子会犹豫，表现好时爱，表现不好时就不爱。

我自己也经常反思过去的行为，现在愿意与父母多交流，有一种弥补心理。

最后，给大家读一首诗《论孩子》（纪伯伦，黎巴嫩）：

（在现场由于时间关系，爸爸无法记录下来，回家后在网上找到，冰心翻译。）

你们的孩子，都不是你们的孩子，

乃是"生命"为自己所渴望的儿女。

他们是借你们而来，却不是从你们而来，

他们虽和你们同在，却不属于你们。

你们可以给他们以爱，却不可给他们以思想，

因为他们有自己的思想。

你们可以荫庇他们的身体，却不能荫庇他们的灵魂，

因为他们的灵魂，是住在"明日"的宅中，

是你们在梦中也不能相见的。

你们可以努力去模仿他们，却不能使他们来像你们，

因为生命是不倒行的，也不与"昨日"一同停留。

你们是弓，你们的孩子是从弦上发出的生命的箭矢，

那射者在无穷之中看定目标，也用神力将你们引满，

使他的箭矢迅疾而遥远地射了出去。

让你们在射者手中的"弯曲"成为喜乐吧；

因为他爱那飞出的箭，也爱了那静止的弓。

Z 老师最后说，教育的目的是教人成人，成人的标准是成为在社会上生存的合格公民。

其间，生物 X 老师（一个很腼腆的小伙子）走进教室，与家长说了几句话：

——七班留给我的印象非常好，同学们对老师的提问积极回应。

——生物讲思维，属于"文科中的理科"。

——周末花十几分钟的时间看看课本，重新看一遍，温故知新。60 分以上的同学，总结一下就可以了。

Z 老师讲：英语与语文一样，属于语言，要背单词，而且每天都要背，不断重复，坚持一个月的效果就显现出来了。

家长会结束后，大家都在教室外等孩子们从小礼堂听报告回来。你回来后，与爸爸妈妈从教学楼边往外走边说话。你吐槽年级老师给你们压力，要求你们一定要上重点线。你现在是班级排球队队长、主攻手，爸爸提醒你千万注意不要受伤，否则会耽搁很长时间才能上课。妈妈在学校附近租了房子，这样，你每天可以不必住在宿舍了。但爸爸一直认为，你不住宿舍是一个很大的遗憾，在高中阶段不能体验到集体生活中发生的种种事情，这对于你提高为人处世的能力，是一极大的损失。我们在校门口分手，爸爸在路上给你发短信："宝贝儿，你就保持目前的状态就可以了！身体第一，快乐第二！"

Z 老师今天讲的许多事情都很重要，爸爸也受到很大的启发。爸爸印象深刻的是三点：一是在叛逆心理的驱使下，你们不愿意与父母多交流，Z 老师说她当初也是如此；二是同学间普遍存在人际关系紧张的问题，这与你们

大多是独生子女有关；三是吃苦精神差，学习的主动性不强，这一点倒是不适合你。爸爸原来以为，只有包括你在内的极少数同学存在这些问题，今天才知道，原来这些问题带有普遍性。既然如此，爸爸以前对你的担心就多余了，对你的身上出现的那些问题也就释然了，接受了。你们现在处于相同的环境，面临相同的问题，却只能以各自的方法解决这些问题，将来每个人的人生轨迹绝对不会相同的，完全取决于解决这些问题的效果如何。爸爸妈妈对你有信心，你自己看了爸爸在这封信中老师讲的话后，就更应该自觉地克服一些问题，以更好地成长。爸爸上次对你说的从 3D（大气、大度、大方）到 3Z（自省、自觉、自律）的过程，就是克服这些问题的过程。

昨天，妈妈在微信上发了你参加 S 市高中生歌手大赛的照片，你的吉他弹唱歌曲《二月春风》，本人填词谱曲。发在一个音乐网络上，请大家投票。今天，妈妈在微信上为你的比赛进行网上投票做广告，每 3000 票可以当作一位评分的一分。爸爸听不清楚歌词，你有空时把歌词发爸爸欣赏吧。祝你生活愉快、学习进步！

"胜固可喜，败也欣然"

（2017 年 4 月 16 日）

这几天，爸爸在微信上动员网友给你的网络歌唱比赛投票，发短信告诉你："这几天爸爸动员了一些朋友为你投票，应该能过 3000 票。"结果中午就超过了 3000 票，给你发短信："祝贺超过 3000 票！加油！"你回复："是，亲爹！"你还是个孩子，高兴或不高兴时，都表现无遗。爸爸发短信："继续加油！争取超过 6000 票！"

对于中学生来说，最能表现自己独特个性又最能得到其他同学关注的活动，除了体育活动外，就是唱歌了。唱歌比乐器还能引起同学们的关注，因为唱歌比乐器演奏更为大众化。爸爸真的不希望你只是一个会读书的书呆子，其他方面则不愿意投入精力。相反，爸爸在你小时候，就鼓励你多参加文化课学习之外的文体活动，因为这类活动属于能力和技艺方面的训练，一旦学会某一门技艺，就会终身不忘，并且"艺多不压身"，多种技艺不会成为负担。在你小学和初中时，妈妈为了帮助你应付考试，给你报了很多课外文化补习班，其中英语最多，当然你收获也最多。但是，有些课程，比如奥数，则是非常枯燥而又不实用的东西，爸爸是反对的，但拗不过妈妈，只得由她了。

爸爸不希望你成为所谓的"学霸"，因为只是学习成绩好，充其量将来的高考分数多一些。但人的一生很长，要做的事情也很多，不仅仅只有一个高考分数。考一个什么样的大学，固然对人生有很大的影响，但这种影响不是唯一的，只有综合素养高、参加工作后继续努力的人，才会有更加美好的前途。爸爸的同事中，有些是清华、北大这样的名牌学校毕业的，有的则仅仅是中专或者大专毕业，但许多人在事业上的发展比名牌毕业的还要好，除了工作岗位的差异外，与他们在工作中的刻苦努力是分不开的。因此，爸爸鼓励你多参加这类活动，能够得奖固然好，即使最后没有得奖，对自己也是一种锻炼。这就犹如苏东坡对待下棋的态度，"胜固可喜，败也欣然"。你对这次参加网络歌唱比赛的态度就应该如此，能获奖固然可喜，即使最后没有获奖，你也在参与过程中收获了快乐，这就足够了。对待网友投票也是如此，不管最后得多少票，总是人家的一份情谊、一份支持，相当于你与网友分享你的快乐就可以了。

君子一日三省其身

（2017 年 4 月 23 日）

本周，你的网上歌唱比赛得票情况很是理想，爸爸也深受鼓舞。星期一，你的网上得票超过 5000 票；星期三，你的网上得票超过了 6000 票。这个结果真是太棒了！星期六，网上投票截止，你得票超过 8000 票，可以得两分（3000票得一分），相当于两个评委的打分。妈妈说，在最后一天你被别人挤出前十名，有可能人家花钱了。妈妈的说法没有什么根据，我们不必猜测别人怎么样，你也不必为此苦恼，关键还是要看现场的表现。

上次爸爸对你说，不管网络投票结果如何，你对网友都要始终如一地感谢，在与网友的互动中要发自内心地表现出这一点。你将来即使成为一个"明星"，对听众、对观众、对网友更要表现出一种谦恭的态度。前不久，爸爸给你讲过前倨后恭和前恭后倨这两个成语的含义，今天再给你强调一次。倨，即傲慢；恭，即恭敬。前倨后恭就是指先傲慢无礼，后来态度发生了一百八十度的转变，对同一个人十分恭敬。出处是《史记·苏秦列传》："（苏秦）将说楚王，路过洛阳。父母闻之，清宫除道，张乐设饮，郊迎三十里；妻侧目而视，倾耳而听；嫂蛇行匍伏，四拜自跪谢。苏秦笑谓其嫂曰：'何前倨而后恭也？'嫂曰：'以季子之位尊而多金。'"面对此情此景，苏秦发了一顿感慨："嗟乎！贫穷则父母不子，富贵则亲戚畏惧。人生世上，势位富贵，盖可忽乎哉！"这是"前倨后恭"。假如是反过来，即"前恭后倨"，就是开始时对一个人很恭敬，后来对这个人很冷淡、很傲慢。这两种态度，都是做人的大忌。君子待人，应该是不愠不火、不卑不亢。你要仔细体会这两个成语的含义，并经常用以检视自己的行为，这就叫作自省。曾参说"吾一日三省吾身"，具体内容，你在网上自己找一找、看一看，就当作爸爸给你留的课外作业吧。

"得天下英才而教育之"

（2017 年 4 月 30 日）

时间过得真快，明天又到"五一"节放假了。去年这个时候，你还在准备中考，假期里还在上很多补习班。今年，你已经上了高中，不需要再上那么多的补习班了。语文 F 老师说，他不相信外面那些补习班的老师比你们学校老师的水平还要高。或许有极个别补习班老师的水平很高，但一般而言，F 老师的话是对的，否则，你们学校应该聘请那些在补习班任课的老师了。

去年春节之后，爸爸被北京大学工学院聘为兼职教授。12 月，爸爸为北大工学院工程管理硕士研究生举办过一个讲座，受到同学们的欢迎。讲座之后，学校安排爸爸给研究生上一门关于能源领域的选修课。这门课是爸爸自己提出来的，已经就这个题目进行了很多年的研究。几年前，爸爸曾经对妈妈讲过这个题目的事情，当时，妈妈建议爸爸用 3 年的时间写出一本书来。后来，由于工作太忙，加之对一些问题还没有思考得很透彻，因此书没有写出来，但内容提纲早就有了，十几年来收集资料的工作也从未停止。今年春节之后，爸爸一直在备课，整理制作讲课的 PPT 材料。最后的结果真是吓人，爸爸共制作了 1700 页的 PPT，打印装订成厚厚的三大本，给工学院的领导寄去，请他们提出意见。五一节后，爸爸就要去北京大学讲课了，连续讲 3 个周末，共 6 天。这对于爸爸来说，也是第一次。任何事情都有第一次，假如这次讲课成功，爸爸今后可能就会花相当多的精力在大学里为学生们讲课了。孟子讲，君子有三乐，第三乐就是"得天下英才而教育之"。爸爸喜欢做这样的事情。

人类的思想主要靠文字传承

（2017 年 5 月 7 日）

过节期间，爸爸把你上小学和初中时写给你的信件做了最后的修改。星期三晚上，与几个校友聚会，谈起这几天做的这件事情，他们劝爸爸出版。其中一位校友 Z 叔叔答应给爸爸介绍两家出版社的编辑，他认为爸爸给你写的这些信很有意义，极有可能产生强烈的社会反响，因为现在央视正在搞一个朗读名人信件的节目，社会反响很好。Z 叔叔提到作家出版社曾经出版的一本书《好妈妈胜过好老师》，正版和盗版加在一起的发行量，已经超过 500 万册了。他以前搞过出版，现在搞市场推销，主要是辅导教材。

春节后，爸爸也曾经与一家出版社的编辑联系过，他认为这个点挺好的，一个父亲这么用心，非常难得。这些信也写得很好，但对市场确实有点没把握。爸爸之所以想出版，主要基于两点考虑：一是给你的一个礼物，二是对其他父母起一点借鉴作用。另外，保存文字最好的方法，就是公开出版物。人类思想的传播与传承，在有文字之前主要靠口耳相传，印刷术发明之后就是靠书籍。中国历史上的竹简，由于材料的缘故，很难长时间保存。爸爸的一些朋友认为有价值，催爸爸快点联系出版。编辑表示先看看稿子，爸爸把电子版的后记稍微修改了一下，给他发过去。这件事情也说明，有些事情必须要主动促进，否则，白白浪费时间。

周末两天，爸爸在北大讲课，课堂效果很好，同学们很喜欢爸爸的授课，他们的态度是对爸爸的一种鼓舞，爸爸今后一定更加努力地把课讲好，同时也要尽快把讲课提纲整理成一本完整的书稿，也不枉爸爸十多年来研究这个课题所付出的心血了。

在北大燕园感受大师的气脉

（2017 年 5 月 14 日）

　　星期五上午，爸爸去北京大学，拜访工学院 Z 院长和 L 院长。他们很是客气，与爸爸共进午餐。李院长点菜时，服务员在旁边提醒她，什么菜不能点、什么菜价格超标了。前不久，北京大学一位副校长刚被巡视组做了处理。爸爸的一位师兄上次在一位老师的生日宴会上讲了这个事情的具体情况，8 个人吃了 600 元的饭，发票背后有这位副校长的名字。爸爸以前多次与你讲过，任何时候都要廉洁奉公，按规定办事，不可触碰红线，不可超越底线。爸爸每碰到一次相关的事情，就要对你说一次，使你从小就筑牢思想防线，不可存有任何侥幸心理。心中越是有敬畏，行为才能越自由。这种辩证法，你要用心体会。

　　席间，我们三人聊一些轻松的话题。Z 院长讲他儿子在美国提前几个月订餐馆的事情，他说要"go dutch"（意即 AA 制），他儿子说"No, you pay（不，你付钱）"。他的女儿也考上了伯克利大学，与哥哥在一起了。他的两个孩子都是美国户口。L 院长在美国待了 11 年，也有一个孩子。Z 院长嘱咐 L 院长，看看还有一些什么课需要爸爸来讲的。他说，学校很欢迎像爸爸这种既有理论水平、又有实践经验的人来讲课。

　　饭后，Z 院长回办公室，L 院长一直把爸爸送到校门口。她在路上讲了一些事情，现在大学里的大牌教授不给本科生上课，学生们找不到方向，许多同学不学工科，而是转专业到金融去了。爸爸认为，越是大牌教授，越应该给本科生上课，以增强学生的荣誉感。这主要是一个学校的激励导向问题。L 院长希望爸爸能够给本科生上上课，爸爸说没有问题，只要时间允许。

　　爸爸今天来得比较早，于是在工学院所在的燕南园附近转悠，在一个院子的小石凳上坐下来，上网查阅一些有关燕南园的往事。许多名人学者都在这里住过，爸爸所知道的有马寅初、周培源、冰心、陈岱孙、冯友兰和汤一介等，真是大师荟萃之地。爸爸坐在小石凳上，透过树冠的缝隙，望着高渺的天空，仿佛闻到了大师们残留的气息。在返回的路上，爸爸的脑子里出现几个诗句，回到酒店房间后，整理成一首《五律·北京大学燕南园咏》诗：

院深树盖天，呵护燕南园。

鸟鸣增幽静，人闲阅古篇。

大师留气脉，旧址焕新颜。

甲子逢双数，勤耕桃李田。

第二句是从南朝诗人王籍的"蝉噪林逾静，鸟鸣山更幽"的诗句中点化而来的。这就是平时博览群书的好处，眼前看到什么景物，脑子里就会联想起以前储存的知识，加以融会贯通，新的句子便出来了。你上小学和初中时积累的"好词好句"，其功能也是如此，平时多积累，需要的时候才能掏出来。《增广贤文》中说"书到用时方恨少，事非经过不知难"，讲的就是要多知（平时多读书、多积累）、多行（通过处理事情而增长才干）。"甲子逢双数"，指明年是北京大学建校 120 周年，按照中国人的天干地支纪年法，一个甲子是 60 年，120 年正好是两个甲子。爸爸将诗发 L 院长，她问了几个有关押韵和平仄的问题，爸爸作了回答。

这个周末，爸爸继续在北大为研究生上课。

故乡喜雨

（2017 年 5 月 21 日）

昨天晚上，爸爸给你发短信："爸爸这三个周末都在北大上课。明天回老家看望奶奶。"

今天全天，爸爸在北大上课。今天也是这学期最后的一天课，上午上课，下午对学生进行考试，题目前天就出好了，发给助教 C 姐姐，她印成试卷。爸爸昨天特意关照她，千万要注意保密，切不可泄题，否则，就会成为北京大学的一桩丑闻。C 姐姐说她明白，一定不会发生意外的。这位 C 姐姐是东北人，两年前被保送到北京大学工学院读硕士研究生，不久就要被国家公派到英国留学，攻读博士学位。

下午的考试很顺利，同学们的得分都很高，最低的 82 分，最高的 98 分。考试结束了，也意味着爸爸今年的这门课也完成了。爸爸从北京大学直接到机场，晚上 10 点半到达 H 市机场，姑夫接机。得知姑姑前不久做了腰椎间盘突出手术，爸爸大吃一惊，想起五一节过后与姑姑通电话，她的声音似乎有点虚弱，但爸爸当时没有多想。其实，那时姑姑的腰疼得就很厉害了，5月份做了手术。回到家里，看到姑姑躺在炕上，自诉感觉好多了，爸爸的心才稍微安定一些。姑姑说，二叔对她说，上辈子肯定做了什么恶事，这辈子才遭受这么多的磨难。爸爸笑了笑说，你这辈子遭完了所有的罪，下辈子就平安幸福了。姑姑也笑了。她每天躺在坑上没有事情可做，就听佛学课程的录音，也是一种打发时间和排遣郁闷的方法。

今天路上遇雨，有利于春耕。爸爸以前每年夏天回老家时，每次都会遇到下雨。姑夫说，我每次都会给家乡带来好雨。假如爸爸真有这种"神功"，那么今后每年在农作物最缺雨时就回来，好让老天爷给家乡的父老们送来喜雨。咱们老家还是靠天吃饭，真是无可奈何啊！

上坟祭奠爷爷

（2017 年 5 月 28 日）

星期五上午，爸爸和二叔还有其他几个堂叔上坟，为爷爷举行去世两周年祭奠活动。二叔买了许多冥纸、高香和贡品。其实，这类东西不需要太多，只要表达活人的心意就可以了，但二叔每次都这样，只好任他去办了。仪式举行完后，回到姑姑家里吃午饭，一位堂婶做饭。中午，一位堂哥夫妇和堂伯母从 H 市回来，一起吃饭。姑夫中午喝了一点酒，下午与一位堂叔往地里送莜麦种子，结果被查车查到了，赶紧打电话找人求情。查他车的人认识他，最后罚了 200 元钱放了。爸爸劝姑夫，今后一定要"喝酒不开车、开车不喝酒"。

四奶奶饭后将奶奶接到堂叔家里，明天回她们家。爸爸本来想嘱咐奶奶，在人家里不要动不动就翻脸发脾气，但转念一想，说了也是白说，还不如顺其自然吧。

下午，爸爸写了一首《五律·先父去世两周年祭奠》诗：

坡前落满尘，去岁纸灰痕。

难解相思苦，唯怀教诲深。

心存菩萨念，魂入祖宗门。

欲借来年雨，相陪播种人。

对于爸爸来说，爷爷生前就是一位"播种人"，爸爸会永远怀念爷爷的恩情。

高中生已经不过儿童节了

（2017 年 6 月 4 日）

爸爸在老家待了一个星期，姑姑躺在床上养她的腰，每天听一个有关佛学的录音故事，倒也是一种打发时光的办法。今天，爸爸又要离开老家回S市了。爸爸刚参加工作时，有一首名叫《人在旅途》的歌曲很流行，开头几句歌词是"从来不怨命运之错，不怕旅途多坎坷，向着那梦中的地方去，错了我也不悔过"，与爸爸产生过强烈的共鸣。中国古代许多文人墨客都写过很多描述旅途生活的篇章，这也算是中国文学的一个特色吧。来回奔波，这才是真实的人生，既没有错，更没有怨和悔。

爸爸本来已经与一家出版社的编辑谈好了出版书籍，但在 H 市机场时，接到他的电话，似乎有点变卦。他说领导对此书的市场前景不确定，再说，赶"6·18"的父亲节也来不及。爸爸表示，只要能在国庆节前出版就可以了，只是不想使工作停下来，而是希望往前推进。他说，他明天继续与他的领导商量。看起来，此事玄了。对于这种不守信用的事，爸爸也只能无奈地接受。中国人讲"君子一言出口，驷马难追"，但在商业利益面前，一些机构和个人就把这种优良传统和为人处世的规范丢到脑后了。管仲说"仓廪实而知礼节，衣食足而知荣辱"，这是从经济基础的角度讲的；孟子说"富贵不能淫，贫贱不能移，威武不能屈"，这是从道德修养的角度讲的。这些观点都有道理，就看当事人是什么态度了。

星期四是六一国际儿童节，爸爸早上给你发短信："你们还过六一节吗？"实际上，爸爸知道这是一个傻问题，你现在是高中学生，早就不过六一节了。无非是爸爸想念你，没话找话而已。

父母的心中只有爱和责任

（2017 年 6 月 11 日）

由于姑姑做了腰部手术，需要在炕上躺一百天，因此无法照顾奶奶，四爷爷和四奶奶把奶奶接到他们家去住。爸爸担心奶奶在人家家里住不习惯而发脾气，于是给四爷爷和四奶奶打电话询问情况，他们都说挺好，要爸爸不用操心了。俗话说，儿行千里母担忧。实际上，反过来也是一样的，爸爸不能把奶奶接到 S 市照顾，心里真是充满了愧疚。在姑姑的腰伤未好之前，只能让奶奶这样在各个亲戚家里打"游击"了。

爸爸的一位朋友询问书稿的出版事宜，爸爸说还在联系之中。有一家出版社对爸爸的两部书稿很认可，但询问对你的教育效果。爸爸请朋友转达："不以女儿的成功与否来衡量书稿的效果，她现在还未成年，需要保护她的隐私。"人生是一场马拉松，在父母的心里，只有爱和责任，而不应有任何的急功近利思想。这位朋友也认同爸爸的这个看法。

星期五，爸爸收到妈妈的微信，说你"青春期逆反"。爸爸问"有什么过分的行为"？她就没有再答复了。你平时与妈妈相处时，也要体谅她的难处，遇到事情要比她更冷静一些，千万不要在她心情不好的时候招惹她。你现在已经是高中生了，有了自己的想法，这是好事，说明你在成长，但另一方面，你毕竟没有完全脱离家庭，还需要在父母的指导下学习成长。有些事情，如果你认为自己正确，妈妈不理解，那么你只要去做就好了，不必要与妈妈论长短对错。假如做了之后觉得不妥或效果不好，那时再与妈妈交流看法也不迟。中国人说"水深流去远，贵人话语迟"，遇到事情时，要先用脑子想，不要急于用嘴巴来表达。爸爸以前对你说的要"脑子比嘴快，而不要嘴比脑子快"，就是要多思考、少表达，快思考、慢表达。《论语》中说"君子欲讷于言而敏于行"，毛泽东给两个女儿取名为李敏、李讷，就是出典于此，也是希望她们要多做少说。希望你用心体会这其中的哲理。

人人都生活在"新"中

（2017 年 6 月 18 日）

星期一晚上，S 市政府发布台风"苗柏"黄色预警，请广大市民、游客今明两天注意留在室内避险，减少外出，并相互转告。今天早上，外面的雨很大，有同事在微信上发照片，有些地铁站进水了，道路积水很深。既然如此，今天就没有去上班。下午，天气好转，爸爸给你发短信："你们学校今天还上课吗？"没有收到你的回复，爸爸估计学校也在放假，你肯定会留在家里。

星期二晚上，爸爸在网上观看了一部纪录片《天生少年——走近中国神

爸爸 陪着你长大 · 父亲笔下的女儿成长经历 高中篇

童》，讲了很多当年被当作神童后来发展却不近如人意的故事。所谓"神童"的说法，自古就有，本不足为奇。比如，你小时候读过王安石的《伤仲永》这篇文章，爸爸记得我们之间还讨论过这个故事的真伪。但现代人竟然还相信这类"神话"，则是时代的悲剧。当年中国科学技术大学第一个少年班中的宁铂，是标志性的人物，现在却有传言说他出家了，实际上只是他皈依了佛门。1987年，爸爸那时正在上研究生，暑期去S省C市的一所高校参加一个学术研讨班，宁铂当时在中国科学技术大学当老师，他也参加了这个研讨班，爸爸算是当面见到了。宁铂在20年前的一个电视节目中认为，不能把人当作试验品。当初发现宁铂的一位教授转述宁铂说过的一句话："我是一条活鱼，被摔死卖掉了！"死鱼就没有活鱼的价值了！这是他个人沉痛教训的感悟。

你还记得住在咱们家楼下的L阿姨和她的女儿Y姐姐吗？星期四早上吃饭时，爸爸碰到了L阿姨，她现在还在老地方住，抱怨晚上找不到停车位。爸爸对她说，女儿也上大学去了，你就没有必要再住在那里了。她说，一个人住在海边的新房子里，有点孤单。邻海的房子，风景倒是很好，但没有安全防护措施，担心小偷进去。爸爸笑笑说，现在谁还怕小偷呀。家里既没有现金，也没有其他财宝，无非是一个电视机，想搬走就搬走呗！她说，现在是劫人，要手机，更可怕。爸爸说，劫人在大街上更方便，何必去家里呢。

小W今年也要参加中考。爸爸给Z叔叔打电话，询问小W考试的情况。Z叔叔说，小W没敢报你们学校，担心成绩要求太高而考不上，而是报了另外一所学校。爸爸以为，那所学校也挺不错的。Z叔叔说也不想给孩子增加太大的压力。爸爸说，不是增加太大的压力，而是就不能有压力，让她自由选择、自由成长才是最重要、最正确的。

今天是父亲节，爸爸想念爷爷，于是写了一首《七律·父亲节致父亲》诗：

塞北青山才送春，江南早就草茵茵。

数千里远惟余梦，亿万人中不见君。

粉笔传经犹耗血，银针点穴最焦心。

家族代代无穷已，一代偿还一代恩。

"粉笔传经"指爷爷的职业是教师，平生以教书育人为天职；"银针点穴"指爷爷因为奶奶有病而自学成医，义务为乡亲诊病。爸爸将诗通过

- 84 -

短信发给你，希望你能体会到爸爸对爷爷的思念之情。即使你学习再忙，也要在父亲节向爸爸问候一声。爸爸突然又想到《好妈妈胜过好老师》这本书，假如爸爸妈妈以前读过这本书，那就太好了，也许现在碰到的一些问题就可以避免了。但人生没有"如果"，每个人的"第一次"都不可能倒转，也不会再次重复，每天的太阳都是新的，每个人都生活在"新"中，正如古希腊哲学家赫拉克利特说的那样，"人不能两次踏进同一条河流"，"太阳每天都是新的"，"一切皆流，无物常驻守"。这些哲理，你或许在写作文时可以参考。

爸爸会永远守望着你

（2017 年 6 月 25 日）

星期六晚上，爸爸观看《北京卫视》的一个歌唱节目，演员姚晨唱了一首《爸爸写的散文诗》，背景有爸爸把着自行车教女儿学骑车的情境。爸爸想起当年教你学骑自行车，也是同样的场景。爸爸在后面把着车子，你掌握着方向，双腿有一下没一下地蹬着脚蹬。爸爸已经累得呼呼喘气，你却笑嘻嘻地催爸爸"快点、再快点"。由于你的技术还不熟练，爸爸稍一松手，自行车便会倒下来。这时，你就怪爸爸不用心。练习得多了，你的技艺长进了，有时候爸爸只是轻轻地挨着车子，你就可以自如地骑行了。一方面，熟能生巧，技能性的东西，只要投入时间，就可以掌握；另一方面，在你学习的过程中，爸爸体会到一种特殊的乐趣。

姚晨在歌中有"守望"一词，天下的父母都是一样的，在陪着儿女长大之后，就该守望了。去年，爸爸在为你们学校填的一首《汉宫春》词中，有一句"严慈守望，计归期"，当时发给 F 老师。他说："这一句尤其让人感动！可怜天下父母心！"

今天，从高中同学微信群中得知，爸爸的同班同学 W 阿姨的女儿结婚，于是写了一首《七律·同学女儿新婚寄语》诗：

家有娇儿已长成，离娘独立闯人生。

寒冬腊月缝棉被，酷夏三秋调素羹。

窗外不闻书本事，心中早计酱油瓶。

前程漫漫才开始，莫忘当初第一声。

这首诗虽然是写给同学和她的女儿的，同时也是写给爸爸自己和你的，因为描述的情景是相似的，表达的感情是相同的。在爸爸的同学中，爸爸结婚可能是最晚的，生你当然也是最晚的。人家的儿女都陆续成家了，你还在成长之中。当然，不管你将来如何，爸爸会一如既往地守望着你！

保持自信，克服轻信

（2017 年 7 月 2 日）

星期二晚上，Z 叔叔过 50 岁生日，小 W 也正好初中毕业了，与她妈妈 M 阿姨一起来参加这个聚会。小 W 很懂事，主动为大家倒茶。当最后切蛋糕时，她又与她妈妈逐个为大家送上切好的蛋糕，俨然一个小大人。什么是成长？这就是成长，能够为爸爸妈妈分担一点责任，让爸爸妈妈为其感到骄傲。

星期四晚上，爸爸从 D 区返回市里，搭一位集团领导 T 伯伯的车。路上，爸爸说起最近整理完毕给女儿的信件，他说可以印制几本精美的册子，送女儿做礼物。将来是否出版，征求女儿的意见。爸爸说，自己也是这么考虑的。关于出书的事情，爸爸会非常慎重地处理，一方面总想着送你一件特殊的礼物，另一方面更要保护你在成长过程中的私密性。

这几天，全世界的媒体都在报道在美国失踪的中国访问学者章莹颖。爸爸相信，每个家长都会被章的生死牵动着心。要说这件事情留给人们的教训，主要是轻信，而轻信的根源是基于缺乏生活经验的自信。女性要自我保护，最重要的是自尊和不轻信。同时，要学会一些自我保护的方式。爸爸希望你从现在开始，就要在思想上引起重视，努力学会保护自己，将来最好不要碰到这样的事；即使碰到了，也会以恰当的方式处理，最主要的就是不要轻信，心中必须明白，天上从来不会掉下陷饼，也不会有免费的午餐。只要你把握好这些原则，面对诱惑时就能够辨识其中的骗局。爸爸记得有一篇文章讲了这么一句话，一个人的固执里，藏着低水平的认知。最有效的自我保护，还是要提高认知的水平。

碰到了严重的心理问题

（2017 年 7 月 9 日）

　　你最近的身体和情绪都极不稳定，妈妈为你请假，带你出去旅游几天，借以调节一下身心状态。星期四早上，收到 L 老师的短信："我查看数学成绩才发现 Y 同学没参加考试，怎么回事？！"爸爸回复 L 老师："孩子最近身体上有一些问题，她妈妈没让她考试。谢谢您的关心！"爸爸给你发了好几条短信：

　　——你的人生刚刚开始，没有过不去的火焰山。你有什么心事，除了对妈妈讲之外，也可以与爸爸讲一讲，爸爸可以与你做一些分析。在这个世界上，毕竟爸爸妈妈是你最亲的人。你是高中生了，应该多一些理性思考。越是在自己遇到困难时，越要鼓起勇气，选择坚强！

　　——你早晚总要离开家，独立面对社会。每个人都是这样过来的，你碰到的困难，别人也会碰到。

　　——爸爸希望你调整好心态，你的老师们对你的评价都比较好，你应该有自信。妈妈可能有时候不理解你，这是因为有代沟，你不要介意。上次家长会上，Z 老师说，同学们普遍有这种情况，你并不是一个例外，因此，根本没有必要忧心忡忡。

　　晚上，爸爸给你的班主任 Z 老师打电话，她讲了一些情况，你认为妈妈不理解自己，说了一些过头的话，也有一点过激的行为。妈妈向老师请假，表示不让你参加这次段考了，休息几天，调整一下身体和心态。Z 老师还说，你现在对父母有很强的抵触情绪，爸爸现在也不好做什么事情。你的成绩一直在年级 200 名左右，应该是不错的。Z 老师让爸爸找找学校的心理老师，了解一些情况。爸爸感谢 Z 老师对你的关心，对她介绍了一些你和家里的情况。Z 老师表示理解，说她也只是听到一个方面的情况，事实可能并非完全如此。爸爸希望 Z 老师今后有什么事情就告诉爸爸，爸爸也会经常打电话了解情况。

　　星期五上午，Z 老师把你们学校负责学生心理疏导的 L 老师的电话号码发短信告诉了爸爸。于是，爸爸给 L 老师打电话，他说妈妈对他讲了一些情况。刘老师说，一个人对另一个人的影响，取决于两个人之间的关系，目前爸爸对你的正面影响力不大，现在也做不了什么。他说你长期以来的状态不是太好，小时候的经历（包括一些老师的尖刻语言和一些所谓的校园暴力）使你的自我评价低，而且经常性地存在。妈妈对你的教育使你过于收敛，不对别人表达你的思想。这次也是一些诱发因素导致的一次爆发。比如，子弹杀人，但错不在扳机。医生只能治病，而不能救命。他说，爸爸目前也不能做什么事情，只有靠你自己来克服目前遇到的困难，妈妈从旁协助。

听了 L 老师的介绍，爸爸的心情极度痛苦。昨天，妈妈与爸爸进行微信沟通，爸爸也只是听妈妈说，自己没有表示什么意见。不论碰到什么情况，你必须要学会独立面对问题，自己解决问题。在这个世界上，靠山山会倒，靠水水要干，只有靠自己才更可靠。你小时候读过孔子所说的话："君子求诸己，薄责于人；小人反是。"爸爸希望你做一个"求诸己，薄责于人"的君子。

T 姐姐说，她最近总是与你和妈妈联系不上，心里也在为你担心。爸爸将你最近的情况告诉了她。姐姐说，你是很善良的一个孩子，一定会走出目前的阴影。姐姐讲了一件事情，有一次她去看望你，你正好在一次吉他比赛中得了奖，是一把塑料吉他。妈妈让你把这把吉他送给姐姐，你说这个是塑料的，把另外一把你用过的比较好的吉他送姐姐了。姐姐说她会与你保持沟通与交流，将她当初的一些心理状态告诉你，让你有所借鉴。

宝贝儿，每个人在成长的过程中，都有一些生活上或心理上的"坎儿"。正如第一次家长会上你们年级 W 老师说的那样，从初中升入高中，不是一道"坡"，而是一道"坎儿"。爸爸以为，爬坡靠耐力，而过坎儿则需要一点技巧，先迈哪条腿后迈哪条腿，或者是否需要先后退几步，然后一个冲刺跨过去，这都是选项，就看你怎么看待面前这道"坎儿"的难度了。今后纵使碰到天大的困难和问题，爸爸妈妈都会与你共同面对，想办法解决，抱怨与焦虑甚至指责都是于事无补的。内心的焦虑，只能蒙住你智慧的眼睛；只有放下一些事情，先后退几步，才能使自己得到解脱，积蓄向前冲刺的强大力量。迈过眼前的这道"坎儿"，你的前途一片光明，你的内心也会快乐起来！

相同的父女，不同的心境

（2017 年 7 月 16 日）

　　星期一中午吃饭时，爸爸碰到同事 H 伯伯和他的女儿。这位姐姐刚从美国留学回来，H 伯伯带她来体验一下我们单位的餐饮情况。H 伯伯讲了一个小故事。小时候，有一次女儿问他某一个作文题目该怎么写，他讲了怎么怎么写，女儿说："想不到你的水平这么差！"姐姐可能忘记了这件事情，反问她爸爸"有这事儿吗？"真是一个温馨的场面！

　　爸爸看到 H 伯伯的女儿，自然想到了你。于是，午饭后回到办公室，给你发短信："宝贝儿，你放假了，就好好调整心理和身体。不论你心里有多么焦虑，都要放下。你还记得去年你去美国游学的经历吗？你说见过了'优秀的人'和'真正的精英'。你就向这些人看齐吧。爸爸通过你的班主任和心理咨询老师，了解到发生了什么事情。生活上不论发生了什么，爸爸都认为是命运的安排，坦然接受，从不抱怨。爸爸有足够的耐心陪着你长大，并且做你的坚强后盾，虽然不能帮助你解数学习题，也不能帮你修改乐谱，但至少在精神上会支持你。爸爸最担心的，就是你和妈妈心中的焦虑，它是你们的包袱，希望你能放下，做一个真正的阳光少年。"

　　星期二中饭时，H 伯伯又带他女儿来了。女儿剩下了饭菜，H 伯伯说："如果在家里，我就替你吃了，这里有点不好意思。"爸爸与 H 伯伯开玩笑："如果你吃了，我给你写一首诗。"H 伯伯说："我不吃，你也写一首。"爸爸笑了，并未做出明确的承诺，但在心里已经承诺 H 伯伯的要求了。晚上，想着今天白天的事情，为了兑现对 H 伯伯的心里承诺，于是写了一首《七律·戏题 H 兄忆女儿小时趣事》诗：

> 岁月无痕鬓角斑，闲情停箸话当年。
>
> 开题不易作文易，求教似玩逗尔玩。
>
> 娇女从来留饭量，阿爹也会剩余餐。
>
> 离家虽久天伦重，相伴亲慈日日欢。

　　爸爸将诗发 H 伯伯，他回复："一定与女儿共同好好拜读你的诗。"

　　爸爸前面提到的"心诺"，在中国历史上确有其事。西汉经学家刘向的《新序》中记载了一个《季札赠剑》的故事。吴国的季札在出使北方的晋国途中，顺道访问了徐国国君。徐君非常喜欢季札的宝剑，但知道它是吴国的国宝，因此不好意思索要。季札看出了徐君的心思，暗暗许下诺言，当他结束出使任务后返回来时，就将宝剑赠送徐君。当季札返回时，徐君已死。季札便将宝剑挂在徐君墓旁的树上。随从说，人都死了，还赠宝剑干什么？季札说，自己在心中已经答应将宝剑送徐君了，他虽然死了，我仍然要兑现承诺。这就是"心诺"，它比"言诺"或白纸黑字的"合同"的意义更为重大。

这个星期，爸爸在L市参加爸爸的硕士导师八十华诞学术研讨会，爸爸也做了一个学术报告。大家都把爸爸当作大师兄对待，这也没有错，因为爸爸是导师第一个正式的研究生。今天离开L市，去B市参加一个培训班。父行千里，牵挂女儿。爸爸希望你最近的心情大有好转，凡事总要换一个角度分析，切不可钻入牛角尖而出不来。

"嚼得菜根，百事可做"

（2017 年 7 月 23 日）

星期五，爸爸结束了在B市的培训，坐飞机回老家，看望奶奶和姑姑、二叔。最近可能是军演而导致大面积的空中管制，飞机晚点四个半小时（先后三次推迟起飞时间）。爸爸在机场百无聊赖，在iPad上看苏联《卫国战争》纪录片，也是一种打发时间的方法。半夜12点多了，肚子实在饿得顶不住了，去一家小食店吃了一碗面（45元）。刚吃完，机场通知登机。飞机于凌晨1点半到H市，二叔来接爸爸。他说，今天从B市赶到H市机场，由于飞机晚点，他先把堂弟和他妈妈送回老家姑姑家。司机小伙子不熟悉路线，绕道了，回家已是3点多钟了。其间，姑姑打了两次电话。她的腰已经好多了，再过十几天可以去医院复查了。

星期六下午，爸爸与二叔和司机叔叔拔姑姑家院子里的杂草，颇有当年在地里拔麦子的感觉。天黑了，还有一半，明天上午再拔吧。回想起当年爷爷鼓励爸爸好好学习考大学的方式其实很简单："如果不想每年秋天干这个活，那就好好学习，考上大学走人；否则，每年秋天就是这个活。"

今天早上，堂弟高兴地大声喊叫。爸爸对姑姑发感慨，家里必须要有孩子，才有人气。

上午，把院子里剩余的草拔完了。确实感觉腰酸背痛，真是当年在地里拔完小麦的感觉。现在都是机械化收割，农村人也不拔麦子了。这本来是社会的进步，但爸爸却生出另外一种忧虑，就是人们不愿意从事粮食生产，以后该怎么办呢？另外，从培养小孩子吃苦耐劳的角度看，也似乎缺少了一种手段。你小时候，爸爸多次说过，待你长大一点，每年的暑期带你回老家参加一个星期的农业劳动，以锻炼你的体魄和毅力，不要忘记农家子弟的本色。爸爸曾经在 G 省挂职，当时也有一个想法，每年可以让你去 G 省的山区里生活一段时间，体会山区人民的生活苦难，同时也交几个山里的朋友，对你的成长只有好处而没有坏处。可惜，这些想法现在都没有变成现实，主要是你妈妈舍不得，爸爸觉得十分遗憾。古今中外无数的例子证明了《菜根谭》中的一句话："嚼得菜根，百事可做。"艰苦的环境可以锻炼人，你却没有利用这样的机会。

小时候的放羊愿望

（2017 年 7 月 30 日）

这个星期，爸爸在老家与高中同学聚会很多次，大家都珍惜同学情谊，共同回顾过去的学习生活，有许许多多的感慨。最大的感慨是日月如梭，时间过得太快了，许多往事就像昨天才发生过的一样。人生苦短，不止现代人这样感慨，古人也是这样感慨的。苏东坡在一首《西江月》词中就说"世事一场大梦，人生几度秋凉"。这就是为什么大人要告诫小孩子从小抓紧时间好好学习文化，正如你小时候背过的一首儿歌中说的那样："明日复明日，明日何其多。我生待明日，万事成蹉跎。"唐代大书法家颜真卿写过一首《劝学诗》："三更灯火五更鸡，正是男儿读书时。黑发不知勤学早，白首方悔读书迟。"诗中说的是男儿，对于你这个女孩子也适用，因为巾帼可以不让须眉。

昨天晚上从老家回到 S 市，今天观看电视里播放的内蒙古朱日和阅兵式。朱日和所在地与咱们老家相邻。爸爸的三姨、你的三姨奶奶的家就在那个地区，村子里只有二十多户人家。你三老姨夫祖籍 S 省 D 州，为人大方，有信义，在村子里很有威望和人缘。父子两代都是笼匠，就是给人们手工制作蒸馒头的竹笼屉。三老姨夫在世时，爸爸和姑姑、二叔经常去他们家。爸爸记得在大学三年级的那年暑假，我们三人一起去三姨奶奶家，帮他们在地里收庄稼，村里人很是羡慕，说三姥姨夫真是有福气，大学生都要为你收庄稼。三老姨夫当时很是自豪。其实，爸爸参加一些劳动，并不是为了炫耀什么，而是出于农家子弟的本色，回到老家碰到什么农活就做一些什么，不仅不会掉价，反而会受到人们的称赞。

咱们老家主要还是以种地为主，而三姨奶奶所在的地区主要以放牧为主，因此显得地广人稀。你8岁那年，我们全家一起回过一次老家，那次你闹着要放羊，但由于时间很短，加之你也太小，根本无法体会什么是放羊。爸爸小时候真是放过羊，每天上午11点钟赶着羊到野外吃草，一直要到下午五六点钟太阳快要落山时才能把羊赶回来。一整天的时间，真是难熬啊！你应该找一个机会，回老家看看，体会一下老家的蓝天、白云、牧场和牛羊，并且真正体会一天放羊的滋味儿！

人生本就没有坦途

（2017年8月6日）

最近，爸爸一直想把你在上小学和初中期间爸爸写给你的信结集出版。联系了两家出版社，都有出版的意愿，但都没有敲定。爸爸之所以打算出版这两部稿子，就是想把它当作送给你的一个礼物。这些年来，爸爸一直以自己的方式关注着你的成长，信里的许多事情，有些与你当面交流过，有些则是爸爸内心的独白，只能把这些想法凝固在文字中。另外，保存文字资料最可靠的载体就是公开的出版物，个人保存往往很容易丢失，因此无法流传下去。

爸爸的一位大学同学Z伯伯对爸爸的这两部稿子的出版很是热心，他在很多年以前就建议爸爸能够在老家出版一本书，爸爸也有此愿望。现在看来，这个愿望有可能实现。最近，他推荐了老家的一个出版社，编辑认为书稿可以出版。晚上，Z伯伯就在他的微信上把此事披露了，爸爸留言"八字还没有一撇呢"。

星期六，妈妈在微信上发了你给李白的《秋风词》所谱写的钢琴曲，爸爸看后，真是百感交集，于是写了一首《七律·秋风词》诗：

秋风起处日光斜，游子潸潸对冷茶。

宋玉悲秋愁谪客，欧阳作赋厌虚枷。

春风十里不如你，秋月千年还是她。

过隙白驹真一瞬，焉将浩气换荣华。

宋玉悲秋和欧阳修的《秋声赋》，你都很熟悉，不用爸爸多解释。妈妈在微信中说，你将来想从事音乐创作，并且说只有音乐才能使你找到自信。爸爸认为，还是要好好想一想，艺术的路更艰难。在爸爸看来，你以前在这方面的天赋并没有明显表现出来。爸爸今天想了一天，上午对妈妈说的音乐之路难走的话，只是有一点担心。如果你愿意，那就按自己的选择往前走。任何一条路都不易，任何一条路也能走通。当然，任何一条路，都要付出艰辛的努力！人生本就没有坦途！

书稿的出版一波三折

（2017 年 8 月 13 日）

星期二，姑姑做手术整整过了 3 个月了。T 姐姐说，她最近要休假回家，正好陪她妈妈去做复检。她说，也很久没有与你见面了，对你一直很挂心。假如你收到姐姐的微信或短信，应尽快给她回复，省得她担心你出了什么事情。

昨天与出版社编辑联系，他说书稿可以出版，但要自费，发行方面的事情都由自己处理。爸爸告诉他，现在工作很忙，根本没有时间自己发行书稿。他说再算算账，看看出版社会不会做成本版书，他估计几乎不可能。爸爸觉得这家出版社不一定靠谱，于是把稿子发另一家出版社编辑 J 伯伯，同时给他打电话。他正在美国旅游，爸爸下午打电话的时间是 3 点钟，他正好是凌晨，真是不好意思。爸爸请他回来后，注意查收书稿。J 伯伯是爸爸的校友，也是爸爸好几本书的责任编辑，我们一直合作得很好。

爸爸与 J 伯伯通完电话后，不禁思念起你来。这两部书稿，本来也是作为一份礼物送给你的，假如有市场销量，稿费也可以作为你将来上大学或出国留学的一部分费用。但是，目前看起来也不一定能如愿，只能以好事多磨来安慰自己了。

一位有情怀的小妹妹

（2017 年 8 月 20 日）

星期五晚上，爸爸请原来在 B 市工作期间的同事 Y 阿姨和女儿 C 妹妹吃饭。爸爸以前对你说过，有一年去 X 市参加一个培训班，与 Y 阿姨母女相聚，小妹妹比你小一岁，听说有这么一个姐姐在 S 市，很是兴奋，主动在她妈妈工作的场所给你挑选了一件泥塑的小礼物。爸爸给你带回去后，你说很喜欢。这几天，C 妹妹在 S 市参加一个外语培训班，准备明年参加美国的高考（STA），去美国读高中。听她妈妈说，妹妹的英语口语很棒，老师说她的发音很好。爸爸经过接触后觉得，这个孩子不仅智商高，情商也很高。

Y 阿姨说附近有一家快餐店，爸爸说也不能吃得太简单了，否则对不住老朋友。于是，我们走了一段路，在一家看上去还不错的饭馆吃晚饭。席间，Y 阿姨说，这几天与她的一些大学同学聚会，妹妹把她妈妈的同学分为四类，其中对爸爸的印象最好，说爸爸能够与小孩子交流，而且写了那么多书。对其他同学，就有负面的评价，比如，其中一个同学可能有钱了，但对生活失去了目标，不知道为什么活着。妹妹对这种说法很反感，既然不知道为什么活着，那为什么不去死呢？这个孩子可真厉害。在来饭馆的路上，爸爸对妹妹讲，除了留学，还有另外一条路，就是将来可以上国内一流的大学。看起来，妹妹对这条路不感兴趣。

我们在吃饭过程中，爸爸讲了一个有关诚实的故事，就是爸爸以前经常对员工讲的 2004 年美国《商业周刊》发表的一篇有关一个中国留学生在欧洲因 3 次坐公共汽车逃票而找不到工作的故事，妹妹很是认同。爸爸说，像你这样爱学习的孩子，父母简直喜欢极了，你想到哪里上学都可以；父母发愁的事情是，孩子不愿意学习。饭后，爸爸坐地铁回家，她们娘俩回住处。她们后天就离开 S 市了，妹妹说下次再来时很想与你见面。

星期六晚上，爸爸参加一个私人朋友的聚会。结束后，爸爸与 H 伯伯一起回家。他告诉爸爸，他女儿已经去加拿大上学了。他女儿比你大一岁，高中考入一所外国语学校。爸爸单位的同事总想把孩子送国外，前几年你不是也想走这条路吗？但现在你彻底改变了主意，想走音乐创作的路。前几天，爸爸与一位同事 Y 伯伯说起此事，他说这条路更难走。爸爸的想法是，孩子的事情就由孩子自己做主吧，父母也无法干涉了。今后的路到底该怎么走、走到哪里，全由你自己把握和负责了。当然，即使按照父母的设计或建议，路还是要由你自己去走。前面说的 C 妹妹，准备去美国留学，也是她自己的决定，父母只是为她提供所必备的条件而已。

教师职业的高尚之处

（2017 年 8 月 27 日）

本周三有台风，S 市政府发布消息，全市"四停"（停工、停业、停课、停市）。网上发了许多展现台风威力的照片和视频，其中一个视频是一个人试图用手推一辆快要被风吹倒的车，结果被车砸死了，真是可怕。台风的力量，是任何人也阻挡不了的。所谓"人定胜天"，只能是一种精神意向。

爸爸上午在家里整理给你的信件时，眼前总是浮现出你的身影。爸爸最大的愿望就是你能考上心目中的理想大学和专业，然后独立走上社会，慢慢形成自己独立的思想。不论是爸爸还是妈妈，思想总有片面性，总不能代替你自己的思想。

在我们高中同学微信群中，看到爸爸的语文老师 N 先生发了一首《怀旧》诗：

> 人到老年常怀旧，上了年纪重感情。
> 回忆儿时贪玩耍，更想年轻奔前程。
> 坎坷经历难忘怀，成功业绩记忆新。
> 电影镜头历历过，感叹唏嘘此人生。

N 先生的这首诗说不上技巧，但感情很真挚，说到了爸爸的心坎儿上。爸爸经常思念爷爷，也回忆你小时候的点点滴滴，真像 N 先生的诗中所说的"电影镜头历历过"。于是，爸爸和作了一首《七律·步韵 N 先生〈怀旧〉随感》诗：

> 窗前明月眼前灯，每念桑梓即动情。
> 旧雨音稀传旷野，青萍锈重落征程。

乘轩相继天天醉，伏枥长嘶代代鸣。

秋叶经冬陪雪过，春风一起又重生。

诗中的"旧雨"不是指雨，而是指旧时的朋友；"乘轩"原指乘坐大夫的车子，后来指做官，爸爸是用来讽刺那些只做官不干事的庸碌之辈；最后一句来源于白居易的"野火烧不尽，春风吹又生"的诗句，古人叫作点化。你今后在写作歌词中，总要用到点化古典诗词的情况，这样可以使词句显得典雅一些。另外，爸爸每次与 N 先生唱和诗词，是一种敬重师长的表现，也是为你做个样子，让你树立起尊师敬友的思想意识。小时候记得爷爷有一次与别人说，老师这个职业没有出息，千方百计想把自己的知识传授给学生，还生怕学生学不会。爷爷虽然是开玩笑，但也点破了实质。当老师的，从来不怕学生超过自己，而只担心学生不如自己。因此，假如你将来真有才学，不要担心在老师面前"显摆"，你越"显摆"，老师越高兴。这是老师这个职业的与众不同之处，也是它的高尚之处。

高 二 年 级

欲展经纶多使劲，如逢忧患应当先

历史的经验是一面镜子

（2017 年 9 月 3 日）

爸爸最近重读了姚雪垠先生的长篇历史小说《李自成》。李自成进了北京，就是皇上，过去的一切都忘记了。他原来的老马夫王长顺冒死进宫进谏，说他被蒙在鼓里，外面的事情都不知道，现在军队的纪律已经败坏了，老百姓恨得要命。可惜，已经太晚了，马上要东征，去打吴三桂，没有时间整顿军纪了。李自成所犯的战略性错误，是不能由打进北京这个战术性的成功所弥补的。错误的根由在两年前就埋下了，那时李岩劝他据宛洛之地，实际上就是进行根据地建设，但李自成是以流寇起家的，听不懂李岩的宏图大略。所谓"十八子，当主神器"，只是一个泡影。

历史是现实的一面镜子。政治家有政治家的镜子，普通老百姓也应时时照照自己的镜子，才能使自己的小日子过得畅快一些。在时间的坐标轴上，我们每个人所经历的事情，往往一瞬间就过去了，在历史的这个大坐标系上简直不值得一提。但是，国家与人类的历史，总是由每个家族、每个家庭和每个个人的历史所组成的，就像爸爸给你写的这些信件，都是我们这个小家庭的共同历史。我们每个人实在应该从历史、从别人，特别是自己的镜子里多照照，使得过去的错误不要重复发生。爸爸的愿望，就是你今后的路走得顺利一些，将来有了自己的小家庭时，能够少受外界影响，从而使自己的幸福感多一些。

星期五午睡时，爸爸梦见了爷爷，他正在剁肉馅，还说要给爸爸扎针。在梦中，爷爷的容貌与他生前一模一样。爸爸知道"日有所思、夜有所梦"的道理，这个梦就是因为最近爸爸总是回忆小时候的一些事情，自然会思念爷爷。

今天下午，爸爸给二老舅打电话，他正在外面割草。奶奶最近在他家里，与太姥爷住在一起。二老舅说，奶奶目前的状况还好，发脾气少了。他还说，如果中秋节咱们回老家，就去把奶奶接到姑姑家住一段，平时就在这里吧。爸爸心里真是感激二老舅，在这个时候收留奶奶，真是帮了爸爸和姑姑、二叔的大忙。因为姑姑于今年 5 月做完手术后，还没有完全恢复，实在是无能力照顾奶奶。爸爸想到这里，心里真如刀割一般地痛苦。

今天是星期日，爸爸一天没有吃饭，早上喝了两大杯淡盐水，只吃了一个苹果、两块西瓜和几粒葡萄，以清清肠胃。天气预报说台风今天登陆，但还未登，下午下了一阵雨。

你刚刚开学，爸爸祝你本学期比上学期取得更大的进步。面对每天美好的阳光和鲜花，所有的焦虑都是不必要的，你看到的太阳和鲜花，每天也都是新的，你的心情也应该每天都是新的。

吃饭掏钱是天经地义

（2017 年 9 月 10 日）

星期一，爸爸在早餐时与一位同事 W 叔叔坐在一起。他说，国务院领导视察我们单位在国外的项目时不喝酒，而且自掏饭费。爸爸对他说，共产党的干部过去就是这样的。爸爸记得，小时候在村里蹲点的县里干部轮着到各家各户吃饭，都要给钱给粮票的。干部一天吃三顿饭，晚上就会放下半斤或一斤粮票、五角或一元钱。那时，小孩子都盼着干部到家里吃饭，这样就能沾光吃点白面或鸡蛋。爸爸又回忆起有一年陪着一位领导去 Y 省偏远的地质队出差，对方给我们准备了鸡、蔬菜和白米饭。爸爸看着地质队的条件这么艰苦，这顿饭也许是他们费了很大的力气才弄来的，觉得白吃人家的饭于心不忍，于是吃完饭就把 50 元钱放在桌子上了。一位地质队干部死活不收，硬塞回到爸爸的手里。这位领导从一般人情世故的角度出发，讲了他的观点："如果换成你，会收人家的钱吗？"他说的倒也是事实。换成爸爸，也不会收对方的钱。不过，爸爸当时心里想的是，要给领导的脸上贴点金子，不要让人家在我们走后说领导来了白吃白喝。爸爸与 W 叔叔开玩笑说："现在看来，我当时的想法和做法是符合共产党的一贯传统和规矩的。"

星期三早饭时，爸爸的另一位同事 A 叔叔讲起小时候干农活的往事。他的父亲对他说："考不上也没关系，总有活干。"爸爸自然回忆起自己小时候干农活的往事。老家农村有一句谚语："男人最苦拔麦子，女人最苦坐月子。"意思是说，农村最苦、最重的活是秋天在地里拔麦子；女人最苦的时期是生完孩子后的那一个月。爸爸在上高一的那年秋天，有一次在地里拔麦子，爷爷对爸爸说："如果不好好学习，考不上大学，那么每年秋天就得要拔麦子；如果不想受这个苦，那么就好好学习，考上大学走人。"爷爷的思想工作方式倒也简单，就是用眼前的现实来鼓励爸爸好好学习。现在，农村都实现了机械化，麦子用收割机收割，人们再也不用受过去的那个苦了。这也是社会进步的体现。你长这么大，还没有见过拔麦子是怎么回事，应该在某个秋天回一次老家，体会一下拔麦子。

爸爸上次告诉你，最近正在读长篇小说《李自成》。李自成在进京前已在西安建立了大顺朝，他已经是大顺朝的皇上了，他的所谓"起义"只是改朝换代，并无任何进步性。爸爸有感而发，于是写了一首《七律·读〈李自成〉》诗：

> 官逼民反事当然，承运奉天黎庶残。
> 换代无非更姓氏，改朝从未弃红颜。
> 当时众意瞻牛首，后世何人识李岩？
> 千载循环王寇律，通山北望是煤山。

诗中的"牛首"，指李自成的宰相牛金星，没有什么战略眼光和危机意识，只是投李自成所好，在天下还没有安定的情况下，就当起了拜亲访友的"太平宰相"。李岩是李自成手下的一员大将，在将领中最有政治眼光和文韬武略，可惜被李自成杀了。通山（在湖北）和煤山（在北京景山公园）分别指李自成和崇祯皇帝死的地方。你读历史书籍时，应仔细体察爸爸的这些感悟。

上周，爸爸就告诉你，爸爸最近一段时期，星期天不吃饭，只吃一点水果，借以清肠道。最近减肥卓有成效，需要坚持下去。

今天是教师节，爸爸给几位老师发微信，自己也收到一些北大研究生的祝贺微信。一位校友 X 叔叔发来微信："您是大学教授，教师中的高级知识分子！"这是对爸爸的鼓励，今后一定继续在北京大学讲好课。你若有空，也要向老师们问候一下节日。当然，可能你并没有小学和初中老师们的联系方式，因为你那时还小，没有手机，不会有他们的电话。爸爸上次对你说过一个《季札赠剑》的故事，季札的"心诺"很感人，你只要心里默默地祝福你的老师们节日快乐就行了，你的心到了，他们也会心领了。

你已经有一点"资产"了

（2017 年 9 月 17 日）

　　妈妈卖了现在的房子，在另一个地方买了一套价格差不多的房子，并且要把房子转到你的名下。由于你还未到 18 岁的成年人标准，因此，必须要爸爸妈妈作为你的监护人，在公证处办理公证，将相关办手续的事情都委托给妈妈。星期五早上，我们去公证处，还没有到上班时间，大厅里黑乎乎的。你在看一本《胡适文选》，因大厅里没有开灯，你就用手机照明。妈妈说，不在乎这点时间。工作人员要求拿出爸爸的户口本，但昨天妈妈只让爸爸带身份证。你一听，以为下次还需要来这里，马上凶巴巴地说，要耽误很多课程，抱怨爸爸不操心。爸爸也真是"冤枉"，妈妈最近一直在操办此事，爸爸以为她已经问清楚要带什么证件了。不管怎么说，爸爸看到你的精神和身体状态都不错，也就放心了。爸爸下午又专门回家拿上户口本，又跑来一趟，才拿到公证书。这样，妈妈这几天就可以办理房产证手续了。妈妈说，做账户监管时还要父母同时签字。爸爸说，如果她上午说了此事，我们办一个全权委托你办理的公证书就可以了。这倒不重要，重要的是你有了自己名下的房子，也算是有了一点小小的"资产"，爸爸妈妈则成了"无产阶级"，因为我们的名下没有这套房产了。其实，你的任务就是好好学习，健康成长，不用为这些事情操心。不管这个房子是不是归你的名下，你只要有居住权就可以了。

　　你最近瘦得太厉害了，妈妈说，你就是按照爸爸以前说的六字方针"管住嘴、迈开腿"去做的。爸爸在心疼之余也感欣慰，你就不用再担心同学说你胖了。爸爸今年以来也加强了锻炼，同时限制饮食，主要是中午不吃主食，晚上少吃东西多走路，减肥效果明显。不过，爸爸不希望你为了减轻体重而太过节食，这样会损害你的身体。你只要正常饮食、加强锻炼就可以了，学校的各种体育活动要积极参加，特别是要发挥你作为班级排球队领队的作用。锻炼身体的主要目的，也不是为了减肥，而是促进身体健康发育。你如果太瘦了，体力就跟不上，学习任务那么重，就会吃不消。

一颗"珍珠"赛过一坡"黑豆"

（2017 年 9 月 24 日）

你的房子购买已经进入了实质性阶段。星期二下午，爸爸妈妈和你一起去银行办理资金监管手续。业务员叔叔可能没有搞清楚流程，资金监管手续只要爸爸妈妈签字就可以了，既不需要你签字，也不需要给你拍照，你根本没有必要到场。不过，你体会一下这个过程也好，这也是一种阅历。你说耽误了你复习功课的时间。其实大可不必，任何时间投入都会换来一种体验，也都是有价值的。

星期五下午，爸爸妈妈为你办理房子的过户手续。办房产证的人犹如蚂蚁，挤满了整个大厅。其实房子只不过是身外之物，真是犯不上为了在房产证上添一个名字而如此劳神费力。两年前，我们现在住的房子也办理过一次过户手续，爸爸当时有感而发，写了一首《七律·房产过户有怀》诗：

楼房本是一堆砖，功效安身兼御寒。

此物越多人越累，他年何用我何贪。

争权重负前途窄，过户轻装眼界宽。

江海茫茫寻彼岸，千金放下对婵娟。

中国有句俗语："地多养穷人，房多累主人。"房子的功能就是居住，许多人买那么多房子，是为了投资赚钱，实际上心很累。人活在这个世上，主要是感受生活，而不是为了积累财富。你现在成了这套房子的"主人"，爸爸不希望你将来为了房子再折腾了，那样真是没有什么太大的意思。

办完手续后，爸爸与新房的原主人 P 先生一起去坐五号地铁。路上，与他聊天。他们家有一个 12 岁的孩子，有点弱智，学习跟不上，她夫人就辞职带孩子去了新西兰。他说他要学一门手艺，比如电工，这样，在国外生活就可以自己维修家里的电器设备，可以节省很多钱。爸爸建议他再生一个孩子，尝试一下国外的教育方法。他说这倒是一个新鲜的主意，他们夫妇以前没有想过。爸爸妈妈的年代里，我们国家实行一对夫妇一个孩子的计划生育政策，因此没有办法为你再生一个小妹妹或小弟弟，你将来会有孤独感。但这是国家政策所造成的，你们这一代独生子女只好承受这种现实了。咱们老家有一句俗语："是珍珠，一颗就够；是黑豆，一坡也无用。"意思是说，孩子不论多少，只要有出息才行。你就是爸爸妈妈的"珍珠"，我们有你这一颗就心满意足了。

温室里长不出参天大树

（2017 年 10 月 1 日）

星期五上午，爸爸妈妈去房产管理所为你取房产证。本来妈妈一个人就可以了，但规定非要父母同去不可。这种繁琐的程序，一点价值也没有。"泛程序化"的毛病，目前在中国很是盛行。总算拿到这个证了，爸爸赶紧让妈妈举起房产证，用手机拍了一张照片，以资留念。昨天听同事 X 伯伯说，英国根本不需要什么房产证，只凭买卖双方的合同去交税就可以了，因为本质上说，房子只与房主有关。X 伯伯曾经在英国留学和生活 13 年，因此了解那里的情况。比如，妈妈每年抱怨的车检，其实大多也就是走个形式，车检单位收一笔钱。实际上，车的性能好坏只是与车主的安全有关，车检单位根本不可能为车主的安全负责。每个人的安全首先应由本人负责，这才是正当的逻辑。

又到了国庆节放假，而你却每天必须上补习班和复习功课，并没有多少休息的时间。你为了考上理想的大学，也只能如此拼搏两年了。爸爸现在就权当你已经独立生活了。这样对你也好，早点经历社会的"断奶"期，对你的心智成熟也是一种锻炼。人们常说的健康，只是指生理健康，其实，人的心理健康更为重要。与生理健康一样，心理健康也是需要锻炼的，最好的锻炼方式就是生活中碰到困难后想办法去克服，从而得到磨炼。这也就是温室里长不出参天大树的道理。

凡事都要确定一个目标

（2017 年 10 月 7 日）

国庆节期间，你一直在补课。T 姐姐发来她与你在微信里的交流图片，T 姐姐给你发了一个红包。T 姐姐说，她也好久未与你交流了。爸爸也想给你发红包，但你最近一直把爸爸的微信拉黑着，而且妈妈说你把许多人的微信都拉黑了。这样也好，可以节约很多时间，以专心致志地复习功课。爸爸也听其他家长说过，孩子平时根本不与父母联系，也是把微信和电话拉黑了。你们班 L 同学的父亲是爸爸的同事，他就与爸爸说过，他儿子从来不给他打电话，也不回复他的短信，回家也不与他交谈，搞得他很郁闷。爸爸安慰他，现在的孩子们都是这样的，不是你家的孩子才这样。你们这些孩子啊，有些行为真是令人啼笑皆非！

这一段时间内，爸爸减肥的效果很明显。今后如果能够保持目前这个体重，爸爸就满意了。这件事情也说明，凡事都要确立一个明确的目标，然后按照计划一步一步地向前走，总会达到目标。你在学习上也是如此，在年级排名不要一下子设定很靠前的目标，而是按照每次段考都向前超越 30 名左右的同学就可以了。你在入学时的成绩是 300 名左右，现在已经进入前 150 名左右了，这是一个很了不起的进步。如果按照爸爸告诉你的"阶段性目标赶超"法，那么，用不了多久，你就可以进入前 100 名了。当你稳定在前 50 名左右时，你考入名牌大学的概率就大大提高了。

爸爸最近还在做一件事情，就是与 T 伯伯合作撰写一本书。几年前，爸爸就把这个想法告诉过妈妈，但由于工作太忙，只是在不断地收集资料，一直没有静下心来动笔写。最近，准备以爸爸在北京大学讲课的内容框架为基础，用一年的时间完成初稿。如果完成了这部著作，那么爸爸的这一辈子也算是有一点小小的成就了。

人生处处都有奇遇

（2017 年 10 月 15 日）

星期一，爸爸在回家的地铁上碰到一对老夫妇，每人带着一只箱子，老头问爸爸北站是哪一站。他问的时候，老妇人伸出头仔细听爸爸说。爸爸指给他看车门上方的显示。爸爸下车时，又交代他，中途经过一站后就到了。老人对爸爸表示感谢，还请爸爸去 G 省玩。爸爸问他是 G 省什么地方人？他说是 J 县。爸爸说自己在 G 省 B 市工作过，J 县就属于 B 市管辖。他听了爸爸的话很高兴，可惜爸爸要下车，无法再与他多交流了。人生处处都会有奇遇，只是要用心、用情。

　　这个世界也实在是太小了，到处都可以碰到与自己相关的人和事。说到这里，爸爸给你讲一个爸爸经历的真实的故事。那是你刚出生的那一年，有一次爸爸参加一个活动，中午吃饭时与原北京师范大学校长、我国著名数学家王梓坤先生坐在一桌。席间，王先生说了一个命题："任何两个人之间都有一种关系。"这是一个科学命题，基于严密的逻辑推理而提出来的。同桌有一位年轻的女记者，不知道王先生是什么人，就指着窗外街上的两个人问王先生："他们是什么关系？"王先生说："他们都是中国人。"这位姑娘不服气，准备与王先生争辩。爸爸就把王先生的身份告诉她，这位姑娘一听王先生是一位数学家，就不吭气了。

　　爸爸讲这个故事，其中暗含一个判断，就是作为数学家的王先生，在那种场合提的那个命题，一般人虽然不太理解，但是不会错的。比如，陈景润研究所谓的"1+1"的"哥德巴赫猜想"，是一个数论领域的科学命题，而不是普通人所理解的"1+1=2"。普通大众对科学问题可以不懂，但有科学常识的人对此类自己不懂的命题千万不能随意发表意见，否则就会闹出笑话。你今后在类似的场合碰到类似的事情，千万不能像那位姑娘那样冒失地质疑或发表其他不当的意见，而是要冷静思考，做到"脑子比嘴快"。事实上，我们每个人的知识都是极其有限的，除了自己的专业，在其他领域能够与该领域专家平等对话的可能性是极小的。这既是一种科学的态度，也是一种谦逊的品德。

　　星期五，妈妈在微信中告诉爸爸，她要从M伯伯的公司辞职了。她讲了一些公司存在的问题，爸爸安慰妈妈："先休息一阵子吧，不要把自己搞得太紧张，轻松点，不用想太多。当年M总解决你的工作问题，还是有恩的。"妈妈的工作问题，由她自己决定。你回家时也不要问妈妈这个事情，免得她心烦。实际上，职业生涯中频繁地跳槽，未见得是什么好事，任何一个单位都会有问题，有些是共性的，有些是独特的，都是不可避免的。

换位思考是与人相处之道

（2017 年 10 月 22 日）

　　星期一上午，妈妈与爸爸去公证处办理车的过户手续，但妈妈没有带行驶证，犯了个常识性的错误。爸爸上午还有事情，下午又去了一次公证处。爸爸手写了一个委托书，窗口里的小伙子说不行，必须打印。如果请他们的人打字，就要 50 元，爸爸说自己打字。爸爸对办事人员说，不明白手写的与打印的法律效力为何不同。一位女士解释，他们单位就是这样规定的。她还说，这个小伙子今天还不错，为你办了，他明天就要辞职了，大家都不容易。她这样说，爸爸也不好再说什么了。每个人在这个世界上都是如此，总会碰到这样那样的问题，也会有这样那样的不爽。唯一的解决之道，就是相互理解对方的难处，尽可能不要难为对方。孔夫子说的"己所不欲，勿施于人"，就是这个意思。你平时在学校与同学、老师相处也是如此，有时自己感觉不爽时，就要想一想对方是否碰到比自己更不爽的事情。这样换位思考，许多的不愉快也就释然了。中国人还有一句俗语："与人方便，自己方便。"这句话与孔夫子所表达的意思是一样的。学会与人相处，是比考试更为重要的能力。

爸爸知道你喜欢音乐，这是好事。音乐可以陶冶人的情志，也可以将自己的心声与大自然的声音相融合。你最近在一个《全民 K 歌》的软件平台上播放自己写的歌曲，爸爸很为你自豪，但总是无法下载。你喜欢别人给你赏小红花，爸爸也就多赏你几朵。可惜，爸爸不懂音乐，不能理解你所表达的意境，只是觉得旋律很优美。与音符相比，爸爸更喜欢文字。本周爸爸在四川出差，昨天路过苏东坡的家乡眉州，顺便进三苏祠参观，有一些感慨，于是写了一首《七律·三苏祠感怀》诗：

> 秋晚无风雨未稠，星星点点落眉州。
>
> 他乡游客沾文气，此处荷塘截水流。
>
> 父子三人求进士，北南两宋傲王侯。
>
> 大江日夜东归去，惟剩砚边一笔头。

我们参观的过程中，下了一些毛毛细雨。一个池塘边有一尊苏东坡的石雕像，其手很大，意指写文章的"大手笔"。爸爸希望你看了这首诗后，也沾一点苏东坡的文气，后年顺利考上你心目中的理想大学，也算是求到"进士"了。

人间最贵是亲情

（2017 年 10 月 29 日）

二叔最近碰到点事情，爸爸放心不下，专门赶回老家一看究竟。二叔自己做点小生意，但不是太理想，加上老家的经商环境也不太好，因此经常会碰到各种各样的事情，这也是难免的。其实，爸爸回来也帮不上什么忙，只能是给二叔一点心理安慰。你们这一代人，基本上都是独生子女，对于兄弟姐妹没有什么概念，也很难理解爸爸这一代吃苦长大的人对于兄弟手足之情的眷恋与坚守。爸爸与姑姑和二叔从小在艰苦的环境中生存，除了一奶同胞的血缘关系之外，更多了一层面对艰难困苦共同面对克服的精神契合，因此我们的感情就更深一些。二叔在家中又是最小的一个，爸爸和姑姑对他就更有一些偏爱。

我们国家实行计划生育，每一对夫妇只允许生一个孩子。从去年开始，可以生二胎了，但爸爸妈妈已经错过最好的生育年龄和时机，因此也就只有你一个孩子了。这也是有利有弊的。利的方面，我们会把所有的爱都给了你；弊的方面，就是你无法体会到兄弟姐妹之间的手足情谊，当我们百年之后，你会有一种孤独感。但这也没有办法，它是一种中国特定时期的历史现象。好在你还有表姐妹和堂兄弟，待你成年后，爸爸会让你与这些亲戚增加接触，与他们加深感情。你现在不会理解，认为有爸爸妈妈、姥姥姥爷就足够了，但随着我们逐渐老去，这些兄弟姐妹对你就会越来越重要。

今天早上，爸爸在酒店旁边的小饭铺里吃早餐，一碗豆腐脑、一个玉米面窝头、一张鸡蛋饼，豆腐脑有点咸。结账时，服务员告诉爸爸，这家小饭铺是属于酒店的，早餐包含进房费了。早饭后，姑夫送爸爸去 H 市，与你的一位表叔会合，在他那里吃了一顿午饭。表叔也很关心你，问你的学习情况。你看，这就是亲戚的感情，人世间最珍贵的也是这种亲情。

珍惜当下才是正道

（2017 年 11 月 5 日）

上周的信中，爸爸讲了有关亲情的一些想法。前几天，爸爸的一位同事 Y 伯伯通过微信发来一篇文章《空巢老人调查：在孤独中，人的尊严也会丧失》。

爸爸以前看过这篇文章，很受震撼。爸爸回复："我们将来都有可能如此，我现在最大的愿望是不希望我的母亲是这样。"Y回复："我肯定会是那样的。"看到他的回复，爸爸的心里真是不好受，似乎对人生的意义产生了一种悲观的情绪。晚上，爸爸给姑姑打电话，讲了这篇文章。一会儿，姑姑发过来几张奶奶的照片，瘦了，也显老了，爸爸的心里一阵发酸。一代一代的人，就是这样过了。爸爸妈妈老了以后，也不知道会是什么情况。其实，想这些也无意义，珍惜当下才是正道。

最近的几个周末，爸爸在星期日不吃东西，借以清清肠胃。古人将此称为"辟谷"。不过，你在学校里可不能这样，要保证足够的食物营养，以满足紧张学习的需要。你们学校的"阳光体育"活动，你每天都要争取参加。锻炼身体不会耽误学习，反而会使你的身心得到放松，所谓"磨刀不误砍柴工"。

成长的烦恼与代价

（2017 年 11 月 12 日）

前天晚上，你给爸爸打电话，诉说你在学校里与同学相处时碰到了不愉快，而且还哭了。爸爸知道，这些都是成长的烦恼，也是成长的代价。上次家长会上，爸爸听你们班主任 Z 老师说，同学间人际关系紧张是普遍现象。这样说来，你碰到的问题，别的同学也一样碰到了，因此你不必太过苦恼。你上初中时就读过德国作家歌德的《少年维特之烦恼》，爸爸相信，你现在碰到的烦恼，不比维特的烦恼更烦恼吧。

你平时喜欢参加班里的一些活动，这是好事，说明你有一种集体意识，也想在这种活动中表现出自己的个性与才艺。至于你说从同桌那里听到有同学说你出风头、有人讨厌你的话，爸爸倒是可以帮你分析一下。首先，你们大家现在都在努力学习功课，准备迎接高考，哪有时间在背后议论别人啊？因此，你的同桌的话不能全信。如果她的表现（包括学习成绩）不如你，那可能就是一种小小的忌妒。如果她比你优秀，你就向人家学习。其次，你自己也要学会低调和随和，尽量避免与别人发生冲突。你如果心里有解不开的疙瘩，可以找你们班长或学习委员聊聊，向他们请教，自己该如何做。你如果真诚，他们就会对你说实话，你也就知道自己该怎么做了。如果人家没有觉得有什么异常，说明你的同桌说的话不可信，你也就可以释然了。

你今天能够给爸爸打电话，爸爸很高兴，说明你对爸爸的信任。你今后碰到任何问题，都可以对爸爸讲，爸爸帮你分析，给你出点主意。退一步讲，就说你的同桌说有同学讨厌你，那又怎么样？你是不是也会讨厌某些人？假如不会，说明你还不知道什么叫讨厌，那么这个词对你就没有特别的含义；假如会，那么与别人就扯平了，你也没有吃什么亏，因为你也讨厌了别人。芸芸众生中，总有你喜欢的人，也有你讨厌的人；反过来也是，总有人喜欢你，也总有人讨厌你。总之，你说的事情，每个人或多或少都会碰到，也不奇怪，这是成长过程中所必须承受的代价。

不愉快的事情就让它过去吧，爸爸给你说一件好玩的事情。星期二，爸爸在地铁上看到一位父亲把自行车带到车厢里，占了很多地方。这位父亲正通过微信与孩子沟通，从他骂孩子的口吻中猜测，对方可能是个男孩子。他嘱咐孩子要背英语单词，否则，回去收拾他。他还骂孩子，瞎了眼睛，历史、地理、政治书就放在那里，看不见呀？这位爸爸虽然不该对自己的孩子口出脏话，但望子成才的心情爸爸是可以体会得到的。

星期四，S大学创新学院院长L院士请爸爸给学生举行一个两小时的讲座。这位L院士曾经在美国留学，是澳大利亚科学院的院士。S大学有一个大讲堂专题，有一位朋友推荐爸爸去这个讲堂讲课。爸爸在讲课过程中，L院士全程听完，课间还请爸爸到楼下的食堂喝了一杯豆浆。他可能对爸爸讲的课比较满意，表示今后看看能否让爸爸为学生开一门课。爸爸表示，愿意把自己的工作经历和体会与大家分享。孟子说，君子有三乐，其中一乐是"得天下英才而教育之"，爸爸愿意享受这样的快乐。你现在正在学校里接受老师的教育，也应当享受被教育的快乐，与同学之间的一些小误会、小摩擦就不要在意了，今后也许你们这些同学回想起这些小事情，反而会觉得非常有趣，把它当作一段佳话而倍加珍惜。

事业的成功靠平时的积累

（2017 年 11 月 19 日）

星期一晚上，爸爸在网上偶尔看了一集最近电视台刚刚播放完的电视剧

《平凡的世界》，引起了强烈的感情共鸣。这部电视剧是根据作家路遥的同名小说改编的，但与小说的一些情节有所不同。爸爸记得 1997 年的春节，因为工作上的事情而没有回老家而待在单位，节日期间读完了这部小说，共三册，一百多万字。小说主人公孙少安、孙少平兄弟的经历，其实就是爸爸本人经历的缩影。爸爸这些年来一直在撰写一本学术著作，有时候会碰到一些困难。爸爸决定，最近集中时间将这部电视剧看完，不仅可以开阔思路，更重要的是从中受到精神鼓舞。每天晚上看一集，随着剧情的发展，不由得把自己的经历与剧中主人公的命运进行联系，我就是他们，他们就是我。这真是戏如人生，人生如戏。

爸爸于 1988 年 8 月底刚刚参加工作时，同宿舍有一位 D 叔叔，北京大学毕业，比爸爸早一年参加工作。剧中主人公孙少平扮演者的长像与这位 D 叔叔有点像，于是爸爸给他发微信，建议他有空看一集。因为我们同住过一个宿舍，自然有着一种特殊的感情。爸爸对 D 叔叔的聪明才智一直很佩服，去年他来 S 市，爸爸去酒店看他，俩人在他的房间里喝酒。爸爸如果将来要是写小说，D 叔叔是很重要的一个人物原型。爸爸平时把一些看似琐碎的事情记下来，也是在为将来写作而积累素材。任何事业的成功都是靠平时一点一滴的积累而成的，比如前面提到的作家路遥，花了十年时间创作《平凡的世界》，真可谓是"十年磨一剑"。任何学问，都需要这种精神。你每天整理的各科错题集，也属于这种积累。有些看似很琐碎的事情，往往容易被人忽视。比如，爸爸在给你写的这些信中，很多事情都很小，但如果不是爸爸这样将其及时记录下来，将来是不太可能凭记忆完全复原的。因此，你今后也要养成写日记的习惯，将平时的一些所见所闻、所思所想及时记录下来，在一定的时候就会发挥作用。爸爸希望你做一个有心人。

自强自立才是立身之本

（2017 年 11 月 26 日）

本周，爸爸接到一个电话，来电话者既不是朋友，也不是熟人，只是有一次因工作关系而认识的另外一个公司的人。他有一个同学的女儿，毕业于某省一个电力专科学校，想参加我们集团在该省一个分公司的招聘，希望爸爸打声招呼。爸爸对这个分公司的业务不熟悉，同时按照规定也不方便打招呼，因此也只能对此人实话实说，打招呼对孩子长远的发展可能有负面影响，让她不相信个人能力而只相信"拼爹"。事实上，我们集团打招呼也没有用，建议他还是让孩子认真准备第二次面试，实话实说，不要编故事。爸爸说得很诚恳，他也就没有再说什么了。

爸爸之所以要对你讲这件事情，就是要说明，不论是什么人，最终要靠自己的实力。求学是如此，将来求职也是如此。比如前面提到的这个孩子，假如她的能力很强，那么在面试中就可以充分地展示出来，凭自己的真本事求职，比任何人打招呼都靠得住。我们当初考大学时，流行这样一句话："学好数理化，走遍天下都不怕。"后来随着社会风气逐渐变坏，这句话就变成了"学好数理化，不如有个好爸爸"。不管别人怎么样，反正你爷爷只是一个小学老师，没有什么显赫的社会地位，在爸爸求学和工作的过程中，不会帮上什么忙，凡事都要靠自己的努力。当然，在爸爸的人生的每个阶段，都得到许多人的帮助和支持，这是中国人所说的"贵人"。但这种帮助和支持并不是什么不正之风，更多的是一种领导或长辈对爸爸的关心和爱护。你现在上高中，将来考大学、找工作等等，会碰到各种意想不到的事情，这是正常的社会形态。从现在起，你就要有一种靠自己解决问题的思想意识。有了这种意识，你在遇到问题时，就不会显得慌乱或无助。比如，你前一段时间碰到与同学相处的事情，最后还是要靠自己去解决。在解决问题的过程中，你的智慧得到了开发，你的能力得到了加强，这就是收获，它比你在某次考试中考一个高分还要重要。你前几天与同学进行互动与交流，人家碰到烦恼时你用自己的体验开导人家，还被同学称为"开心姐姐"，这不是很好的事情吗？这也是爸爸希望看到的现象。

爸爸也要告诉你一个不好的消息。星期四中午，姑姑打来电话，爸爸的四叔，也就是你的四爷爷，早上因心脏病突发而去世。当时他正在土豆窖里干活，上面的人突然发现下面没有动静了，下去才发现晕倒了。救护车到达后，诊断为心脏病猝死。爸爸听到这个消息，大吃一惊，这真是天有不测风云，人有旦夕祸福。你8岁那年回老家时，没有见过这位四爷爷，因此没有任何印象。你的这位四爷爷，在小时候因为爸爸的爷爷奶奶家里穷，养不活而送给外村的一个人家。虽然他被送人了，但从小就与我们家来往，而且他的长相与爷爷非常像，包括走路的姿势都一样。按照我们农村老家的标准，这位四爷爷虽然没有多少文化，但处事非常干练，能力很强，在村里极有威信。爸爸觉得，四爷爷的这种能力，也是在艰苦的环境中锻炼出来的。爸爸与你讲这些，无非就是告诉你，人一定要学会自强自立，这才是将来的立身之本。

珍惜亲情和友情，少留遗憾

（2017 年 12 月 3 日）

这几天，爸爸一直没有从你四爷爷突然去世的悲伤中解脱出来，晚上睡不着觉时，躺在床上回忆小时候与他相关的一些事情。星期二，爸爸的一位老朋友、诗友 Z 伯伯发来一首《念奴娇·甲子抒怀》词，表达了一种比较低沉的情绪，正与爸爸这几天的心境相契合，于是和作一首《念奴娇·次韵 Z 兄同调词祭四叔》：

> 失群孤雁，路途远、栖息他乡林樾。
> 换了人寰，犹记取、骨肉分离惨烈。
> 水饮生津，辞通会意，依旧儿时月。
> 爹娘居处，朔风吹卷残雪。
>
> 明灭油浸灰灯，似神灵话语，难除服阕。
> 痛彻扪心，思墓苑、老树能生新叶。
> 假我时光，招魂重祭酒，宿愿终惬。
> 东山虽峻，会将遗志收接。

词的后几句，说的是四爷爷生前与爸爸说过，他百年之后想回老坟。爸爸当时答应了，但堂伯和堂叔有另外的想法，认为四爷爷已经是外姓人了，回老坟不一定合适。再加上其他一些原因，四爷爷的子女们还是另外选择坟地安葬了。但爸爸还是忘不了当初对四爷爷的承诺，将来有合适的时机，还是要让他回老坟，以满足他的这个遗愿。

妈妈通过微信把你的《此生心在何处》的文章发给爸爸，同时还有此文获奖的奖状。妈妈说，这篇文章是你去年参加第十五届"叶圣陶杯"全国中学生新作文大赛的作品，获得优胜奖。爸爸感到很高兴和自豪，特意将全文保存在电脑中。你现在可能不觉得有什么特别的意义，但将来你重新读自己的获奖文章，也许会有特别的感慨。说来也巧，爸爸前两天收到一位初中同学发来的一张初中毕业照片，38 年过去了，但自己还是认识自己的。另外一位同学让爸爸写诗，于是爸爸即兴写了一首《五律·重见初中毕业照片感怀》诗：

青春容易逝，三十八年前。

少女少男样，一身一世缘。

肚饥思饱饭，天冷恋薄棉。

发小弥珍贵，当时却惘然。

最后一句是从唐代诗人李商隐的"此情可待成追忆，只是当时已惘然"的诗句中借用而来的。很多事情都是这样，多年之后回想起来别有一番滋味，但"当时却惘然"。实际上，懂得珍惜当下，才是最重要的。对于你来说，珍惜现在大好的学习时光，珍惜与同学、老师相处的时光，珍惜与爸爸妈妈相处的时光，也就是珍惜友情与亲情，将来就不会有什么太大的遗憾了，并且这种经历会成为你的一种精神财富。

继续设立段考小目标

（2017 年 12 月 10 日）

上周，爸爸通过电话和微信与姑姑联系，商量四爷爷的一些后事处理。四爷爷突然去世的原因逐渐清楚了，原来是他的儿子、你的堂叔与一个亲戚之间产生了一点财产纠纷，四爷爷生了闷气，加之原来的心脏就有点问题，结果发生了悲剧。咱们老家的俗语，叫作急火攻心。你知道有这么一件事情就行了。另外，四爷爷回老坟的事情，有些亲戚有不同的想法，只能从长计议了。

马上快到元旦放假了，你的学习更为紧张，这也是没有办法的事情。老师对你们的要求严格，这是好事，你自己既要理解老师的苦心，也要讲究学习方法，不能无节制地开夜车。上次爸爸与 L 老师电话交流，他对你的状况很满意，认为各方面都在进步。你知道老师很关心你就可以了，至于同学之间有一点小小的竞争心理，这也是正常的。爸爸上高中的时候，这种情况也是存在的。记得有一次爸爸的作文被老师作为范文在课堂上宣读，另一位平时作文写得好的同学，下课后对爸爸说了一些酸溜溜的话，有一点小小的忌妒心。当时觉得那个同学的心眼儿真小，有一段时间就不愿理他了。当然，也许在那位同学看来，爸爸才是小心眼儿。后来各奔东西，早把这件事情忘记了。今天给你写信，突然想起了这件事情，于是就顺便给你说说，就是让你知道，每一代人所经历的事情其实是大同小异的，只是表现形式有所不同而已。处于各个年龄段的人，对类似事情的理解和感受则是大不相同。你还是按照爸爸以前对你说过的那样，每一个阶段考试设立一个小目标，每次都有一点小小的进步就可以了，努力从"大气、大度、大方"的3D向"自省、自觉、自律"的3Z迈进。

"笑公鸡啼，小鸡舞，母鸡忙"

（2017 年 12 月 17 日）

前几天，爸爸原来的同事和朋友 Z 伯伯发来一首《行香子·次韵秦少游同调词〈树绕村庄〉》。秦少游的原词，爸爸记得你在初中时读过，上阕的结尾是"有桃花红，李花白，菜花黄"；下阕的结尾是"正莺儿啼，燕儿舞，蝶儿忙"。你是否背诵过，爸爸不记得了，这就是当时没有写进日记的弊病。你如果有兴趣，可以从网上找到。爸爸读了 Z 伯伯的这首词，加上两周前四爷爷的意外去世，引起爸爸对小时候故乡生活的许多回顾。连续两个星期，每天晚上都会想起小时候的一些事情。爸爸生在农村、长在农村，对小时候的农村生活有着深刻的记忆和深切的体会。昨天晚上填了一首《行香子·次韵宋代秦观同调词忆少时农村生活兼和 Z 兄》词：

> 暮色村庄，月色横塘。
> 正西风、思绪徉徉。
> 当年应许，此际丢光。
> 忆裸田红，雪田白，麦田黄。
>
> 挂筐东墙，垒粪西堂。
> 抢红旗、惟力凭傍。

　　　　　　身疲寡兴，路远多冈。

　　　　　　笑公鸡啼，小鸡舞，母鸡忙！

　　这首词的上半阕写的是老家的情景。爸爸出生的那个村子，你在小学三年级时回去一次，估计你现在没有什么记忆了。村子的南头有一个小池塘，不是用来养鱼的，因为我们老家气温偏低，加上村民没有这个习惯。这个小池塘是当年农村搞农田水利基本建设时挖的一个蓄水池，实际上也没有发挥什么作用，因为没有灌溉用的水管，只是做做样子的。爸爸小时候，国家有三句有名的口号，同时也是国家的基本国策，分别是"农业学大寨"、"工业学大庆"和"全国人民学解放军"。爸爸生活的环境是农村，对"农业学大寨"的印象比较深刻。大寨是山西省昔阳县的一个生产大队，支部书记叫陈永贵，后来当到国务院副总理的高位。这个小池塘就是当时"农业学大寨"时期兴修水利时的产物。我们老家的土地介于黑土和黄土之间，春天刚耕过的地有点泛红，因此是"裸田红"。冬天下大雪，地又变成了白色，因此是"雪田白"。夏秋之际，小麦快要成熟时呈现出黄色，因此是"麦田黄"。

　　下半阕写的是爸爸的少年生活情景。爸爸每天放学后的第一件事情，在春天和冬天，背着一个柳条编成的筐去村子外的河滩或坡地上拾牛马粪，晒干后用作燃料，因为煤炭比较贵，买不起，只好烧这种东西。牛马吃进肚里的草不会完全消化，未消化的部分随着粪便排出来，还剩有些热量。每天院子里铺满了爸爸拾回来的粪，当天烧不完的干粪，就将其靠着西墙垒起来。这就是"挂筐东墙，垒粪西堂"。那个时候还是集体劳动，有时搞一些劳动竞赛，俗称"抢红旗"，当然是谁的力气大谁就能获胜。秋收时节，人们要走很远的路才能到地里。中午和晚上回家时，人已经累得有点精疲力竭了，丝毫没有欣赏景象和谈笑的兴致了。当人们回到自家的院子里，满院跑的鸡似乎正在欢迎主人回家，不仅跑来跑去，有的还会啼叫几声。在这个时候，主人即使已经很累了，但第一件事就是先喂这些"准主人"们，而且心情是欢愉的，这就是"笑公鸡啼，小鸡舞，母鸡忙"。

　　爸爸那个时候，真是有点苦中作乐。你现在虽然学习紧张，也很疲惫，但从爸爸的这首词中，你或许会受到一点启发，得到一些精神鼓舞吧。当然，爸爸更希望你通过读这首词而使紧张的身心放松片刻。

严格区分"交往"与"交易"

（2017 年 12 月 24 日）

星期二晚上，爸爸收到一个令人吃惊的消息，爸爸在 Y 公司工作期间认识的一位 Y 市副市长 Z 伯伯涉嫌严重违纪被查。那时他是常务副市长，帮我们公司解决了很多难题，我们俩也建立了很深厚的个人友情。爸爸给原 Y 市市长 Q 伯伯打电话，询问到底是什么事情。Q 伯伯说他也不是太清楚，可能是与一些企业有关系，因为有好几个企业协助调查。Q 伯伯说，他以前曾经对 Z 伯伯说过，在工作中与企业可以有交往，但不能有交易。Q 伯伯说得很好，可惜 Z 伯伯没有这么去做。

爸爸之所以对你讲这件事情，就是要你理解，这些年来爸爸为什么对自己要求十分严格。爸爸就是要以自己的廉洁奉公为员工作表率，同时也是为你做个好榜样。爸爸平时的生活很朴素简单，这是有道理的，因为人的享受是无止境的，一旦追求奢华的生活，人的思想就会变得不纯洁了。你还记得吧，爸爸在 D 公司工作 5 年，咱们全家一起只去过 2 次，每次住一个晚上，也是住在爸爸的宿舍里，而且那两次都是公司安排的集体活动。为什么？因为爸爸不想让别人说我们去 D 区度假。爸爸在 Y 公司工作 5 年，咱们全家一起也只去过 2 次，而且都是在春节期间，为了将就爸爸在节日期间慰问一线员工。那个时候，你还小，不懂这些道理，爸爸也不会对你讲。现在，你是高中生了，爸爸借这个契机将一些往事和想法对你说说，好使你留下一个深刻的印象。特别是 Q 伯伯说的这个"可以有交往，但不能有交易"非常重要，因为它讲清楚了公权力的性质就是为公而不是为私的。

对于 Z 伯伯，虽然他现在犯了错误，但当初对爸爸的工作是支持的。从爸爸的角度来说，他过去与爸爸在工作中结成了一种友谊，今后仍然还要做朋友，不能说因为他犯了错误，爸爸就从此不与他交往了，这不是爸爸做人的风格。爸爸以前多次对你讲过"前倨后恭"和"前恭后倨"这两个词的含义，通过对待 Z 伯伯的态度，你就会更加理解爸爸为人的原则，就是不以哪个人的地位变化而改变自己与其相处的原则和方法。《论语》中记载了孔子对弟子曾参说的一句话："吾道一以贯之。"曾参做了解释："夫子之道，忠恕而已矣。"正派人的做人做事原则，必须是一以贯之的，而不能见风使舵，看人下菜。在这里，"忠"是忠于自己的理想和信念，"恕"是原谅他人的缺点和错误。Z 伯伯对 Y 公司的贡献，爸爸永远记着；对于他的错误，爸爸只能表示惋惜。

爷爷生前的职业是小学老师，爸爸记得小时候他常常在家里备课、批改作业，他的小桌上放着一瓶蓝墨水和一瓶红墨水，但从来不允许爸爸和姑姑使用那瓶蓝墨水。当然，红墨水是他为学生批改作业用的，我们用不着。那两瓶墨水是学校给他配发的，属于公用品，爸爸和姑姑用的墨水是爷爷另外给我们买的，公是公，私是私，分得清清楚楚。一小瓶墨水折射出爷爷的职业操守和品德修养，对爸爸的影响是终生的。爸爸参加工作以来，换过十几个工作单位，每离开一个单位时，连一片不属于自己的纸都不会带走。陈毅元帅写过一句诗："手莫伸，伸手必被捉。"你将来走上社会、走上工作岗位，也要坚持职业操守，不该伸手的时候坚决不伸，不该拿的东西坚决不拿。这是一条红线，不能触碰，也是我们的家规和家风，不能违背。

爸爸给表叔的书作序

（2017 年 12 月 31 日）

你经常称呼你舅舅为老舅，就如同称呼老爸一样，主要是表示亲切。但严格地来说，这个称呼是错误的。"老"用在称呼上，在中国人的语境中含有一种隔代长辈的意思。说到这个"老"字，爸爸给你讲一个故事。清朝大学士纪晓岚奉乾隆皇帝之命主持编纂《四库全书》，有一年夏天的一天，由于天气酷热，纪晓岚索性脱了上衣，赤着膀子伏案编书。这时，乾隆皇帝来视察书的编纂情况，纪晓岚来不及穿衣服，就钻到桌子底下躲藏。这是因为，衣冠不整见皇帝，便是欺君之罪。乾隆实际上看到了纪晓岚，但他故意不吭声，也示意左右的官员们不要说话，然后在纪晓岚藏身的桌前坐了下来。过了好半天，纪晓岚以为皇上已经走了，便低声问道："老头子走了吗？"乾隆皇帝这时才叫他出来，问他为什么叫自己为老头子，"有说则可，无说则杀"。如果不能合理解释，便要治他的罪。纪晓岚稍微想了一下，便说道："万寿无疆之为老，顶天立地之为头，父天母地之为子。"乾隆一听此言，转怒为喜了。

这个故事记载于清代笔记类著作《清稗类钞》中，说明了纪晓岚的聪明才智，权当让你放松一下紧张的学习。假如你将来有了孩子，他或她称呼你舅舅为"老舅"，这就对了。当然，这个"老"字有时候可以表达相反的意思。比如，一家人兄弟比较多，父母往往称呼那个最小的为"老儿子"，包含一种怜爱的意思。

爸爸的大舅，你应称呼他为大老舅，他的儿子是爸爸的表弟，你应该称呼他表叔。这个表叔的职业是厨师，最近要出版一本有关饮食文化的书，要爸爸给他写一篇序言。爸爸用一个词来形容当时的心情：心花怒放。有道是"行行出状元"，但在有些行业里，能够达到"状元"的水平，并不是一件容易的事情，更何况在饮食业这个与每个人的日常生活息息相关的大行业里，众多高手云集，哪里是谁想出头就能出得了的，这也正是所谓"众口难调"的道理。表叔从小不爱读书，正是由于这个原因，他没有走读书这条路，而是从小就外出拜师学艺，现在终有所成。爸爸对表叔太熟悉了，因此很快就写成一篇《我为表弟"点赞"》的序言，回顾了表叔小时候以及长大后与爸爸相处的一些细节，也借这个平台回顾了爸爸的姥姥和姥爷的一些情况。爸爸在序言的最后写了一段话：

表弟长大了，在事业上也算小有成就了。家族中其他的弟弟、妹妹们都长大了，也都按着各自的生活轨迹向前走着。随着大多数人的成家立业，这类花絮也就渐渐地走出了记忆的花园了。今天，看到表弟的书稿，我又把这些飘飞在记忆天空中的花絮抓住了，并将它们写下来，作为我对表弟以及其他弟妹们深深的祝福。我要利用这个平台向弟妹们表达一个共同的心声：在你们的成长过程中，我作为大哥，虽然没有能够给你们一些实际的帮助，但我的心里永远有你们，不为别的，我自己在小时候受过姥姥、姥爷、舅舅、姨姨等长辈们的爱护，这是一种善良的本质在家族血脉里的传承。我们大家都要继续传承这种善良、友爱与互助，小而言之，是一家一姓的传承；大而言之，它何尝不是我们中华文化、民族精神的传承。这种文化与精神，就像这本书中所描述的各类菜谱，不仅是我们自己的营养，它更应该置入到后辈儿孙的基因当中。我的弟弟、妹妹们现在从事着各种各样的职业，不论是职位高低、挣钱多少，只要是凭自己的劳动挣饭吃，就是光荣的，就可以永远挺直腰杆立于这个世界上。不管是谁，只要你们在各自的职业中哪怕有一言、一条、一篇的文字，需要大哥为你们写点什么，我都愿意，而且会怀着十分愉快的心情回忆你们小时候、你们的父母的生活点滴。你们的成绩，就是大哥的骄傲；你们的快乐，就是大哥的心愿！大哥的心，与你们永远在一起！

说实话，爸爸自己也为这段话而感动。这篇序言的全文，待表叔的书正式出版后，你可以看一看。爸爸要说的是，职业不分高低贵贱，只要付出自己的诚实劳动，便是光荣的。这也是爸爸对你的期望。你现在的主要任务是学习，也就是为考大学而做准备。但是，考大学并不是目的，也不是人生唯一的出路。你现在每天感到学习很紧张，由此而带来的是精神紧张、睡眠不好。其实大可不必，你只要努力就好。至于考试成绩，爸爸妈妈对此的态度，与你上小学和初中时是一样的，从来没有什么要求，更不能以损害身体健康作为考出好成绩的代价，我们反而更希望你以轻松愉快的心情度过三年高中生活。

自己的选择，自己负责

（2018 年 1 月 7 日）

妈妈说，你已经决心走音乐创作的道路了。说实话，爸爸最初还是有点犹豫，但也想得明白，就是父母只是帮助你实现自己的理想，而不能代替你设定理想。至于将来你会不会后悔，谁也不知道。即使将来后悔了，你也要做好为自己今天的选择负责的思想准备。

既然你已经做出了决定，那么爸爸妈妈也就支持你往这条路上走。星期二晚上，爸爸接待了一位美国耶鲁大学退休教授 S 伯伯，交谈中得知，他与爸爸是大学校友。我们在闲聊中也谈起你想走音乐专业道路的事。S 伯伯说，耶鲁大学是美国东部 8 个常春藤大学里唯一设有音乐系的大学，如果你想留学，他可以帮助你联系耶鲁的音乐系。在来访的客人中，还有 S 大学的 L 院士，他说他认识中国音乐学院的 W 院长，如果你想报考中国音乐学院，他可以帮忙推荐你的作品。

爸爸将这些情况与妈妈做了沟通，妈妈说你最想上 M 大学的电子作曲专业。她还说，根据你现在参加校外作曲培训的情况，培训老师说已经教不了你了，请妈妈再给你请更合适的老师。爸爸以为，这个老师才是一个合格的老师，他不完全是为了挣培训费，而是发现人才、培养人才。常言道："经师易遇，人师难求。"在当今社会，这样的好老师其实并不多见，从这一点来说，你是幸运的，碰到了一个极有师德的好老师。爸爸让妈妈把有关中国音乐学院和耶鲁大学的事对你说说，你也再想想。如果需要爸爸做什么事情，你就直接说出来。爸爸一定会支持你的想法，帮助你实现你的理想。假如将来我们家真能出一位音乐家，那也是家族的福气和荣耀。不过，你既然选择了这条道路，那么将来就要为自己的选择负责，遇到问题和困难时要努力去克服，而不能抱怨爸爸妈妈为什么当初没有阻止你。我们是开明的家长，不会阻止你设定自己的理想，只会帮助你实现自己的理想。

危险与保险之间的辩证法

（2018 年 1 月 14 日）

爸爸听妈妈说，她已经把爸爸上周遇到耶鲁大学的一位校友的事情告诉你了，同时也让你准备个人简历和作品。爸爸还建议，你精心挑选几首自己的作品，如果 L 院士可以向中国音乐学院 W 院长推荐，得到 W 院长的指点，那你将受益匪浅。妈妈说，你本来有一首作品已被一位导演选为某部电视剧的背景音乐，但被制片人否了。好事多磨，一首好作品也是这样，必须经过多次的打磨修改，才能得到行家和大众的认可。你也不必心急，现在好好准备考试，待你上了大学，可以有更多的时间和精力进行创作。

星期三，爸爸回老家，二叔有些事情需要爸爸帮着处理一下。在飞机上发生了一件有趣的事情。爸爸把 iPad 放在前面的袋子里，一觉醒来，发现不见了，吓了一跳。旁边的女士正在用爸爸的 iPad 听歌曲，她以为是飞机上为乘客准备的。爸爸问她怎么打开的，她说输了四个 1。爸爸的密码设置太简单了，需要改一改。事情就是这么巧，她竟然歪打正着地把爸爸设置的密码"破译"了。

爸爸之所以选择这个最简单的密码，还有一段故事。爸爸的姑姑，你应该称呼老姑姑，在其生命临终时躺在炕上不能动弹，姑姑问她有无存折，她说有；姑姑问她放在哪里了，她说在偏房锅台上的一个纸箱子里。姑姑和表姑姑（老姑姑的女儿）果然在那里找到了。姑姑问她："你怎么敢把这么重要的东西放在那个地方？不怕丢掉吗？"老姑姑说："最危险的地方就是最保险的地方。"老姑姑没有什么文化，但她懂辩证法，这种智慧往往不是从书本上得来的，而是从实践中和古训中得来的，当然也要加上自身的悟性。姑姑在老姑姑去世后对爸爸讲了这个事情，爸爸的内心受到了深深的震撼，老姑姑的思维方法和行为方法给予爸爸极大的启发，从此再也不会忘记这件事情了。

爸爸本来的想法是，最简单的密码反而是最安全的，这次倒好，简单到被别人简单地"破译"了。由此可见，任何事情都有两面性，有时会出现极大的例外。你的作品虽然被否了，但未尝不是给你提供了下一次更好的机会。你将来对自己的一些看似"简单"的作品进行修改充实，使其内容和表现手法变得更加"丰满"一些，就犹如春蚕一样，总有破茧而出的那一天。爸爸对你成为音乐家的前景，充满信心！宝贝儿，继续加油！

因材施教也要基于公平公正

（2018 年 1 月 21 日）

星期二早上，爸爸收到同事和朋友 Z 伯伯的微信，告诉爸爸他的一部诗词集已经出版，而且是繁体字、竖排版、线装本，问爸爸是寄过来还是到 B 市时再当面奉送。爸爸马上回复："请兄先把封面和目录拍照片发我，要先睹为快，今天速寄，切切！" Z 伯伯与爸爸不仅是多年的同事、朋友，而且还是诗友，爸爸以前出版的诗集中，有许多是与 Z 伯伯相互唱和的作品。你现在学习太紧张，根本无暇翻阅爸爸的诗集，待你将来上大学后有了时间，可以在闲暇时翻翻。

从爸爸与 Z 伯伯友好交往的经历中，你可以悟出朋友间情谊对人生的重要意义。一个人如果没有几个知心朋友，没有共同的爱好，那么生活将十分乏味无趣。你现在能做的，就是通过上课和业余活动，至少与一部分同学建立起较好的友谊。如果你珍惜现在与同学的情谊，将来对你就是一笔宝贵的财富。当然，同学间有时候出于各种原因而出现一些小小的矛盾，特别是在学习和考试方面会有一点小小的忌妒心，这都是正常的，也是你们这个年龄的孩子们所不可避免的问题。爸爸希望你做到的是，仍然像爸爸在你小时候就对你说过的"大气、大度、大方"这 3D，尽可能学会包容别人对你的误会或失礼，在此基础上努力做到"自省、自觉、自律"这 3Z。你也许会说，爸爸总是对你要求多，但如果爸爸对你不提出要求，那么还有谁会这样做呢？老师会，但老师的要求常常是泛泛的，针对的是所有的同学，不会特别对哪个同学过分关注。尽管孔夫子说要因材施教，但面对一个班的同学，老师做到公平、公正才是最优先的事项。

今天上午，爸爸和 T 伯伯一起去 S 大学拜访从北京大学来的 Z 院士夫妇。Z 院士的夫人是一位作家，出版过反映在美国的中国留学生生活的小说。她说最近又在学习画抽象画。爸爸对 Z 阿姨说，你们有一对儿女，很幸福。Z 阿姨说，女儿前几年叛逆得厉害，好几年不与他们交流，最近变好了，他们夫妇反而有点诚慌诚恐。你看，真是可怜天下父母心，做父母都是一样的，其实对孩子没有什么特别的要求，只是希望孩子能够健康快乐地成长。前一段，妈妈说你处于"青春逆反期"，与这位姐姐是一样的。其实，你只要快乐，爸爸妈妈也就满足了，对你并没有太多、太高的要求。当然，快乐不快乐，不是父母的主观愿望所能决定的，还是要看孩子自己的体会。爸爸和妈妈也是如此，希望你能够以快乐的心情度过高中阶段，并且考上自己心仪的大学。

乌鸟也有反哺之心

（2018 年 1 月 28 日）

自从你上高中以来，爸爸一直在想，如果你将来去 B 市上大学，我们全家回到 B 市不是更好吗？这几天，爸爸的这个想法越来越强烈了，于是与上封信中提到的 Z 伯伯交流想法。Z 伯伯特别支持爸爸的想法。不过，此事也不可操之过急，还要看是否有适合爸爸的工作岗位才行。

今天收到了 Z 伯伯寄来的三册诗集（分为律诗、词、古诗），线装、竖排、繁体字，印制很精美。晚上，爸爸躺在床上翻阅集子，感觉宣纸、线装、繁体、竖排的版本，才是真正的中国书，于是写了一首诗，其中"线装最具炎黄韵，繁体犹连华夏根"，就是表达爸爸的这种感受的。把诗发 Z 伯伯，他发来一首《扬州慢》词，又勾起爸爸对小时候家乡生活的回忆，于是乘兴又填了一首《扬州慢·忆儿时丰年景象兼和 Z 兄》词：

遥忆丰年，种春锄夏，汗珠最是分明。

老歪脖树下，喜雨打雷声。

放晴际，池塘灿灿，彩虹穿宇，西岭扬菁。

夜将阑、收获当怀，差后狂醒。

草坡溃茂，陌头花、风雨多情。

岁岁意缠绵，除非舍此，何事填膺？

匿迹或遂乌鸟，归巢处、反哺温馨。

又闻黄金盏，春回春水盈盈。

　　这首词的字句比较浅显，你都可以看得懂。下阕中的"匿迹或遂乌鸟，归巢处、反哺温馨"一句，古人称乌鸟反哺，用来比喻孝子。晋代李密的《陈情表》中有"乌鸟私情，愿乞终养"的句子，表示他对自己的祖母尽孝的心意。想到这里，爸爸又思念奶奶了，只好用这种方法表达。你现在至少每周可以回家一次，将来到远方去求学、工作，也会对家生出思念之情的。

春天长鲜花也长杂草

（2018 年 2 月 4 日）

　　爸爸曾经在重阳节时写过一首怀念爷爷的五言律诗，发到朋友圈中，被一位初中同学看到了。星期三，这位同学写了一篇解读文章，爸爸感到写得非常好。爸爸在写诗的时候，其实并没有那样想过，但经这位同学的生花妙笔，思想境界立刻就提高了很多。可见，古代很多诗人的诗，他们写作时也许与爸爸一样，只是信笔写来，但经后人的解读与渲染，效果就大不一样了。爸爸建议这位同学选爸爸的 50—100 首诗词进行解读，将来可以出版一本书。

　　今天是立春日，爸爸的一个诗友 C 伯伯发来两首《戊戌立春》诗，爸爸也次韵和作了两首。这些诗就不给你看了，唯有爸爸的和诗中有两句"冬雪三藏先遁去，春风一起又重来"，看似平淡，其实还是有点意境的，你可以体会一下。在春天来临之际，冬天的雪总是想办法藏起来，但雪又是最先化掉而流逝了。雪因其白，反而不经污；雪因其柔，反而不经化。春秋时期的"乐圣"师旷有一首曲子叫《阳春白雪》，后人用这个成语来形容高深而典雅的文学艺术。你有空时翻翻《楚辞》中的《宋玉答楚王问》，可以了解这个典故的来龙去脉。古人从阳春白雪中引申出许多意思。《后汉书》的《黄琼传》中有这样几句话："峣峣者易缺，皦皦者易污。《阳春》之曲，和者必寡；盛名之下，其实难副。"其意思是说，品行高洁如玉石之白者，最容易受到污损；性情刚直卓而不群的人，往往容易横遭非议。世间的事，大多如此。

你将来要走音乐创作的道路，一定会碰到高雅与通俗的问题。爸爸不懂音乐，不知道该如何处理这两者之间的关系，但爸爸对诗词稍微懂一点，可以这样理解雅与俗：前者表示诗句要有一点言有尽而意无穷的味道，后者表示大多数人都能够至少看得懂诗句表面所要表达的意思。白居易作诗通常是"老妪能解"，可能也只是一部分吧，白诗中有许多篇章极其典雅。你将来可以通过音乐创作来更深地体会这两者之间的关系，现在爸爸也不能给你一些更有价值的建议，虽然"隔行不隔理"，但毕竟"隔行如隔山"。

前面说到，今天是立春日。春天是美丽的，万物在春天里茁壮成长。但是，春天里虽然可以生长美丽的鲜花，同时也会生长各种杂草，甚至是毒草。爸爸的上述文字，就是提醒你要注意及时去除各种杂草和毒草，因为它们除了与你争成长的养分之外，对你没有任何的好处。爸爸的话不是锄，你就当作锄来使吧。

远大的理想靠努力来实现

（2018 年 2 月 11 日）

爸爸最近整理最新的诗词，已经有 388 首了，春节期间估计可以达到 400 首，又可以整理注释了。爸爸打算利用春节放假期间做这件事情。你也要经常整理你的错题集，虽然决定了要走音乐的道路，但文化课也不能放松，毕竟到时候还是要参加高考的，而且需要达到学校要求的最低分数线的。

自上高中以来，你就把微信关闭了。爸爸是赞成的，你和你的同学都要把精力投入到课程的学习当中，不要被微信分散你们的时间和精力。另外，由于你们还是一些孩子，自控力总要比成年人差一些，如果不采取这种强制性的措施，恐怕也管不住自己，这样就可能把大好时光白白地耗费在浏览微信或相互聊天之中了。事实上，许多成年人也控制不了整天玩微信，耽误了许多大好时光。爸爸在单位里碰到一些在电梯里也手机不离手的年轻员工，有时也会善意地提醒他们让眼睛休息休息，私下里劝他们多读书，少玩微信。当然，爸爸也不反对你们每周有那么一两次打开微信，放松一下紧张的精神。星期三，爸爸看到你开通了微信，看了你的一些文章，内容上显得很阳光，爸爸感到很欣慰。爸爸给你发了一个比较大的红包，也算是提前给你发春节的押岁钱吧。

过几天就要搬新家了，这几天需要收拾和打包东西。你的很多书籍都不要了，爸爸的一些旧书也不想要了。爸爸装好一箱子，你拿着透明胶和剪刀帮助粘贴，多少还能帮一些忙。爸爸教你如何把一个新纸箱的底部拼装并固定，你要学会，今后你独立出去上大学时，类似的事情都要靠自己去做。

收拾完书籍，我们去外面吃饭。你向爸爸讲了很多事情，包括你对妈妈和爸爸的态度。你说，女儿需要爸爸的宠爱，爸爸说这是当然的，但爸爸在一些事情上需要给你提建议。你最近瘦身的效果很明显，主要是锻炼加上注意饮食，很多东西都不吃，很少吃肉，也拒绝各种饮料。这些都是小时候爸爸曾经提醒过你的事情，但当时你不认同，管不住自己的嘴，现在意识到了。这就是"不听老人言，吃亏在眼前"。爸爸反过来提醒你，还是要饮食多样化，营养要全面。

我们一起去逛书城，你买到了一张你的偶像、美国女歌手泰勒的最新专辑，很是兴奋，马上拍照，放到自己的微信朋友圈里。你讲了自己的理想，就是要成为中国流行音乐的领军人物，不仅只是做一个歌手或作曲人，而是要成为一个集作词、作曲、演唱于一身的音乐人。爸爸支持你实现自己的理想。

你今天突然问了爸爸一个问题："假如将来我的男朋友劈腿，你会打他或者骂他吗？"爸爸不会打人，也不会骂人，但合适的时候会与他谈谈，指出一些问题。但是，这种事情只能你们俩人自行处理，其他任何人的介入都是不明智，也是不恰当的。不过，你现在最重要的事情是学习，考上自己心仪的理想大学和专业。至于异性朋友的事情，待你上大学后自然会遇到，那时爸爸再与你具体交流，爸爸会在关键时刻给你一些有益的建议。爸爸永远是女儿的保护伞和靠山！你小时候，爸爸就对你说过，你高兴，爸爸就高兴；你快乐，爸爸就快乐！你有一次还向爸爸确认过！你一定要记住：你昨天对爸爸说的理想，爸爸认为很崇高！不管今后碰到什么事情，你一定要选择坚强，一定要努力向自己的理想奋进！爸爸还等着你将来给爸爸的作品谱曲呢！让我们互相鼓励，实现各自的理想！

不要做无谓的攀比

（2018 年 2 月 18 日）

星期一，爸爸和几个同事吃早饭时坐在一起，其中 X 伯伯讲了一个观点，人生就两件事情，把小的带大，把老的送走，除此没有别的事情。S 伯伯说爸爸的父母年纪还那么小，X 伯伯说，关键他自己也小啊。我们几个简单的交谈，让爸爸生出一个想法：年纪大或小是相对的，主要看与谁相比。与爸爸相比，你永远是小的，永远也长不大。你不会有什么意见吧？呵呵。

春节前的一天，爸爸与几个大学校友一起吃饭，然后去 Z 伯伯家里写春联，主要是爸爸给他们写。好多年没有这样写过春联了，别有一番情趣和感慨。爸爸小时候经常给村里人写春联，记得有一次整整写了一天，几乎家家户户都把红纸拿来让爸爸写。按照乡俗，家中有老人去世，是不能贴红纸春联的，但绿纸可以。有些人家就拿来了绿纸，爸爸在书写时就注意联语的内容，不能太过喜庆，以示对逝者的尊重和悼念。其实，爷爷的毛笔字写得很好，以前都是爷爷写，自从爸爸可以写之后，这件差事就由爸爸来做了。刚才说，年纪的大与小要看与谁比，这是横向比；过去的爸爸与现在的爸爸比，显然现在的爸爸变老了，这是纵向比。

人生虽然不必陷入无穷无尽的攀比之中，但各种比较总是时时处处都围在你的身边。比如，你与同学之间就有许多比较，比谁高谁矮、谁胖谁瘦，比谁的考试分数高，比谁的爸爸妈妈更可爱，比哪个老师更招人喜欢，比在"阳光体育"活动中谁跑得更快、出得汗更多，等等。这些比较，也无所谓好坏，但一定不能让自己整天陷入这种比较中，而是既看重比较，又不为比较所累，通过比较知道自己看重什么、不在意什么。爸爸以为，你们最应看重的是谁的心态更阳光、谁的身体更健康、谁的学习有进步、谁对朋友最大方，其他的一些比较就不要太在意了。

昨天，爸爸回老家看望奶奶和姑姑、二叔等亲戚。每年几乎都是如此。在飞机上读林语堂的《苏东坡传》，始觉此时的自己便是昔日的东坡，无官一身轻，倘佯于笔墨之间，乃人生一大幸事、乐事。要想读懂古人的作品，必须理解并体验他们的生活状态，否则，总是隔靴搔痒。晚上 11 点到达 H 市机场，二叔接机。回到姑姑家，已经 12 点半了。姑姑给爸爸煮了几个饺子，其实，爸爸在飞机上已经吃了饺子，而且还向服务员多要了一份，但回家的第一顿饭还是要吃的，其实吃的不是饭，而是亲情。饭后，二叔在另外一个屋休息，爸爸和姑姑、姑夫聊天到很晚才睡。

今天，爸爸与几个初中同学聚会，Z 叔叔召集的。我们家刚来 S 市时，Z 叔叔也在 S 市工作。有一次，Z 叔叔和爸爸把你连同你的小推车一起抬上了山。后来，Z 叔叔不适应这里的气候，调回 T 市工作，你就再也没有见过了。这个世界看上去很大，其实很小，我们平时相处比较多的也就是那么几个人，其中最割舍不断的就是亲情和友情。你今后会对这一点有越来越深的体会的。

"入胡地，随胡礼"

（2018 年 2 月 25 日）

俄罗斯作家托尔斯泰的名著《安娜·卡列尼娜》的开篇语非常震撼："幸福的家庭都是相似的，不幸的家庭各有各的不幸。"爸爸这几天在老家，每天就是拜亲访友。在看望一些长辈的过程中，更加体会到"家家有一本难念的经"这句古老的格言是多么的正确和传神，也验证了托尔斯泰的那句名言。有些老人嫌儿女给的钱少，有些则是抱怨儿女们不来看望。总之，生活中各式各样的问题，都会以不同的形式表现出来。人老之后，总有一种无奈。爸爸的姑夫，你应该称呼老姑夫，年轻时也是一条汉子，赶着马车走南闯北，阅历很多。在那个大集体的时代，赶马车的人很荣耀，既是一种职业，更是一种身份，同时也是一种有能力、有本事的象征。正是由于年轻时赶马车时的风餐露宿，结果落下了寒腿的病根，现在 80 多了（比爷爷大一岁），双腿不灵便，走路都困难，只能弯着腰一步一步地向前挪。爸爸看着老姑夫这个样子，心里真是难受极了。爸爸将来会不会也是这个样子，也很难说。

老姑姑和老姑夫共生了三儿两女，现在各有各的小家庭。大年初四，老姑夫在 S 省 Q 市工作的小儿子也回来了，你应该称呼表叔叔。爸爸也好几年没有见到这个表叔叔了，兄弟见面，自然少不了多喝几杯酒，这是一种正常的人情世故。吃饭前，爸爸去老姑夫的老院子里看了看，由于无人居住，院里长满了荒草，令人伤感，不由得又想起老姑姑在世时这个院子里的热闹。爸爸小时候经常与姑姑来老姑姑家走亲戚，与老姑姑的感情很深厚。爸爸上高中时，也就是在你这个时候，星期天有时候就来老姑姑家住一天，临走时，老姑姑会给爸爸带很多干粮，有白面馒头、烙饼和玉米面饼子。那个时候，爸爸面临最大的问题就是饿肚子，每天晚上最盼望的事情就是能有半块玉米窝头。老姑姑对爸爸的接济，真是解决了很多问题。一直到现在，爸爸每逢想起这些往事，就更加思念老姑姑。假如老姑姑仍然在世，她这几天该有多么高兴啊。几杯酒下肚，爸爸更加深切地怀念老姑姑，也禁不住当着大家的面流了眼泪。爸爸对老姑姑、老姑夫等长辈们的报恩方式，除了每年回来看望他们，每次也都留一些钱，数目虽然不多，但在农村也可以解决一部分问题。

过年总是要吃饺子的。爸爸的一位同事 L 伯伯与几个诗友以"饺子"为题，大家写同题诗。他们写的都是自由诗，爸爸也凑个热闹，写了一首《七律·饺子》诗：

> 沸水腾腾峰谷间，家人围坐俱开颜。
>
> 面皮也可包银币，肉馅犹须蘸醋酸。
>
> 腹储千言供写字，胸藏一事莫愁钱。
>
> 改朝更岁无他物，共与诗文常保鲜。

第三句描写了一种习俗，过年时节往饺子里包一枚硬币（古代是银币），谁吃出来就预示着谁有福气。要想使传统"常保鲜"，唯一的办法就是遵守并传承传统。爸爸每次回老家过年，都会自觉地遵守家乡的古老乡俗，也就是传统，从来不会把城市里的那一套带回来，因为那是不合时宜的。咱们老家有一句俗语"入胡地，随胡礼"，就是入乡随俗的意思。尊重传统，就是尊重祖宗，也是尊重遵守这些传统的人，更是对自己的尊重。说到尊重自己，爸爸记得德国哲学家、诗人尼采说过一句话："高贵的灵魂，就是自己尊重自己。"有些人自以为高人一等，对一些传统抱着不屑一顾的心态，妄加评论，趾高气扬，表面上似乎显得自己有多么了不起，其实是既不尊重别人更不尊重自己的表现。唐代诗人贺知章的诗句"少小离家老大回，乡音无改鬓毛衰"，这个"乡音无改"很重要，它是别人评判一个离家久远的人是否还是家乡人的直接标志。爸爸回老家时就是一口的家乡土话，从来不说普通话，就是提醒自己永远不要忘记本色。

"何处是归程，长亭复短亭"

（2018 年 3 月 4 日）

星期四，是四爷爷去世百天忌日。上午，爸爸与几位堂伯、堂叔上坟祭奠。在爷爷去世时，四爷爷对爸爸讲过他的一个愿望，在他百年之后想认祖归宗，安葬在老坟，陪伴老祖宗们。由于一位堂伯有不同意见，结果四爷爷的这个愿望没有实现。爸爸跪在坟前向四爷爷道歉，没有完成他身后回祖坟的遗愿，很是惭愧，表示一旦条件成熟，一定要让他魂归故里。爸爸在坟前念了前几天填的一首《西江月》词，表达了对四爷爷的缅怀之情。

相聚的时间总是那么短暂，转眼又到了归程，爸爸又该返回了。爷爷生前，爸爸每次走时，他都很难过。听姑姑说，爷爷站在窗台前望着外面爸爸离开时的马路，一站就是老半天。姑姑也说，每次爸爸走后，她接连好几天不想回家。人生就是一个散散聚聚的过程，谁也不知道何处是归程，正如李白所说的那样："何处是归程，长亭复短亭。"李白的句子，你小时候就读过，也会背，今后随着与爸爸妈妈的散聚增多和你的年龄增大，你会越来越有体会的。

临行前，四奶奶让爸爸给你和妈妈带了鸡蛋和鸡肉，她昨天晚上已经用小纸箱子包好了，里面垫了麦秆，可以起到防震的作用。四奶奶的一片深情，爸爸也就接受了，你在吃的时候，有意识地想一想，这是四奶奶远隔千里送给你的。"千里捎鹅毛，礼轻情义重"，说的就是这种情况。

"学如逆水行舟，不进则退"

（2018 年 3 月 11 日）

前不久，爸爸的单位要求员工看一部纪录影片《厉害了，我的国》。爸爸由于回老家而没有看，秘书要爸爸自己去电影院购票观看，把电影票存根拿来报销。爸爸当时表示，尽量抽时间看，但现在确实没有时间专门去电影院看电影。不过，爸爸倒是建议，你抽空可以看一看，一来是一种休息，二来可以借此激励自己的精神。你最近还是感觉学习很紧张，音乐专业的许多课，都要通过上补习班来完成。你既然下决心要走音乐专业的道路，这种付出是必需的。不过，爸爸还是希望你做到有张有弛，该放松的时候还是要放松。神经一直紧崩着，效率不太高。最重要的，还是你要调节自己的内心，只有主观认识有改变，才会有行为上的改变。

星期一是农历的惊蛰，爸爸的一位同事 L 叔叔写了一首诗。爸爸按照 L 叔叔的诗意，和作一首《五绝·戊戌惊蛰感怀》诗：

> 寒冷无多日，蛰居惊醒时。
>
> 花期终不改，羁客望乡迟。

诗的前两句是根据英国诗人雪莱的《西风颂》中"冬天来了，春天还会远吗"的诗意点化而来的。惊蛰的表面意思，是蛰虫惊而出走。这个节令，标志着仲春时节的开始，天气转暖，渐有春雷，中国大部分地区进入春耕季节。咱们老家比较寒冷，一般过了清明节才开始播种。诗的后两句，还是表达了一种思乡的情绪，尽管爸爸上周才从老家回来，但心理上似乎还没有完全从老家的氛围中走出来。

春节已过，你已经开学，需要收心了，把注意力转到学习上来。除了每天补习音乐课程外，学校的文化课程也要适当兼顾。尽管艺术生的文化课要求不算太高，但也需要参加学校的各科考试，而且需要通过才行。平时稍微紧一紧，考试就过了；稍微松一松，特别是思想上松一松，成绩也许就一泄千里。这就是"学如逆水行舟，不进则退"。爸爸的这些"说教"，你还是要听而且要这么做的。

人生充满了不确定性

（2018 年 3 月 18 日）

你在高一时，总想着将来做一个理工女。这个想法是好的，爸爸妈妈也支持你。但后来你改变了主意，要做一个音乐人。这也可以，爸爸妈妈同样支持你。不管你将来做不做理工女，你都应该知道当代最伟大的英国理论物理学家霍金。不幸的是，星期三中午惊悉，霍金去世，享年 76 岁。爸爸在本科和研究生时的专业是核物理，应该算一个理工男，对霍金的去世深表惊异和惋惜。

这几天，网上对霍金的介绍和悼念文章铺天盖地。有人查过，300 年前，伽利略去世的日子是霍金出生的日子；霍金去世的日子，则正好是爱因斯坦的生日。三位物理学大师之间，冥冥之中真是有某种命运的安排。爸爸写了一首《七律·悼霍金》诗：

> 物理皇冠不镀金，爱翁去后便归君。
>
> 时间简史成经典，黑洞超能骇紫宸。
>
> 无语用心钻果壳，残身坐椅望牛津。
>
> 奇才定是天堂客，上帝关严地狱门。

妈妈曾经买过一本霍金的《时间简史》，不知放在什么地方了。你改日让妈妈找出来，可以随便翻翻。第三句中的"黑洞"，是霍金的主要研究对象；第五句中的"果壳"是指霍金的另一部著作《果壳里的世界》，爸爸在好多年前翻阅过，但没有仔细读；最后两句，表达了爸爸希望霍金能够进入天堂的良好愿望。霍金生前，罗马教皇保罗二世曾经两次与他见面，据说也不反对他研究宇宙的起源。

霍金是公众人物，他的去世肯定会引起公众的议论。但是对于普通人来说，自己的亲人如果去世，则会感到直接的痛苦。昨天晚上，爸爸与原 Y 公司的几个同事聚会，惊悉 R 叔叔的孪生弟弟去世了。R 叔叔是第一次对爸爸讲这件事情，由于还有其他人在场，爸爸也不便问事情的具体情况。

人生真是充满了不确定性，什么事情都会发生。爸爸这次回老家，由于四爷爷的不幸离世而生出许多对人生的感慨，用诗作了表达。对于自己的远离家乡，发出"天远孤寒雁，别家何日回"的疑问；大自然自有其运行的规律，"晨月随霜落，山花到季开"，"朔风生子夜，残雪换新年"；对于你的现状，则是"雏凤未腾达，栖巢雀鸟边"。不管生活中发生了什么，将来会发生什么，我们都要坚定这样一种信念：只要好好地活着，就有无穷的希望。

"春蚕依旧吐新丝"

（2018 年 3 月 25 日）

星期一在单位吃早饭时，爸爸与一位 C 伯伯坐在一起，听他谈星期天爬山的经历。C 伯伯对爸爸说："像你这样的文人，追求的是精神生活，属于最高境界，给子孙后代留下的文字，至少可以证明祖先曾经很有文化，而世俗的利益争斗则是过眼云烟。"C伯伯的话倒是很有道理，对爸爸也是一种鼓励。

爸爸有一位校友W伯伯，是一位化学家，中国科学院院士。W伯伯在校友圈里发了几张他夫人养的兰花，品种是石斛兰，底座是水沉木。有一次，W伯伯专门对爸爸和另一位书法家校友L叔叔说："每株石斛兰与水沉木的结合都是一个艺术品，值得以诗来赞美。"W伯伯这样一说，爸爸就必须要作诗了。前天，爸爸写了一首《五律·校友盆景意趣》诗：

> 天然造化难，接嫁出奇观。
>
> 至宝水沉木，殊功石斛兰。
>
> 琼枝羞媚骨，躯干胜云杉。
>
> 盆景添情趣，书香最养颜。

W伯伯看了诗，觉得很满意，表示要把他夫人拉进我们的校友圈中。在中国人的语境中，认为兰花高雅脱俗，最能表现做人的风骨，"芝兰生于幽谷，不以无人而不芳；君子修道立，不谓穷困而改节"。诗的第五、六句，就是表达这个意思的。最后一句"书香最养颜"，还是要回归到人文素养方面来，一个人的内在气质主要靠读书学习来培植，"惟书有色，艳于西子；惟文有华，秀于百卉"。你从小的作文就写得好，爸爸曾经把你在小学时写的作文都输入电脑，妈妈可能还保存着。不过，已经写过的文章成了过去了，关键是今后继续写出更加出色的文章。你今后不管是用文字写作，还是用音符创作，读书都是基础。因此，在紧张的学习过程中，还是要抽空读书，什么体裁的书都行，小说、诗词、散文等等，总之是开卷有益。

昨天晚上，爸爸梦见了你，大概是10岁的样子，去见老家的亲戚，似乎还有老姑姑和爷爷。爸爸知道，自己的身体虽然从老家回来了，但魂似乎还留在老家，尤其是思念爷爷和老姑姑。这就是"日有所思，夜有所梦"。

昨天，爸爸的初中同学群联系上了初中数学老师，也是爸爸当初的班主任Z爷爷，爸爸向他请安。今天看到Z爷爷的发帖："我最亲爱的学生们，你们好！夜深人静，我的心稍平静下来一点，只想对你们说，当在微信平台上看到你们问候的时候，我的心情无比激动。眼泪几乎掉下来，内心无声抽泣，仿佛又回到了当年。看见你们一张张天真无邪纯仆的笑脸，仔细想来，光阴流逝，岁月催人老，你们已是一大把年纪的人了。你们是一代有良知的人，勤奋的人，会感恩的人。我为你们骄傲，你们使我欣慰，使我的心得以安慰。"Z爷爷还在群里专门对爸爸讲了一段话："你是一个天才。感谢上帝赐给你聪明智慧，当然也有你的勤奋、好学、吃苦、忍耐、节制。愿上帝将属天的福气赐给你。"爸爸看他对许多同学都讲了最后一句话，说明他现在皈依了基督教。自1984年爸爸与Z叔叔到他家见过一面后，再也没有见过了。今年春节期间，听同学讲，他现在身体不好，已经不认人了，心情颇不平静。现在看来，传言不实，他的身体尚好。爸爸读书时，他教我们数学，但他的本行是体育老师，大高个，打篮球的。回忆往事，于是写了一首《七律·敬赠Z老师》诗：

　　　　　年无岁月日无知，只恐人间常少时。
　　　　　学友传来沉水信，文章谢罢启蒙师。
　　　　　篮球健体身犹健，粉笔痴情性愈痴。
　　　　　老茧已随芳草去，春蚕依旧吐新丝。

　　有一种木头可以沉到水底，可见木头的密度非常大。第三句中的"沉水信"，借用沉水木的意思，指老师的信息特别珍贵。一个人不论走到哪里，在事业上的成就多么辉煌，一定不能忘了各个阶段各位老师的教诲之恩。爷爷和姑姑都是当老师的，爸爸现在也算大学教授，也是老师，对孟子"君子三乐"中的"得天下英才而教育之"这一乐的感受很真切。你将来不论在哪里，也不论做什么，都要记着你的老师们的恩情。

提前吃到了生日蛋糕

（2018年4月1日）

　　星期五，爸爸在网上给你订了一个生日蛋糕。第一次写订单时，把妈妈的电话号码写错了，马上取消订单，紧接着又订了一个。一会儿，蛋糕店工作人员打电话核实信息，表示会把钱退到卡上。今天上午，你给爸爸回复微信说蛋糕收到了，而且还提出要求："下次要是你再定蛋糕的话，就定一点一刻的蛋糕吧，我喜欢吃这个牌子的，健康安全。"这个要求不难，爸爸马上就在网上给你定了一个，原来这个牌子是"壹点壹客"，不是你说的"一点一刻"。可见，每个人的记忆都是靠不住的，所谓"好记性不如烂笔头"，这就是爸爸建议你每天有时间写写日记的道理。许多事情和想法，就像天上的浮云，如果不及时地把它们记下来，很快就消散得无影无踪。记日记，就好像你每天整理各个科目的错题集一样，是一种基本的学习方式，也是一种养成耐心和韧劲的手段，是一项基本功。

你的生日虽然还没有到，但蛋糕已经吃上了。本来，爸爸妈妈想给你隆重地过生日，但你没有这个心思，主要精力放在复习功课上。这样也好，可以集中精力准备高考，不被其他事情分心。爸爸想起自己的童年时期，生活的苦难已经使人没有任何浪漫的情调了，连肚子都填不饱的年代里哪还有心情过生日。在那种生活环境中，父子之间的关系也就不可能很亲密。不仅爸爸是如此，与爸爸同年龄的许多人都是如此。

前天在单位吃早饭时，几位同事边吃边聊小时候的事情。爸爸的同事C伯伯说起他的父亲去世后，他做了反思，更加思念父亲。父亲在世时，他们之间的关系不好，主要是彼此没有什么交流。W叔叔说，他小时候也经常挨父亲的打，但父子感情很好啊。爸爸也说起自己的父亲，从爸爸记事起就从来没有对自己笑过，父子之间一生说的话可能都没有超过一百句。这大概是那个时候大多数中国父亲与儿子之间的通常关系吧。爸爸现在与C伯伯的想法一样，对爷爷只有思念。一位Z伯伯说，他儿子一年都不给他打一个电话。爸爸开玩笑说，你要自己反思一下，中国古语说"父慈子孝，兄友弟恭"，你首先要慈祥一些。Z伯伯若有所思地点点头。现实生活中，许多人都是如此。你们班的L同学的父亲是爸爸的同事，他有一次对爸爸说，他儿子从来不给他打电话、发短信，回到家里也不与他交流，他为此感到既苦恼又无奈。你还好，时不时与爸爸交流一下，爸爸很知足了。

爸爸对Z伯伯所说的话，既是对爷爷那时对爸爸态度的反思，也是爸爸想对你说的话。今天下午，爸爸与二叔通电话，提醒他注意平时多陪儿子，使他感受到父亲对他的爱，从而使他有健全的人格。我们小时候没有体会到多少父母之爱。我们自己走过的路，不要让下一代重复。现在如果不抽时间陪孩子，自己都不知道他是怎么长大的，孩子也感受不到父亲的爱。爸爸对二叔说的话，也是爸爸想对你表达的心愿。提前祝你生日快乐！

"千里驹"不是天生的

（2018 年 4 月 8 日）

转眼又到清明节了，爸爸于星期二回老家祭祖。这已经成为每年与春节同等重要的事情了。飞机在 H 市机场降落时，刚下过雪，正在化成水，漫流在机场的水泥地上，感觉气温明显降低。从机场回老家的路上，山腰上有积雪，爸爸的脑子里涌现出两句诗："眼前机场飘春雨，路上山腰落雪花。"回到姑姑家的院子里，也有雪。每年的清明节，非雨即雪，方知古人观察与记录天象的准确。

清明节的当天上午，爸爸与二叔和堂叔一起上坟祭祖。坟地的风很大，幸亏有二叔的汽车作遮挡物，否则，很难把冥币和香点着。上完坟后，回爸爸出生的村子看望二爷爷，他做好了面条，爸爸吃了一碗。其实吃的不是面，而是一份情。

爸爸临走时，在网上给你订了生日蛋糕，第二天，你回复微信说收到了。你的生日，是当时爸爸请医生打催产针的结果。那时，爸爸在 H 省工作，陪姑姑在 B 市检查身体（那一次，老家的医院说姑姑有乳腺癌，B 市几家医院的专家说没有，虚惊一场），爸爸已经请假陪妈妈一个月了，预产期也过了一周，但还没有你要出生的动静，只好采取这种办法让你提前出来了。其实，自然分娩是最好的，但当时有当时的特殊情况，也是迫不得已。好在你出生时及以后一切正常，爸爸也还算放心。爸爸估计，即使不打催产针，再过一两天你也会出生了。或许，这也是一种天意吧。既然是天意，我们遵从就是了。

爸爸又要再次离开老家了，这次是与 T 姐姐一起回来。在去机场的路上，姑姑打了好几个电话，依依不舍。爸爸每次走后，姑姑都会难过好几天。其次，爸爸每次与她的感受是一样的。爸爸今天早上对姑姑说了一句苏东坡的词"人生如逆旅，我亦是行人"，说明人生就是这样，来来去去，聚聚散散，一辈子很快也就过去了，因此不必太难过。每次与姑姑和二叔相聚时，内心里都有一种幸福感。虽然经常"教训"二叔，但对他的闯劲和不懈的奋斗精神也有几分欣赏。家族的每次活动，基本都是二叔掏钱，爸爸其实总有一种不安感，但转念一想，他能掏出钱，就有动力再去挣回，未尝不是一种自我激励。当然，二叔和姑姑遇到事情时，爸爸也大力帮助过他们，不仅在钱财上资助，而且数额还不小，更在精神上支持他们。爸爸所祈盼的，就是二叔花一些时间和精力在堂弟身上。爸爸作为堂弟的大伯，毕竟不能替代二叔作为父亲的角色。爸爸以前说堂弟是"吾家千里驹"，但"千里驹"不是天生的，而是需要后天的培养和努力。你将来走向社会后，可以对这位堂弟进行一些指导和帮助，让他更好地成长，同时也是你作为姐姐的一种责任和义务吧。

《花开的声音》是一个"奠基礼"

（2018 年 4 月 15 日）

星期一，爸爸收到同事 Z 伯伯的微信。他母亲一直住院，情况不是太好，他说是严重心梗、肾衰、心衰，病情非常复杂，又八十多了，不能单独治疗哪个方面，必须综合治疗，常常是按下葫芦起了瓢，很麻烦！爸爸对他说，与家父两年前的状况相似，但那时处于昏迷状态。人都是父母所生，看到自己的父母走到生命的尽头，说明我们自己也在向着那个终点行进！人都会成为父母，盼着自己的孩子能够幸福平安！这是人的天性，无非是在生命中的不同阶段做不同的事情而已，最终的归宿都是一样的！

星期五，爸爸收到 S 大学创新学院聘请爸爸担任产业教授的一些需要提供的资料清单。爸爸根据要求，一一进行填报，然后将电子版发过去。如果不出意外，爸爸即将成为 S 大学的产业教授。前年，爸爸已经成为北京大学的兼职教授。同时担任中国南北两所著名大学的兼职教授，爸爸深感荣幸，同时也是一种重大的责任，需要爸爸在学术上继续进行创新研究，争取做出新的成果。

昨天，妈妈在微信朋友圈中发了准备已久的你的第一个个人音乐会《花开的声音》邀请函，爸爸的心情十分激动。你在邀请函中介绍了自己学习音乐的经历，感谢了所有教过你的音乐老师。这是正确的举动。邀请函最后列出了音乐会的表演曲目，共 12 个，其中有 6 个是你的原创作品，这就更加不容易。爸爸看完邀请函之后，满眼含泪。这场活动表明，你终于在自己的音乐道路上迈出了踏实的第一步，爸爸真地感觉很欣慰。预祝你的第一个个人音乐会圆满成功，为你开启音乐之路举行一个热烈而又隆重的"奠基礼"！

"心静原无欲，花开却有声"

（2018 年 4 月 22 日）

昨天晚上的音乐会十分成功，你的舞台形象给来宾留下了深刻的印象。说实在的，爸爸是第一次参加这类型的音乐会，台下观众虽然基本上是你的同学，但他们的热情就如同爸爸在电视上看到的那些为明星们的表演捧场的观众一样。或许，这样的活动就是你们这一代人的一种标签。爸爸由于要协助妈妈招呼客人和解决演出过程中出现的临时性问题，因此无法安坐在座位上陪你的几位老师悠闲地观看，只能站在后面紧张地四处张望。不过，爸爸很乐意扮演这种"消防员"或"警卫员"的角色。

昨天下午，你给爸爸发来微信："爸，我想让你给我买个礼物，送我一瓶青春少女适合用的香水或者香精油吧，味道清新甜美就好，不要太浓。"爸爸回复："你把牌子告诉爸爸，哪有卖的？我去给你买。"说实在的，你的这个"任务"真是把爸爸难住了，因为爸爸从来没有买过这种东西，妈妈平时用的这类东西都是她自己买的。爸爸向 T 姐姐求助，她给爸爸推荐了几款，最后还是你亲自发微信，告诉爸爸买什么牌子的，而且一再告诫爸爸，一定要到正规商场去买，千万不要买到假货。当然，你也说得明白，主要是"享受一下爸爸给女儿买护肤品的快乐感"。其实，爸爸在这个购买的过程中，也感觉很快乐。当爸爸告诉你从来没有给妈妈买过化妆品时，你不无一点小得意："现在给你一个弥补的机会。其实我不在意这些，我只是希望，既然你已经知道了，不如弥补在我身上，好吧？虽然我也有钱买之类的，但我希望你能给我买，让我感受到这种被宠爱的感觉。"

爸爸可以告诉你一个小"秘密"。你在给爸爸发微信的同时，也在给妈妈发微信，讲这件事情，妈妈把你们之间对话的微信截屏发给爸爸了。看了这些内容，爸爸感觉很欣慰，你终于承认感受到了爸爸对你的关心和宠爱。你对妈妈说的话，也令爸爸感动。"我特别想享受这种爸爸给女儿无限宠爱的感觉。（妈妈：必须的。）其实，我不在意这些东西，我希望得到的是那一份被珍惜、被宠爱的感觉。""哇塞，突然有点小幸福，肿（怎）么办？毕竟没享受过爸爸给女儿买化妆品的幸福感。（妈妈：你本来早就应该享受幸福。）讲真，其实我根本不在意什么口红之类的这些东西。我是觉得，我只要说我喜欢，他能立马出门就买，这种感觉我就很开心了。哪怕没买到我想要的（毕竟直男），但这种行为就已经让人很开心了。我不觉得男朋友帮买化妆品很幸福，但我觉得爸爸二话不说就去买，我很幸福。"由此看来，幸福有时候其实就是这么简单。爸爸以前忽视了对你表达这种幸福感，真是很抱歉！

回过头来，再说你的音乐会。妈妈要爸爸在路上买一些水果，以招待早到的嘉宾；她还让爸爸告诉 T 姐姐，请她在路上买一束鲜花，准备演出结束后你好献给老师。结果，许多嘉宾都带鲜花来了，以至于演出结束后竟然不知道该怎么处理这些鲜花。从这一点上也可以看出，大家在演出前就对你的演出予以很高的期待，希望它能够获得圆满成功。演出结束后，爸爸站在门口礼送嘉宾离场，L 老师对你的演出成功表示了热烈祝贺，并且说要找你谈谈，让你首先向爸爸学习。爸爸闻听 L 老师此言，笑着感谢他对你的关心。

昨天与你同台唱歌的同学，爸爸一个也不认识。妈妈说，有一个同班男生似有追求你的意思，T 姐姐认为这是一段美好的感情。爸爸对这类事情与以前一样，既不表示反对，也不表示鼓励。少男少女彼此有好感，这是正常的，爸爸也是从你们这个年龄过来的，知道那份潜伏在内心里的情愫是一种什么样的感觉。同时，你们正在高中二年级的关键时刻，需要向高考冲刺，这个任务才是你们当前的头等大事。在高考面前，感情的事情需要暂时忍耐。爸爸相信你，会处理好这些事情的。

昨天的音乐会上，还发生了一件小小的差错。音乐会的前半段，由于技术人员的疏忽而导致大屏幕无法打出事先已经准备好的 PPT 材料。不过，坏事变成了好事，使得观众把注意力集中到你的身上，而不会受 PPT 材料的影响。后半段，技术人员及时排除了故障，屏幕恢复了正常。这件事情也说明，世界上的任何事情都不会是完美无暇的，总会有一些缺陷，也总会碰到一些意想不到的事情。在很多情况下，缺陷也是一种独特的美，最典型的例子就是断臂的维纳斯雕像。好在从导演到伴奏再到你们几个表演者，表现得都很镇定，演出该怎么进行就怎么进行，丝毫没有受屏幕故障的影响。爸爸给音乐会的组织者点赞，同时更为你的表演成功而欢呼。于是，为你的音乐会写了一首《五律·女儿个人音乐会〈花开的声音〉咏怀》诗：

琴弦不自鸣，天籁系林风。

心静原无欲，花开却有声。

饮冰庄子意，饮水纳兰情。

万里丹山路，前头又一峰。

第五、六两句有一些典故。《庄子·人间世》中有"今吾朝受命而夕饮冰"的句子，近代国学大师梁启超将其书斋命名为"饮冰室"，其作品集命名为《饮冰室文集》。宋代岳飞的孙子岳珂的著作中有"如鱼饮水，冷暖自知"的句子，清代词人纳兰性德将其词集命名为《饮水词》，你的第一首词曲作品叫《饮水纳兰》。

昨天听音乐老师说，处于兴奋状态的人，第二天才累。你说今天还好，不怎么累，昨晚睡得也很好。宝贝儿，你的音乐世界十分宽阔，将来要走向世界，展示中国音乐人的风采。既然已经上路了，那就义无反顾地走下去！走过去，前面就是一个天！

诗词之雅与丝竹之馨

（2018 年 4 月 29 日）

昨天，爸爸把你的个人音乐会的一些照片和爸爸的诗发到微信朋友圈里，引起大家的极大关注。W 叔叔留言，没有想到你已经成为一个大姑娘了。好多爸爸的同事都纷纷留言，对你的精彩演出点赞。星期一早上在单位食堂吃饭时，爸爸的同事都还在说前天你的音乐会的事情。昨天，S 叔叔在爸爸的微信朋友圈里留言："品诗词之雅，闻丝竹之馨，老兄夫复可求？"其实，S 叔叔的女儿也很优秀，毕业于一所著名的音乐学院，与你是同行，现在已经工作了。我们俩都认为，走音乐艺术这条路，其实更难，因为要达到金字塔顶很不容易。爸爸的看法是，只要你有兴趣，父母都不加干涉，父母的责任就是帮助你实现自己的梦想。

通过这次音乐会，你愿意多与爸爸交流了，这是好事。爸爸虽然不懂音乐，也不太了解你们学校的具体情况，但爸爸作为过来人，会有一些经验和体会，愿意与你分享。当然，你现在住校，也更加独立了。爸爸也有过同样的经历，理解你的心情，因此也不会过多地强求你做什么或不做什么。只要你能够保持快乐和积极向上的心态，爸爸就满意了，也放心了。

逐渐形成当姐姐的意识

（2018 年 5 月 6 日）

五一节很快过去了，又一个新的星期开始了。生活总是这样，周而复始，你在学校里过着宿舍、教室、食堂三点一线的生活，每天如此，每周如此，每学期也是如此。你现在可能觉得这样的生活了无生气，令人厌烦。再过十几年，你会回忆这种生活，而且有一种想重复这种生活的愿望。爸爸是过来人，有过这种体验。愿望毕竟是愿望，时间是单行道，它永远不会走回头路。爸爸记得上初中时，一位物理老师讲光的特性时说，光的特点具有可逆性。他说的可逆性是光不论从这头到那头，还是从那头到这头，其性质是一样，而不是说光在飞行过程中可以回头。光的飞行就相当于时间的流逝，永远指向前方。

每个周末，你都进行额外的音乐课程的补习，主要是乐理、视唱、练耳和钢琴。这些爸爸都不懂，但看到你很有兴趣的样子，爸爸就很放心，也为你高兴，因为你在按部就班地朝着自己的既定目标前进。有一句俗语说：不怕慢，只怕站。只要你能够保持目前的这种状态，你的理想一定能够实现！

二叔的儿子、你的堂弟坚持每周背一首爸爸为他选定的诗（也包括一些爸爸自己的诗），表现也很好，爸爸感觉很欣慰。爸爸将来最愿意看到的情景，就是你与弟弟并肩行走，而且亲热地交谈。他是我们家的男子汉，你是姐姐，你们应该相亲相爱、相扶相助。终有一天，当爸爸妈妈和二叔、姑姑离开这个世界后，你与 T 姐姐和堂弟就成了最亲的人了；从舅舅和舅妈那边来看，你与表妹就成了最亲的人了。中国人有一句俗语："穷人的孩子早当家。"指的是穷人的家庭重担落在肩上之后，人便有了责任感，通过承担责任而提高了能力。爸爸希望你从现在起，就要逐步树立这方面的意识，尤其是对于堂弟和表妹来说，要有做姐姐的意识。有了这种责任感，你的成长会更快一些，你的路走得会更远一些。

尽量不要与妈妈顶嘴

（2018 年 5 月 13 日）

这个星期四，妈妈已经编辑好了你的个人音乐会的视频，今后就可以长久保存了。你小时候的很多视频，妈妈也有保存。等你大学毕业、参加工作，尤其是成家立业后，看到这些东西，一定会有不同的感受。现在对你来说，它们的重要意义并不明显，只是一个东西放在那里而已。

　　昨天下午，你给爸爸发来微信："爸比，我跟你商量一件事情。我和我闺蜜准备6月2号去看我们共同喜欢的偶像的演唱会。我妈同意我去，但是她不给我买票，让我自己在开演前买黄牛票。然而，我闺蜜已经把票订上了。你之前给我的那些钱我用来做理财，所以我手头没有那么多钱，你转给我一些钱呗，我朋友帮我订了票，我得给人家钱，是吧？别告诉我妈。"一个小时之后，爸爸才看到，于是马上给你转了钱，而且是一个很吉利的数字，你也就高兴地收了。你还特别嘱咐爸爸，不要将此事告诉你妈妈，因为"最近她生我的气"。爸爸说："你妈为了培养你，付出了很多心血，你要对妈妈感恩，尽可能不要与她顶嘴。"你表示："我尽量不顶嘴，她说啥我听着。"爸爸但愿你说到做到，你要知道，你与她越顶嘴，她就会越生气，你的情绪当然也会受影响。

花钱要学会精打细算

（2018 年 5 月 20 日）

　　星期一上午，爸爸给你发微信："爸爸昨天梦见你了。"下午，你回复："爸爸，对不起，我才看到，昨天一天没有上微信。爸爸，我和同学演唱会的票订上啦，为了近距离看到我们的偶像。然后，能不能再转我一点呀？我们学校订牛奶要交奶费，我和我妈的关系还在僵持中，你懂的。所以……请让您的小公主每天喝上新鲜的奶。"爸爸看到后，不禁哑然失笑，女儿长大了，会跟爸爸要零花钱了。于是，爸爸给你发了一个红包，你马上就接收了，并且回复："啊，爱您，爱您！"在你上小学和初中期间，你从来没有向爸爸要过钱，也未向妈妈要过，因为那个时候似乎不会有需要你自己花钱的事情，很多事情都是妈妈为你处理好了。现在不同了，你在学校住校，有了自己的一方小天地，也有花钱的事情了。这或许也标志着你正在长大吧。当然，这些钱虽然不多，你在花的时候也需要精打细算，这倒不是小气，而是要养成一种正确的金钱观和消费观。人的任何一个特性，无不是从一点一滴的小事积累出来的，因此不要小看这类花钱的事情。该花的钱，多少都要花，比如，你购买学习用具或参加补习班。不该花的钱，一分一角也不要乱花。至于哪些该花、哪些不该花，一是你自己根据实际情况做出独立的判断，爸爸刚才只是举了一个例子；二是当你把握不准时要与爸爸妈妈商量。有些同学的大手大脚和铺张浪费的习气，你一定不能效仿，那是错误的，而与他们的父母多么有钱是没有关系的。

最近，爸爸和一些同学正在筹备初中入学 40 周年联谊活动。Z 叔叔在初中同学群中写了一段很感人的话：

同窗两载，温馨如昨，挚情依然萦绕心头；校园岁月，常入梦境，时空无法隔断你我。38 年的分别，38 年的牵念。在相识 40 年之际，诚邀您参加'D 中学 1978 级 16 和 17 班同学入学 40 周年聚会'，去听听久违的声音，来看看久别的面孔。诚恳希望同学们能放下一切事务，抛弃诸多顾虑前来参加，以使大家能有机会敞开心扉，共话沧桑。诚邀尊敬的各位老师都参加本次聚会，给同学们再次聆听您教诲的机会，让弟子们再有课堂回答您的问题。本次聚会将因为您的参加而更加精彩！不管您来与不来，届时老师们和同学们都等候您的到来！

他的这段话，不仅使爸爸感动，也引起许多老师和同学的共鸣，纷纷留言点赞。回顾 40 年前初中 2 年时光中的点点滴滴，爸爸写了一首《五律·初中校园生活回眸》诗：

曾是少年郎，最思苦菜香。

灯昏油总缺，天冷夜偏长。

吃饭无兼味，解题有备方。

相思寻梦处，塞北白云乡。

40 年弹指一挥间，回忆起当初的情景，至今仍然历历在目。当然，一首小诗不可能包容两年生活的全部内容。有同学也在群里建议大家写写回忆文章，把当初的情景和感想用文字记录下来。因此，爸爸准备写一篇带有回忆性质的文章，题目就叫作《初中纪事》。爸爸写好后可以给你看看，你可以比较一下你的初中生活与爸爸的初中生活有什么相同和不同。爸爸的经历，算是一个"路标"，它指出了我们这一代人所走过的路和要去的路；你到目前为止的经历，算是一个"风向标"，因为你已经模模糊糊地确定自己今后要走音乐这条路，但还有许多不确定的因素，还要观一观风向。

四十年的时光一闪而过

（2018 年 5 月 27 日）

　　爸爸的初中同学聚会的方案，最近逐渐明朗了。许多很琐碎的事情，都需要大家反复商量。由于爸爸在外地，加之以世俗的眼光来看，爸爸在事业上有一点小小的成就，因此许多同学就一些事情征求爸爸的意见会多一些。越是这样，爸爸就越表现得谦虚，凡事多与大家商量，争取最大公约数。在这个过程中，对于一些重要的问题，爸爸也会明确发表意见。最近碰到两件事情，最后都按爸爸的意见办了。

　　一是要不要邀请我们在校时的教导主任 H 老师。爸爸的建议是邀请，因为师生联谊时没有校领导的代表不太好。但有同学认为，如果邀请不任课的老师，有些摆不平。既然有这种意见，爸爸也就作罢了。这几天爸爸想了一想，感觉还是应该邀请。有同学建议问问我们的班主任 Z 老师。爸爸给 Z 老师发微信询问，Z 老师回复："我觉得可以，毕竟他是校领导。你再个别征求一下其他同学的意见。"Z 老师点到的两个同学都没有意见。爸爸又征求 L 老师的意见，她说本来也有这个意思，但就是不知道同学们的意思如何，因此没有说。这样，爸爸就在组委会的圈子中讲了此事，大家都赞成邀请。

　　二是聚会时要不要搞一张大桌子作为主桌。提出这个建议的同学认为，老师和同学交叉着坐，也可以为老师做服务工作。有同学与聚会所在的饭店联系，答复是雅间里有 20 人的大桌子，但要拆掉搬到大餐厅里不方便，不愿意。爸爸对此事的看法是，不必要搞主桌，因为凡是来参加聚会的老师和同学，在人格上都是平等的，不好决定谁上主桌谁不上。爸爸的建议是，采取抽签的方式，分为老师、男同学和女同学三个组，分别抽，这样就可以保证每个桌子上都有老师和同学，只表现师生情谊，从而避免了身份上的差别。最后，爸爸的这个建议得到了采纳，有同学还提出用红纸做签条，以示喜庆。

　　你看，就是同学聚会这样一件简单的事情，竟然有这样一些问题需要解决。

爸爸的建议之所以得到采纳，并不是因为爸爸的地位，而是因为爸爸考虑得比较周到，提出的建议符合实际，能够满足大多数师生的心愿。说到底，这是一个有关对人性如何理解的问题，就是人人都是平等的，没有高低贵贱之分。按照这样的原则和逻辑出发来思考和处理问题，就不会有大的偏差。你将来如果参加或组织同学聚会，爸爸的思维方式可以借鉴。

你在微信里说，最近超级累，艺术课天天要练琴三四个小时，然后要练习视唱、练耳和声乐，又是一两个小时，然后一大堆乐理作业，堪比学校作业，然后还要写学校作业，然后要二段考了，然后还要学业水平测试。呵呵，这么多的"然后"，真是够你辛苦的！爸爸很同情你！爸爸的建议是，再忙再累，也要放松心情，注意劳逸结合。

爸爸上周对你说过，准备写一篇回忆初中生活的文章《初中纪事》。上周末，文章写好了，发到初中同学微信群，引起了极大的反响，几位老师也都有正面的反馈，觉得爸爸的记忆准确详细，夹叙夹议的写作方法也很好。爸爸以前一直有一个愿望，就是要写一本《爱，是需要表达的》书，讲一讲那些生活中对爸爸有过恩德的人和事，但一直没有动笔。这次通过回忆初中生活，倒是一个契机。爸爸准备在适当的时候着手撰写各个不同时期的《纪事》，也就是爸爸求学和工作的地方，每一篇写 2 万字，加起来可能有 20 万字，够出一本个人回忆录了。不过，此事不急，需要在完成目前的写作任务、以后工作也相对轻松的时候才能够进行，因为很多事情单凭记忆并不可靠，需要查阅爸爸以前的日记和工作笔记，还要就一些模糊不清的事项进行相关的考证工作，这些都是需要时间和精力的。

"何以解忧，惟有暴富"

（2018 年 6 月 3 日）

星期一下午，你与爸爸进行微信交流，爸爸觉得很有意思，就将其记录下来，你也可以重温一下：

爸爸：宝贝儿，这几天上课累吗？

女儿：快累死了。

爸爸：坚持，就是胜利！

女儿：好的，谢谢爸爸。请你给你快要累死的小女儿一点点鼓励。

爸爸：爸爸永远是你前进的精神动力！我的女儿永远是最棒的！

女儿：不如发个红包来表示你的心意。你不觉得拆红包很爽吗？哈哈哈哈。何以解忧，惟有暴富。

爸爸：（发了打她头的符号。）

女儿：哈哈哈，开玩笑的。我练琴了，拜拜。

爸爸：（发了一个红包，上写"永不言败"。）

女儿：爱您。

爸爸：爸爸也爱你！

你从小对钱并没有概念，也从来不向爸爸妈妈要钱。记得有一次爸爸帮你收拾小床和小书桌，开玩笑地问你要工资，你很认真地从你的储钱罐（一只可爱的小瓷猪）里倒出一元钱，问爸爸"一元钱够不够"。爸爸很夸张地双手接过来，然后把它捂在胸前，假装激动地说："哇噻！这是宝贝女儿给爸爸的赏金，一定要永久珍藏。"你问站在旁边微笑的姥姥："什么是赏金啊？"姥姥说："你给你爸爸的钱，就是赏金。"自上次你让爸爸给你买化妆品后，你向爸爸要了几次红包，这也是你长大的一个标志，说明懂得钱的用处了。当然，向爸爸要红包，主要是一种与爸爸的情感交流，而不在于钱的多少。

星期五，爸爸坐高铁去 H 大学讲课。C 教授说要派一个学生去车站接，爸爸说不用，自己去。在校门口，碰到两个学生，他们带爸爸到了晚上讲课的教学楼。从高铁到教学楼，共花了一个半小时。在来的路上，C 教授与爸爸进行微信交流，约爸爸去他们学校食堂吃饭，爸爸说自己解决，现在吃饭是一个负担。他说给爸爸报销车票，爸爸说免了，太麻烦，没有多少钱。爸爸中午从单位食堂买了 3 个包子，从办公室带了 1 瓶水，在教室里就解决了晚饭问题。今天来听讲的有 20 多个研究生，还有一位 J 老师。C 教授对 J 老师说，专家从 S 市来 G 市要花两个半小时，回去又是两个半小时，这么几个人听讲，有点性价比不协调。他说，今天没有安排好，来的人太少了，应该搞一个大讲堂，将本科生也召集进来。J 老师说，下次安排好，让更多的人来听讲。爸爸讲了两个小时，课堂效果还不错。课后，C 教授把爸爸送到高铁站，不到 40 分钟就到了，如果坐地铁，需要一个半小时。到车站后，感觉有点饿，在麦当劳买了一个鱼汉堡和一杯可乐。回程是一等座，票价215元，有点奢侈，但二等座没有票了，也只能如此，否则，还需要在 G 省住一个晚上。

前天，爸爸的初中语文老师 G 先生在同学微信群中发了两首诗，一位初中同学要爸爸和作。昨天在高铁上，就 G 老师其中的一首《话愿》和作一首《七律·次韵 G 老师〈话愿〉》诗：

> 微信多情话旧年，油灯常映五更天。
>
> 惟遵师道能开路，只剩行囊也戍边。
>
> 欲展经纶多使劲，如逢忧患应当先。
>
> 吾侪有幸生今世，逐浪潮头风满帆。

第五、六两句"欲展经纶多使劲，如逢忧患应当先"，可以算作这首诗的诗眼，也是爸爸对你的期待吧。你现在的主要任务，就是抓住大好时光好好学习，阶段性的目标就是考上你所心仪的理想大学，然后才有能力和条件去"逐浪潮头风满帆"。

"吾爱吾师，吾更崇尚知识"

（2018 年 6 月 10 日）

最近，爸爸还是在为初中同学入学 40 周年联谊活动做准备。有同学建议，聚会的会场写一副对联，加一个横幅，并且请擅长书法的 G 老师用毛笔书写出来。爸爸拟了一副对联，上联是"四十载光阴未老师生恩重"，下联是"七八级记忆犹新母校情深"。一位同学建议横幅是"D 中学八零级师生联谊会"，爸爸觉得简单明白，挺好。

昨天，爸爸把拟的对联发 G 老师，他提出要把上联的"光阴未老"改为"岁月如歌"。G 老师可能没有注意平仄对仗，爸爸作了解释："一是平仄的要求，二是上下联要对仗。上联光阴两个平声字，与下联记忆（这里作名词）两个仄声字对仗。未老与犹新对仗，未对犹，老对新，还算工对。请 G 老师参考。"晚上，G 老师回复："多谢讲解，就遵原作。"借用古希腊哲学家亚里士多德的那句名言，爸爸略作修改，"吾爱吾师，吾更崇尚知识"。爸爸初中时的一位数学老师 W 先生当年就说过，要是爸爸生在一个教授家庭里就好了。

他的意思是，爸爸如果生在教授家，就会得到更好的教育资源，从而有利于爸爸的成才。其实，家庭出身是不能选择的，但每个人的生活态度和人生道路在某种意义上是可以自己选择的。爸爸没有出生在一个教授家庭，但通过自己的努力和其他一些外部的因素而把自己变成了教授，这就是奋斗的成果和快乐。现在可以说，你是在一个教授家庭中长大的，爸爸妈妈也尽可能为你提供比较好的教育条件，你就没有什么理由不好好学习了。

星期五，你把政治、历史和地理学业水平测试准考证发给爸爸，说明星期六就要进行学业水平测试了。爸爸祝你一切顺利，一定会考出好成绩！你让爸爸"略表心意"，爸爸明白你的意思，不就是向爸爸要红包吗？爸爸给你发了一个数字很吉利的红包。你表示自己会考好的！这次考试结束后，你就可以集中力量准备艺考了。你对音乐有兴趣，而且立志走这条路，因此上课也就不觉得困难了。星期六考完之后，你觉得考的还可以，政史地三科，10分钟就把卷子写完了，然后提前交卷。你还说，最近的这次段考你的理化生三科也扬眉吐气了一把。爸爸相信你的实力，今后就是全力冲刺艺考了。如果改变想法，明年继续参加正常高考，也是一种备用的选择。总之，人生的路有好多条，要认认真真地学习每一门考试课，也要继续坚持课外阅读，以扩展你的视野和思维。不论怎么忙，每天必须坚持锻炼身体一小时！

生活的底色就是平凡

（2018年6月17日）

爸爸的初中师生联谊活动于昨天举行，爸爸提前两天回到老家，顺便给爷爷举行去世三周年的祭奠仪式。T姐姐休假，我俩正好一同回去。飞机在L市停留，这是一个军用机场，一直空中管制，我们等了近两个小时才飞行。下午4点半到达H市机场，二叔一家来接机。爸爸一见到堂弟，就把他抱起来，走了一百多米就抱不动了。明年再回来，肯定更抱不动了。爸爸已经记不得，最后一次把你抱起来是什么时候了。小时候，你经常骑在爸爸的肩膀上，突然从某一天开始，你就不让爸爸再抱你了，说明你开始有性别意识了，也说明爸爸开始变老了。人类就是这样一代一代地繁衍生息的，属于自然规律，不可抗拒。

昨天上午 8 点半，我们的初中同学 40 周年师生联谊会在 S 市的一个招待所举行。40 年前，我们还是一伙十二三岁的少年，懵懂无知，现在已经年过半百了。不论是老师，还是同学，都有无限的感慨，许多人都不认识了，而且连姓名也都陌生了。这次，我们把所有给我们讲过课的老师都请来了，共计 13 位。书写聚会对联的 G 老师因故没有来。一位物理老师已经去世了，我们这次把师母请来了，同学们还记得她的先生，令她感动。当年的班长代表同学致辞，然后是老师和同学自由发言。主持人请爸爸第一个发言，这是老同学给予爸爸的一个特殊荣誉。爸爸提议全体起立，向已经去世的老师和 7 位同学缅怀一分钟。事后，许多同学反映，这个环节真是神来之笔，让大家都很感动。爸爸当时的想法是，聚会的主旨之一就是向老师表达感恩之情，应该包括去世的老师和同学，他们的在天之灵，也会分享我们今天的快乐。

聚会活动一直持续了近 3 个小时。结束后，班主任 Z 老师似乎言犹未尽，把语文 G 老师留下，我们几个同学又聊了一会儿。G 老师在聚会的讲话中专门点了爸爸，说爸爸那个时候的生活条件最苦，老师们资助爸爸蘸笔和墨水。他还说，那个时候是 D 中学的黄金时代，也是一片净土。G 老师还说，爸爸没有继续从政，专心做学术研究是明智之举。G 老师曾经当过县委办公室主任和县教育局局长，是真正的从政者，其中的甘苦，他大概是最清楚的，因此才对爸爸发出那样的感慨。

活动结束后，老师同学依依不舍地告别了，相约明年再聚。今天中午，Z 叔叔约了几个同学又与一位老师聚会。一位女同学拿一杯水与爸爸干杯，有同学要他换酒，爸爸说相信她的杯中酒不会是假的，坚持要她用原来的杯子与爸爸碰杯。爸爸明明知道她的杯中是水，但这种事情何必认真，她的同学情意是真的就行了。别的同学看爸爸是这个态度，也就不好相强了。其实，爸爸从来都是这样，吃过那么多饭，喝过那么多酒，从来没有强迫别人喝什么、喝多少。

席间，当年与爸爸同宿舍的一位同学对爸爸讲了他被审查的事情，他在粮库工作期间向别人送过礼，后来免于起诉撤职，现在也就平安了。爸爸安慰他，事情了掉了，也就安心过日子了。爸爸以前也对你讲过，今后你无论做什么，都要保持廉洁奉公的品质，千万不可贪不义之财。陈毅元帅写过一首诗，其中有"手莫伸，伸手必被捉"的句子。爷爷给我们留下的良好家教和家风，需要一代一代地传下去。

这次同学聚会，对于爸爸来说，也就到此为止了。天下没有不散的宴席，热闹过去，还是要归于平凡。生活的底色就是平凡，热闹只是一些点缀。能够坚守平凡的方法，就是读书。因此，你要坚持读书，也就是甘与平凡做伴。

人人都有对专业厌烦的时候

（2018 年 6 月 24 日）

星期三早饭时，爸爸与同事 G 伯伯和 H 叔叔坐在一起。G 伯伯问你是否上大学了。爸爸说现在是高二，明年才上大学。G 伯伯得知你将来要走音乐专业的道路，建议你直接考美国加州音乐学院。他还说，搞理工科的人，晚上写书法，把工作与业余爱好分开了；而搞音乐的人，则是把爱好与职业结合起来了。这个说法真是有道理。不过，爸爸也接触过一些专业人士，他们有时候对自己的专业也有厌烦和倦怠的时候。爸爸上大学期间，结识了几位在一所艺术学院主修钢琴和小提琴的同乡，听他们讲，有时候真想把乐器砸烂。他们的这种感受，与你有时候厌烦弹钢琴是一样的。在你 6 岁那年，有一个阶段突然对钢琴产生了抵触，不认真练习，惹得妈妈很生气。爸爸第二天在你弹琴的时候就问你："你对爸爸说实话，是不是确实有点不愿意学钢琴了？如果真是不愿意了，我们可以停下来，再选择一个你感兴趣的乐器，重新学习。"你白了爸爸一眼，不耐烦地说："我不和你讨论这个问题！"从你的话中，爸爸知道你还是愿意弹的，只是这段时间有点倦怠而已。爸爸就将这个情况告诉了妈妈，请她不要再与你说这件事情了，因为爸爸已经判定，你还是愿意继续学下去的。今天回想起这件事情，感觉很有趣，也值得将其记录下来。

星期五晚上，你与妈妈一起去听一个爵士音乐会，是妈妈朋友拿来的票。你今后要搞音乐专业，这类演出需要经常观看，从中得到启发。

昨天下午，你向爸爸要钱，说要买点护肤品。爸爸转了超过你的要求近 20% 的钱，同时也提醒你，平时给你的红包，可以优先使用，不能把红包作为"奖金"，每次买东西后又来"报销"。如果是这样，你岂不成为一个小"财迷"了吗？钱是挣来的，不是存来的；钱是为人所用的，而不能成为人的负担，尤其是不能成为人的心理负担。呵呵！爸爸愿你永远快乐！

记忆有时是靠不住的

（2018 年 7 月 1 日）

这个星期，爸爸在重庆参加一个上市公司独立董事培训班。星期一早上坐地铁去机场，路上想起一位同事 T 伯伯曾经提到过一个"鸡鸣理论"，说明破晓的时辰很重要，早一点、晚一点都不好。赶地铁也是这样，早十分钟与晚十分钟，车况大不相同。不论任何事情，总要有一个提前量，否则，会付出更多的时间和精力。比如你上课之前如果做好了预习，你在课堂上就会紧跟老师的思路，对老师讲授的内容会有更深的理解和掌握；假如没有预习，那么就会对内容有一种陌生感，课堂上的效果自然会打折扣。这也可以说是类似鸡鸣的"预习理论"吧。

晚饭后，爸爸去酒店前面的长江边上散步两个小时，天暗下来以后，对岸的朝天门三个字格外醒目，可惜过不去。江中立着一个巨大的水位柱，上面有 175 米、180 米、185 米的标志。目前的水位顶多在 165 米，从岸边的痕迹来看，水位至少回落了五六米，而且江水很浑浊。爸爸联想起了原中共中央总书记胡耀邦生前送原水电部副部长李锐的诗："妾本禹王女，含冤侍楚王。泪是巫山雨，愁比江水长。愁应随波去，泪须飘远洋。乞君莫作断流想，流断永使妾哀伤。"江水浑浊，没有清流之状，遂生出一些感慨而写了一首《五律·戏咏重庆长江》诗：

> 两江汹涌水，交汇朝天门。
>
> 燥热行人汗，微风堤岸痕。
>
> 巫山不见雨，神女或乘云。
>
> 莫问三峡事，断流伤妾心。

你小时候就读过神女峰的故事，现在结合爸爸这首诗的感受，或许你会有不同的想法。

两个星期之前，姥爷给爸爸发短信，搬家时发现有一个苹果手机，他准备使用，但爸爸当初注册了一个邮箱，忘记了密码，无法打开。在网上按照"忘记密码"的操作，试图恢复，但折腾了两个星期也没有成功。前天晚上，总算是把自己的资料和身份证上传了，但接到短信和邮件，资料不全，还是无法恢复。姥爷说，不要耽误你太多时间，不行就算了。爸爸今天早上再尝试一次，重新上传相关资料，行就行，不行也就没有办法了。晚上收到网易的邮件回复，填写信息不准确，无法修复。网易的这种做法也有点简单粗暴，一个不用的信箱，谁能记住以前发过什么邮件啊！这就是一种不是"以人为本"的形式主义。当然，爸爸自己的问题还是主要的，当初设置的密码应该在一个本子上记录下来，而不能仅凭记忆。好记性不如烂笔头，人的记忆有时是靠不住的。

从微信上看到，你这几天一直在上乐理课。爸爸给你加油！

只有坚持才会有成果

（2018 年 7 月 8 日）

星期四上午，爸爸给老首长 J 爷爷打电话，祝他生日快乐。他问起你的情况，爸爸说一切都好。他说爸爸该辅导你的功课了，爸爸说已经辅导不了了。他说，数理化的课程变化不大。爸爸没有告诉他，你要考音乐类大学。他说自己快 90 岁了，也就这样活着吧。爸爸说，大家都这样活着，您多保重身体。放下电话，爸爸的心情有点沉重。J 爷爷在位时，可以说位高权重，现在就是一个普通的高龄老人，每天数着日头过日子。其实，每个人的归属都是如此，也没有什么可叹息的。

你们学校下周就要放假了，你先在 S 市参加一个音乐集训班，然后去 B 市上音乐补习班。这个暑期，你又不能放松了。你上课感觉累，其实，爸爸每天上班也很忙，下班后还要写作，也感觉累。唯一的办法就是坚持，只有坚持才会有成果！你再坚持半年，待明年 2 月份考完专业课，就可以轻松一下。你说要爸爸陪你逛逛街，这个没有问题，只要你定下时间，爸爸随时可以陪你去。最近几天，爸爸的硕士导师 W 爷爷夫妇在 S 市，需要陪他们。待他的活动安排确定下来后，咱俩再约逛街的时间，爸爸一定陪你好好放松放松，以利于下个阶段更为艰苦的学习生活。你下学期就要上高三了，学习压力会更大，需要利用这个暑期把身体和精神调整到最佳状态。你千万要放松，只要有爸爸妈妈在，天大的困难都会克服，你不要有任何的顾虑和担心。

"音乐大使"的使命很光荣

（2018 年 7 月 15 日）

本周，爸爸一直陪着硕士导师 W 爷爷夫妇。星期二晚上，爸爸的一位师兄 M 伯伯请客。席间，M 伯伯谈他的创业史，用吹一口气的方法可以测出红细胞的寿命，一般是 80 天—120 天；如果少于 60 天，说明人的身体有问题了；如果少于 10 天，人几天后就死了。他的方法的测量精度可达 10 天之内。在此之前，他还开发了一种吹一口气就可以测量螺旋杆菌的方法，其专利被一家公司买走了。

我们回忆过去在学校里的情况，也讲到了爸爸导师的导师 X 先生晚年在 N 大学的凄凉境况，有两年时间躺在病床上，只能吃流食。X 先生当过一年我们学校的校长，但 N 大学说他那时还不是副部级，因此不能享受副部级医疗待遇。在中国，任何事情都要与行政级别挂钩，这就是为什么许多人削尖脑袋当官的原因。M 伯伯说，他在 28 岁时就是 S 大学一个研究所的所长了，后来辞职不干了，自己开公司创业。爸爸在家里还保存着 M 伯伯当年送给爸爸的硕士学位论文，有一次似乎给你看过，但你当时并没有太大的兴趣，肯定也没有什么印象。

席间，爸爸问了 W 老师和师母一个问题：你们是不是一辈子没有吵过架？俩人异口同声地说，怎么没吵过，也吵过。W 老师说，每个人的生活经历和习惯不同，有些时候无法达到和谐，就出现争吵，这与有没有胸怀没有关系（这是爸爸问的），遇事只想说服对方，结果谁也说服不了谁。师母说，年轻时有过冷战，但我该做饭还做饭，他该买菜还买菜。W 老师又说，生活中不可能不吵架，只是控制在一定的范围内。通过他们的介绍，爸爸现在明白了，一些夫妻所谓的"一辈子没有红过脸"的说法，可能只是一种传说而已。你将来结婚成家后，如果碰到矛盾，想一想 W 爷爷夫妇的话，也许会生出解决矛盾的智慧，而不至于把小事情激化为大问题。

星期四中午，爸爸有点空余时间，陪你出去逛逛街。吃饭聊天时，你讲了你的理想，将来要成为一个作曲家，将中国文化通过音乐的形式向世界推广。比如，像《桃花扇》和《牡丹亭》这样的中国戏剧，将来以此为题材写成音乐剧，向国外介绍。爸爸肯定你的理想，鼓励你向着自己设定的目标迈进。你自己也深知，要实现这个理想，需要长时间的积淀，而不能像一些明星那样浮躁。你能够有这样的认识，爸爸真是感到高兴，对你的未来更有信心了。爸爸希望你将来真的成为一位向世界传播中国文化的"音乐大使"，这个使命是很光荣的。

吃完饭后，我们去超市，你买了几样护肤霜和香水，爸爸买单，就算作爸爸送你的礼物了。你也很大方地对爸爸讲了你们班一个男生（就是上次音乐会时，T姐姐对爸爸说的那个男生）追求你，但你没有答应，结果那个男生很郁闷。爸爸给你的建议是，既要守住自己的底线，也要照顾男生的自尊心。你可以这样对他说："即使你长得帅，并且我也喜欢你，我们现在也不是谈论这种事情的时候。我们现在应该相互鼓励，争取考上各自理想的大学，然后再谈论此事。"

爸爸回顾了2007年国庆节时，妈妈去外地旅游，爸爸每天带着你去上钢琴课。你上课的时候，爸爸在旁边的小屋里整理博士论文的数据。每天晚上，给你洗完澡后，你一个人睡觉，爸爸继续整理博士论文。第二天早上，你把爸爸叫醒，爸爸做早餐。我们吃完饭，然后出去转转。中午有时候在外面吃饭，回家睡午觉，下午继续去上钢琴课。这样的日子整整过了一个星期。你对这件事情似乎还有一点记忆。妈妈回来后，你给爸爸打分。你还记得给爸爸打99分，扣掉的1分是因为爸爸咬你的小屁股。现在回忆这件事情，真是有说不出的幸福感。你现在也一天天长大了，思想上逐渐成熟了，爸爸反而有一种莫名的惆怅，想起多年前你对爸爸妈妈说过的一句话："你们不要盼着我长大，否则，你们也老了。"爸爸又想起唐代诗人元稹的一句诗："昔日戏言身后事，如今都到眼前来。"当初你是在开玩笑，如今则是实实在在地成为现实了。

晚上学校有家长会，你陪妈妈去参加，爸爸就不去了。你说，最近一段时间与妈妈闹点小别扭，爸爸还是劝你多理解妈妈的不易，多体谅她的难处。当然，有时候闹点小别扭，也不是什么了不起的事情，重要的是不要真的生气。

爸爸回到办公室，才发现把墨镜丢在中午吃饭的小饭馆了。旧的不去，新的不来，丢了也就丢了，今后碰到合适的再买一个吧。

心理承受能力也需要锻炼

（2018 年 7 月 22 日）

星期一下午，妈妈发微信问爸爸，是否继续在单位给你购买了商业医疗保险。你和妈妈的医疗保险，爸爸每年都买。妈妈说，想给你买一份那种长期的保险。妈妈说，前天与你的作曲老师的妈妈交流，得知这个年轻的老师前年一场大病把家里的积蓄都花光了，本来是想出国深造，只能往后推迟了。妈妈觉得你上高三后压力会更大，情绪也会不稳定，因此有必要采取一些预防性的措施。爸爸理解妈妈的担心，但这也不是根本的办法，最重要的还是你自己要学会释放压力，缓解紧张的情绪。这是一种心理承受能力的锻炼，是需要时间的，就比如想把身体上的某一块肌肉练得更强壮一些，就要每天花时间进行有针对性的练习。

星期四下午，你给爸爸发微信，要爸爸给你转点钱，你的地铁卡没钱了，需要充值。两个小时后，爸爸才看到你的微信，马上给你转过去了。你说，靠着地铁卡仅剩余的五块钱进了站，紧张得瑟瑟发抖。爸爸开玩笑说："一分钱愁死英雄汉，五块钱抖动地铁站！"

上周六开始，你就进入暑期集训了，上午是乐理及和声课，下午是视唱练耳，晚上是钢琴，简直是在暴学。爸爸认为，这种备考的状态也是需要的，但绝不能太有压力。以轻松的心态去上课，效果才会更好。爸爸无法给你直接的帮助，只能是通过这种与你聊天的方式帮你放松紧张的神经了。

职业一旦选定就不要后悔

（2018 年 7 月 29 日）

星期三晚上，我们几个校友聚会，Y 姐姐的爸爸妈妈 H 伯伯和 K 阿姨也参加了。你还记得吧，Y 姐姐前年本来考上了北京大学国际政治系，但她后来改了主意，转而上了 H 大学，专业是牙医。爸爸问 K 阿姨，Y 同学现在感觉如何。K 阿姨说，她有苦说不出，学牙医太枯燥，可能有点后悔当初没有选择北大。H 伯伯则说，没什么可后悔的，我们每个人的职业也都不是那么的喜欢，还不照样要干吗？每个人最终要自己选择职业，因此也没有什么可后悔的。前年 8 月，爸爸有一次借出差的机会还专门去 H 大学考察了一下，感觉不如北京大学。H 大学建在一座小山上，上下楼梯很多，感觉是一个小小的地方，不论从规模还是从知名度或者影响力来说，都与北京大学不可同日而语。人们之所以推崇 H 大学，不是因为它本身有多么了不起，而是猎险猎奇的心理和对内地一些高校失望的表现。爸爸还是对 Y 姐姐放弃北京大学而来这里求学有点可惜。不过，每个人都有自己特定的生活轨迹，强行脱离原来的轨迹，也会面临许多不适，还是顺其自然为好。你的情况与 Y 姐姐不同，因为你现在就已经确立了将来要走音乐专业的道路，因此也不存在犹豫不定的情况。既然方向确定了，那就义无反顾地往前走，爸爸妈妈支持你！

下个周末，爸爸的几个高中同学约好在 S 市聚会。爸爸先从 S 市回老家，然后再去 J 市。在飞机上，爸爸的座位旁边坐着两个小女孩，她们可能是参加一个旅游团，穿着统一的队服。路上，两个孩子打闹，爸爸小声提醒她们安静坐好，飞机上有安全要求。孩子就是孩子，一会儿，她们就又不安静了。爸爸想起你两岁的那一年，爸爸和姥姥带着你从 B 市坐飞机回 S 市，半路上，你有点哭闹，原来是要便便，结果还没等爸爸抱你到卫生间，你就便到地板上了。好在便便比较硬，爸爸眼疾手快，赶紧用一张餐巾纸捏起来，当时没有人看到，姥姥坐在旁边也没有看到，爸爸赶紧抱着你到卫生间了。现在想起来，那真是一件有趣的事情。你今后碰到小孩子发生这种事情，不必大惊小怪，因为你也是从小孩子过来的，也有过类似的"囧事"。

二叔一家来 H 市机场接机，他上二楼接爸爸，但工作人员不让我们出去，我们又下楼，二婶开车重新返回停车场。路上看标志牌看错了，只好从市区绕道，大概多走了 1 个小时。路上，堂弟做造句游戏，"假如"、"但是"、"那么"等词用得非常恰当。爸爸每周都给他选择一首诗让他背诵，如果他像现在这样坚持背下去，上学后每天坚持读书，今后的学问会增长得很快，也会成长得很好。二叔文化程度不高，工作也忙，在培养堂弟方面力不从心，爸爸作为大伯，就部分地承担起这个责任了。

补习班就是为了弥补短板

（2018 年 8 月 5 日）

爸爸在老家休假一个星期，与家族中的一些亲戚聚了好几次，大家都特别愉快。一些亲戚也很关心你，问你的学习情况，什么时候考大学，等等。亲情最珍贵，它是以血缘为基础的，很少有功利的色彩。有一天晚上，一位堂叔在县城郊区订了一个饭馆，举行家族聚会，气氛特别热烈。一位堂伯说，今后家族有事，大家共同商量。家族的团结，才是力量。我们都要呵护家族、珍视亲情。

星期五下午，爸爸和几个高中同学一起去 J 市，参加部分高中同学聚会。在 J 市的同学中，有一位女同学是与爸爸和 Z 叔叔在同一个村子里长大的，爸爸以前对你讲过她的事情。我们在考高中时，她考上了 J 市一中，爸爸只考上了县一中，她就有点看不起爸爸。两年之后，由于学制的关系，爸爸考上大学了，而她还要再上一年高中，有一次主动来家里向爸爸请教一道物理题。二叔后来对别人说："某某向我哥请教物理习题，我哥三下五除二就给她解出来了。"其实，二叔并不明白她的用意，她并不是真的不会做那道题，而是以那种方式主动来与爸爸和解的。现在想起这件事情来，觉得当初的小孩子气也真是有趣。有道是江山易改，秉性难移。她的性格还是那样，那张嘴还是那么利，说起话来就像打机关枪一样。爸爸询问了她父母的情况，她给爸爸看了他们的照片，看上去都还不错。爸爸请她代向二老问好。

聚会结束后回到酒店，洗澡后躺在床上，回忆起小时候的经历，真是百感交集，于是填了一首《清平乐·戊戌 J 市同学聚会》词：

当年发小，共忆青春好。

拔麦锄禾兼打草，岁月如梭人老。

重逢未改乡音，举杯洗尽风尘。

待到中秋明月，江南塞北同轮。

你和妈妈已经到 B 市，参加为期一个月的音乐课程补习。出门在外，你们一定要注意安全，你要尽可能放松精神。如果在上课时感觉许多知识点不明白，千万不要紧张，更不要气馁，因为这都是正常的。正是因为存在许多短板，你才需要专门补习。你只要按照老师的要求和指点，一步一步地去做，就一定会取得比较理想的效果。

一分耕耘，一分收获

（2018 年 8 月 12 日）

爸爸已经从老家回到 S 市，与同学的聚会总是那么短暂，转眼之间，大家又是天各一方。这就是生活的逻辑和轨迹。

你在 B 市上课已经快一个星期了，爸爸最放心不下的就是你和妈妈的一日三餐。你告诉爸爸，酒店旁边有家 S 省菜馆，便宜，好吃。爸爸提醒你们，也不能总在一个菜馆吃，要经常换一换口味。你说有时候订外卖，但外卖的卫生状况可能不太好，你们也不可多吃。无论如何，你们要注意身体健康，在吃的方面不要省，随时换换口味。

你说补习班上课的难度并不大，这就好，这样你就有自信了。这几天妈妈回老家去看望姥姥和姥爷去了，你一个人要特别注意安全，上完课后就赶紧回酒店，不要一个人在外面久待。妈妈说，这次补习结束后就回学校继续上课，11 月再来 B 市集中备考，估计得 4 个月，到时在学校附近租房。爸爸知道，你和妈妈都很辛苦，但为了你的理想，目前也只能这样。中国人常说，"台上一分钟，台下十年功"，"要想人前显贵，必须人后受罪"。这些格言都说明一个朴素的道理，就是一分耕耘、一分收获。爸爸鼓励你克服困难，度过这半年艰难的时光。只要按照老师的要求去做，你就一定能够顺利通过专业考试。爸爸相信你能够做到，你自己更要树立起强大的自信心！加油！！！

自尊心并不是妄自尊大

（2018 年 8 月 19 日）

爸爸的一位初中同学，就爸爸的一本书发表了评论，并且发到微信群中。她在评论中讲了许多溢美之辞，如果"仅仅因为作者是同学读这本书意义不大，可能你会半途而废。但是你若要增长知识、开发智能、开阔眼界、丰富思想，我觉得这本书的价值一点也不逊于其他'大家'的著作"。她认为，爸爸的书"谈的政治是有思想有理想的政治，涉及权力但不谋权术，有抱负但不狂妄，心存敬畏、心怀感恩，自尊心强大是觉悟高大而不是妄自尊大"，这倒是符合爸爸写书的初心的。她还说："没看这本书之前，我差点把作者当作'老夫子、老学究甚至老政客'，以为是一些陈词滥调，才看了不到四分之一，就被吸引了……作者既不是古人也不是夷人，是这个时代的中国人，有时代赋予的使命感，也有深厚的民族自豪感。不是故步自封的井底之蛙，不是崇洋迷外的势利之徒"。这也符合事实，道出了爸爸的内心世界。当然，她有些话说得过分了，容易引起别人的反感。比如，"我敢肯定同学们20年后也没人能写出这样的书，20年之内不过时，20年之后仍有价值"。要说20年后没有人能写出这样的书，这个话说得太大了，爸爸是不赞同她这样说的。不论如何，作为同学，能认真读爸爸的书，并且毫无功利地帮着做"广告"，爸爸还是感谢她的。英国历史学家彼得·弗兰科潘在其《丝绸之路：一部全新的世界史》一书的中文版序言中说："作为作者，不停地写书是一种乐趣，知道自己写的书有人读更是一种独特的乐趣。"从这一点来说，爸爸感谢这位同学读完了爸爸的书，让爸爸感受到一种独特的乐趣。爸爸的书，都在书架上放着，你现在不必去翻，待将来你考上了大学，有了闲余的时间，倒是可以随手翻翻的，毕竟是爸爸写的书，你不看僧面看佛面，为了照顾爸爸的"面子"，也应该看一看。呵呵！

你最近每天上课，感觉很累。爸爸很理解，但爸爸也要继续鼓励你：坚持住，就好了！为了让你高兴和放松，给你发了一个红包，以示鼓励吧！

"每逢佳节倍思亲"

（2018年8月26日）

昨天是农历七月十五，又称为中元节。爸爸又思念起爷爷，心里感觉很凄凉，于是写了一首《七律·中元节思父感怀》诗：

中元时节忆先君，天道人伦俱感恩。

真佛真儒非异类，良医良相是同门。

凡来华夏皆归汉，自有朝廷便姓殷。

光武推心能置腹，身居堂庙为安民。

　　第四句取自中国人的一句古语"大丈夫不为良相，便为良医"，意思是说，如果当上宰相，就好好为老百姓提供政策上的服务；否则，就当一名医生，为老百姓解除身体上的痛苦。爷爷的职业是小学老师，但由于奶奶一直有病，他便自学成医，为乡亲们治病从来不收费用。爸爸上小学时，爷爷每天给爸爸在烟盒纸上抄写四句话，描写一味中药材的功效，就像一首诗。爷爷那时就希望爸爸将来能够成为一名医生。第五句表达了中华文化具有强大的同化能力；第六句的意思，中国第一个朝代夏朝的皇帝姓殷，表达了对于我们这个姓氏的自豪感，暗喻着爸爸很为自己能够继承爷爷的血脉而感到自豪。

　　唐代诗人王维在《九月九日忆山东兄弟》诗中有"独在异乡为异客，每逢佳节倍思亲"的句子，确实道出了人们的一般情感。九月九日是重阳节，马上就要到了，在这个时候读王维的诗更能引起强烈的思乡之情。自爷爷去世之后，每当过节，爸爸就特别思念爷爷。爸爸希望你能够健康成长，快乐学习，让爸爸妈妈放心，从而也会减轻爸爸因思念爷爷所带来的愁绪。

　　下周再给你写信时，你就是高三年级的学生了，意味着离高考只剩下一年不到的时间了。爸爸希望你以更加轻松自信的心态，进入新的学期，更要进入新的境界！

高三年级

一年好景秋常忆，两代征程路正连

能力是实现志向的基础

（2018 年 9 月 2 日）

前几天，T 姐姐给爸爸发微信，说姑姑原来工作过的小学正在招聘已经退休的老师，姑姑现在家里没有事情做，很无聊，挺想去应聘，但又放心不下奶奶，因此征求爸爸和 T 姐姐的意见。爸爸告诉 T 姐姐，你妈妈想去就去吧，有个事情做，对她的身心都好。至于奶奶，她一个人在家，反倒安分了。有人在时，她才发脾气。T 姐姐也是这个意思。爸爸很理解姑姑的苦闷，整天待在家里，无所事事，日子确实很难过。这也说明，人还是要有事情做，很多清福不是所有人都可以享受得了的。爸爸将来即使退休了，也要继续找事情做，现在能够想到的事情，就是写小说，或者创办一个咨询培训公司，将自己的一些经验或感悟向其他人传授，这也是对社会的一种智力贡献吧。你现在还想不了那么远，而是集中精力准备高考。只有迈出这第一步，你才能走好自己的人生道路。现在相当于穿衣服时系第一个纽扣，千万不能系错了，否则，一排纽扣都需要重新系。

T 姐姐还说，姑姑听她回家描述，爸爸的床垫太硬了，长时间睡硬垫子，对腰不好。姑姑让她了解清楚床的尺寸，她给爸爸做一个软一点的垫子。其实，爸爸的腰没有毛病，主要是每天坐的时间太久导致腰肌有点劳损。从这件事情上看出，姑姑与爸爸之间的姐弟情深，这是世界上最珍贵的感情，什么金银财宝都换不来。可惜，你是独生子，没有亲生的兄弟姐妹，将来在情感上会比较孤独。不过，你将来有 T 姐姐和堂弟，你们要珍惜这种血缘关系，要像亲生兄弟姐妹那样相处。

这学期开始，你已经是高三的学生了。不过，你的情况与其他同学有所不同，因为你走的道路是艺考，某种程度上可能更为艰辛。你最近在学校里只有上午上课，下午就是练琴、练声乐和视唱练耳。好在老师不要求你写作业，只要上课能听懂老师讲授的内容就可以了。尽管如此，你还是要尽可能跟上同班同学的节奏，在文化课上不要相差太远。因为你要走艺考这条路，所以必须比别的同学付出更多的努力。王安石的《游褒禅山记》中有一段非常精辟的话："夫夷以近，则游者众；险以远，则至者少。而世之奇伟、瑰怪、非常之观，常在于险远，而人之所罕至焉，故非有志者不能至也。"这段话，你在你们的语文课本中读过，相信你现在有了更深刻的感受。王安石还说："有志矣，不随以止也，然力不足者，亦不能至。"你现在的努力，正是在提高你将来可以至远的能力。只要挺过这学期就好了，爸爸相信你的实力！加油！

爸爸的同事C伯伯在微信上发了一张他女儿在机场的照片，引用了台湾作家龙应台的《目送》中的一段话："我慢慢地、慢慢地了解到，所谓父女母子一场，只不过意味着，你和他的缘分就是今生今世不断地在目送他的背影渐行渐远。你站立在小路的这一端，看着他逐渐消失在小路转弯的地方，而且，他用背影默默告诉你：不必追。"C伯伯写道："想起龙应台《目送》中的这种感慨，倏地感觉她的笔尖直抵心窝。女儿又一次出远门，负笈求学。"爸爸看了这些话，很伤感，与C伯伯产生了强烈的共鸣。你虽然还没有离开家去外地上大学，但爸爸知道，早晚也会有这么一天。爸爸触景生情，为C伯伯写了一首《七律·朋友女儿机场背影照感怀有赠》诗：

> 背影拉箱挥手间，此时此刻最难言。
> 一年好景秋常忆，两代征程路正连。
> 望眼欲穿云缭绕，翻书嫌厚夜阑珊。
> 雏鹰万仞扶摇上，莫少阿爹打酒钱。

爸爸的诗是写给C伯伯和他女儿的，更是写给爸爸自己和你的，特别是"一年好景秋常忆，两代征程路正连"这两句，完全是从爸爸的心里流出来的诗句。今天是C伯伯的女儿远行，明天就该轮到你的远行了。爸爸虽然"望眼欲穿云缭绕，翻书嫌厚夜阑珊"，但不管你何时走、走多远、去哪里，爸爸都会目送你的背影。当你回头时，爸爸会对你露出微笑，让你感受爸爸的温馨背后是一股强大的力量！爸爸相信能够做到这一点，更相信你能够体会到这一点！今后哪怕你"雏鹰万仞扶摇上"，也千万"莫少阿爹打酒钱"！

白鹤即将展翅排云

（2018年9月9日）

你在学校里每天的日常生活，就是上午上课，下午上音乐补习班，无课时就练琴。表面上是有一些枯燥，但是这种日复一日的练习，是提高能力的必由之路。中国有句俗语："不怕慢，就怕站。"意思是说，只要不停下来，而是一直向前走，总会到达目的地。

按照规定，你必须首先通过 G 省的资格考试。这个考试对于你来说虽然不难，但也不能掉以轻心，还是要认真准备。唐代诗人杜荀鹤写过一首《泾溪》诗："泾溪石险人兢慎，终岁不闻倾覆人。却是平流无石处，时时闻说有沉沦。"有许多经过大风大浪的人，却在小河沟里翻了船，这样的例子比比皆是。任何事情除了定数，还有变数，你现在的准备工作，就是要把发生变数的可能性降到最低。除了专业上的准备，还要调整自己的身心状态。人的健康，从来不单指生理这一个指标，更重要的是心理这个指标。调节的方法，无非是两个：一是坚持每天锻炼身体，增强自己的体能和体质；二是学会放松，做到"文武之道，一张一弛"。第一个方法只要通过严格执行计划就可以办到。第二个方法则是具有较大的不确定性，更多地需要你自己的感悟，爸爸妈妈只是在精神上鼓励你、支持你。

爸爸感到欣慰的是，你正在努力放松自己，方法就是在课余时间自己制作音乐节目。前几天，你给爸爸发来自己创作的三段音乐:《布鲁克林之夜》《舞池魅影》《Dark Angels》。你说，旋律、编曲、配器全是你用电脑自己做的。爸爸不懂音乐，感觉如果曲子有一点高潮起伏，那就更棒了！当然，你在这个阶段的创作，只要自己乐在其中就好了。爸爸是从理解诗的角度来理解你的音乐的。好的诗是凝固的音乐，而好的音乐应该是流动的诗。诗讲究起承转合，大概音乐也是如此吧，总要有起伏变化，犹如诗的平仄对仗，不能一个节奏到底。天下的事物，遵循的道理应该是一样的。

现在正值秋天，从前面的杜荀鹤的鹤字，突然想起唐代诗人刘禹锡的"晴空一鹤排云上，便引诗情到碧霄"的诗句。在爸爸的心目中，你就是那只即将展翅高飞的白鹤穿过白云，直达你的理想天际。爸爸最近写了首《五律·秋兴》：

秋雨邀长夜，秋风伴海生。
秋云人不遣，秋露草微明。
秋季随冬幻，秋丁因孔荣。
秋蝉非自误，秋影也伶仃。

秋花容易谢，秋忆最深沉。

秋气催南雁，秋声唤远人。

秋枝蝉肯栖，秋叶茧犹存。

秋色随风去，秋香正好闻。

每句都从秋字开始，这并不完全是技巧的炫耀，而是对秋的切实感悟。没有生活积淀而成的思想性，任何技巧都没有用。你体会一下爸爸这首诗的意境，也许对你的音乐创作有所启发或借鉴。早点睡吧，不要熬夜。

父子、兄弟也有师生情分

（2018 年 9 月 16 日）

星期一是教师节，爸爸一大早就给自己的老师们发问候微信和短信。中国有一句古话："一日为师，终身为父。"天地君亲师，这个"师"的分量是很重的，而且有各种各样的师。苏轼的弟弟苏辙在给他哥哥写的墓志铭中，回顾了他们兄弟俩从小在一起长大、学习、参加科举考试等经历，认为哥哥对于他而言是"抚我则兄，诲我则师"。可见，即使亲生兄弟之间，也会有某种师生的情分。爷爷对于爸爸而言，也是亦父亦师的地位。你小时候，监督爸爸在家是否继续学习和工作，也是爸爸的"老师"。爸爸上小学时，由于学校教室缺乏，往往是高年级与低年级合班上课。爸爸与姑姑就曾经在一个教室里合班上课，爷爷教我们数学课。想起这些往事，又引起爸爸对爷爷的思念！不说了，就此打住。你假如还有小学和初中老师的联系方式，也给老师们发个问候短信，感谢老师们对你的教育之恩。发个短信很容易，也占不了多少时间，对你而言就是举手之劳，但对于收到你的问候的老师来说，则会得到极大的精神安慰，使他们认识到自己工作的光荣和重大。你给老师一点"阳光"，老师也会"灿烂"。

根据天气预报，星期六会来台风，之前会下雨。正如爸爸前不久对你说过的那样，任何事物总有变数。没有想到，昨天的天气很好，并没有雨和台风。爸爸今天早上收到你的微信："风和日丽。"这样的话，你就要继续上音乐补习课了。上次你发给爸爸的音乐小品，假如修改后，请发爸爸欣赏。爸爸祝你好心情。

所有的成功都是苦难的积累

（2018 年 9 月 23 日）

任何事物除了变数，更是有其定数。上周说的台风，本周还是如期而至了，只是推迟了两天，你们学校也停课一天。对于你个人来说，无所谓停课不停课，反正每天都是在紧张的学习中度过的。昨天，你要去补习班上课，那里没有地铁，你说要打车去，让爸爸转你点钱。爸爸给你转了一个吉利数字的红包，祝你好运。

爸爸在网上看到一句话：所有的成功，都是苦难的积累！这句话是千真万确的。所谓"人前显贵、人后受罪"、"台上一分钟、台下十年功"等等警句名言，不可胜数，但都集中到一点，就是要付出十倍的努力，才会取得一分的成就。爸爸说这些，虽然都是一些老生常谈的"说教"，但也是对事实的描述，更是对你的鼓励！你今天又是一天的课程，上午声乐，下午钢琴。现在离你的专业考试越来越近，快到最后的关头了，坚持就是胜利！

人生虽短，但生命可以拉长

（2018 年 9 月 30 日）

爸爸本周在 X 省出差，下飞机时得到一个噩耗，L 爷爷去世了，享年 104 岁，也算是高寿了。自你上初中后，由于学习繁忙，加之你也不太愿意经常与 L 爷爷、L 奶奶交流（这可能就是代沟的缘故），爸爸也没有经常带你去 S 市迎宾馆拜望他们。但是，爸爸每次去看望他们，L 爷爷、L 奶奶总会提起你，对你的学习和成长很关心。他们也经常说起你小时候的一些趣事。有一年春节，我们一家去迎宾馆看望 L 爷爷、L 奶奶，你给 L 爷爷出了一个脑筋急转弯的题："怎么用红笔写出蓝字？" L 爷爷、L 奶奶猜了半天也没有猜出来，L 爷爷还急出一身汗。当你说出答案时（就是用一支红芯笔在纸上写一个"蓝"字），L 爷爷高兴地拍着双手哈哈大笑。那一次，你带给他们的快乐，让他们经常回忆。

任何人总会离开这个世界，爷爷也离开我们好几年了，这是自然规律，谁也不能够违反。重要的是，活着的人要经常缅怀离去的亲人带给我们的恩典，我们自己要时常怀有一颗感恩之心。这是做人的起码道德底线，也就是中国人常说的良心。爸爸回顾多年来 L 爷爷对爸爸的关心和指点，于是写了一首《七律·悼 L 老》诗：

> 燕赵豪杰刘氏魁，天公有幸赐灵龟。
>
> 争光少壮攻核弹，昭雪元勋捧骨灰。
>
> 百岁人生犹恨短，千秋竹简不胜悲。
>
> 痴心未改无遗憾，垂裕后昆惟口碑。

昨天，爸爸去殡仪馆参加 L 爷爷的遗体告别仪式。回到办公室以后，回忆与 L 爷爷交往的 20 个春秋，很多细节历历在目。L 爷爷在百岁时送爸爸一幅"奉献"的题词，101 岁时又送爸爸一幅"自强不息"的题词。爸爸把前一幅字挂在书房的墙上，它之于爸爸的意义，就像鲁迅先生的日本老师藤野先生的照片之于鲁迅先生一样，每当夜深人静想要偷懒的时候，偶尔看见这幅字，眼前就有 L 爷爷的身影，耳边会想起他那缓慢、和蔼的问话："最近写诗了没有？""今年有没有新作品啊？"每当爸爸说"没有"时，自己都觉得惭愧。每当这时，L 爷爷反过来会安慰爸爸："你工作忙嘛，没有太多的空余时间！"其实，很多时候忙不是理由，懒才是实质。现在，L 爷爷已经仙逝，但这幅"奉献"的题词会一直陪伴并警示着爸爸。于是，爸爸写了一首《五律·送 L 老》诗：

> 岁月恋晨霜，秋凉国有殇。
>
> 题词惟奉献，嘱我辨迷茫。
>
> 君子行天健，男儿当自强。
>
> 生活无尽处，长路在前方。

自古以来就有"人生苦短"的感叹，50 年是短，100 年还是短，因此说"百岁人生犹恨短"。L 爷爷享年 104 岁，在一般人的眼里算是长寿了，但也离去了，在历史的长河中也只是一瞬间，也是短。人生的意义，在于活着的时候体验各种社会生活中的喜怒哀乐，在短短的人生中活出趣味来。这就是"生活无尽处，长路在前方"。

妈妈将你创作的《苏州园林甲天下》歌曲发给爸爸，要爸爸找熟人向苏州园林局或旅游局推荐一下。爸爸将其发给一个在苏州工作的同事，他说想办法找人推荐。

这个国庆节，你注定又要在紧张的学习中度过了。爸爸前面就"人生苦短"这个话题发了一些感慨。其实，人可以通过自己的努力将这种"短"拉长。

比如，爸爸的硕士研究生提前一年毕业，就相当于将自己的生命拉长了一年。你现在努力学习，也是在做着拉长人生的准备工作。中国人的俗语"勤能补拙、笨鸟先飞"，说的都是将生命拉长的道理。你慢慢体会吧。

捧杀与棒杀都不可取

（2018 年 10 月 7 日）

国庆节全民放假，但你们高三只放 4 天，然后连续上 8 天课。每个人的青春都会有这样拼搏的阶段。有空闲时，多与妈妈交流，让她感受到女儿的温暖。你现在已经是大人了，这也是你的责任。妈妈很辛苦，每天照顾你的生活，关切你的成长。你千万要珍惜，爸爸相信你已经非常懂事了！

爸爸妈妈最近聊了许多有关你的话题。她认为，如果说生命是一首歌，我们在出生的那一刻，上天已经为我们谱好了曲，那么编曲和演奏就是我们自己了。我们的曲子旋律本来就不动听，在我们拙劣的演奏下更是不能入耳。当然，这只是妈妈对近期一些问题的看法和认识，不能代表全部的事实真相。妈妈说的话，你也只能当作一种参考，也不必与妈妈较真，更多的时候她只是需要你的倾听而已。你也对爸爸表示，妈妈说什么样就什么样，尽量不顶嘴。

爸爸最近与你的沟通，其实也很单纯，就是鼓励你，为你多加油，考上大学后就会是另一种风景。关于你走音乐这条路，坦率地说，更艰难！但现在既然这样了，爸爸也只能支持和鼓励你走下去。作为个体，你总会长大，也总要独立面对社会生活中的种种问题。上次，你问了爸爸这样一个问题："假如我将来与自己的男朋友或丈夫闹别扭，你会打他吗？"爸爸说："爸爸不是这种人，天大的问题也需要你们自己解决。当然，爸爸会帮你分析问题的结症，不会干预你们的事情。"你还说有男同学对你有好感，你拒绝了。爸爸说："你可以这样说，我们之间即使再有好感，也不到谈情说爱的年龄。假如我们有缘分，上大学之后再谈也不迟。当然，少男少女的这种美好情愫，是值得珍惜的。"你似乎也认同爸爸的看法。妈妈则认为，你需要的是安全感，爸爸应该这样回答你："如果你男友欺负了你，爸爸去教训那小子一顿。"这两种处理方式哪种更理性、更恰当，你可以思考比较一下，你自己最清楚你更需要哪一种。

妈妈最近在看占星术，据说从星盘上可以看到一些事情。爸爸虽然不相信这些东西，但也愿意听她说一说她的感悟和认识。妈妈说，你的太阳落白羊座，月亮落狮子座，外在表现是热情、天真、勇敢，内心需要的感受是王者风范，需要所有人的掌声和喝彩。她说爸爸的太阳落金牛座，月亮也是狮子座，外在表现就是踏实肯干，吃苦耐劳，但内心也是需要表演的舞台，需要掌声喝彩。但一旦这种表现过了头，太阳白羊的表现就是好斗，争强好胜，月亮狮子就是傲慢虚荣。如果没有活出生命中的太阳和月亮光彩，就是愤怒。姑且不论这种说法是否正确，我们至少可以知道，世界上还有这样一种类似于中国民间卜筮的理论与实践。爸爸的看法是，你千万不要相信这类东西，但也千万不要当面反驳妈妈。你心中有数就行了。

你想当明星，想要上镜，想要在舞台上表演，都没问题，爸爸不反对，也在用尽全力帮助你。但这种心态如何承受未来生活中的挫折和失败，则是一个很大的课题，需要我们全家共同讨论和分析。你现在努力减肥，而且已经变得很瘦了，但非常恐惧再胖起来。爸爸是你生命中重要的异性，估计也是第一个异性的审美者。生活中，爸爸也是一直在欣赏你、赞美你、鼓励你。同时，爸爸也在努力把握一个度，尽管很难，但爸爸一直在努力地做。爸爸深知，捧杀比棒杀更可怕。许多事情，一方面是父母的教育，另一方面也要你自己去领悟。不管捧杀，还是棒杀，都犯了一个共同的错误，就是家长没有把底线告诉孩子，由此导致了是非观的扭曲。宋太祖赵匡胤当年问宰相赵普，天底下什么最大？赵普说，理最大。赵匡胤的内心是愿意听到赵普说"皇上最大"的，但只听到一个"理"字，他也没有再说什么。在赵普看来，即使贵为皇帝，也大不过一个理字。在这个问题上，赵普没有"捧杀"赵匡胤，赵匡胤也没有"棒杀"赵普，两人可以说相互心照不宣地达成了一种默契。因此，爸爸希望你要听道理、讲道理、守道理，这才是你将来独立面对社会生活中各种矛盾和问题的看家本领。

这个国庆节，爸爸也完成了一件大事，这些年一直在写的《能源资本论》的后记写完了，标志着全书正式完成了。人们常说"十年磨一剑"，爸爸从1998年开始收集资料，迄今为止，可算是"二十年磨一剑"了。全书完成，爸爸可以稍微松一口气。爸爸与合作者T伯伯相约，书成之日，我们各写一首诗。T 伯伯先写了一首，爸爸回顾这些年来的经历，遂次 T 伯伯的诗韵写了一首：

> 远眺群山千万重，幽兰深谷最先逢。
> 无由感慨寒窗苦，有幸追求学问通。
> 一册薄书知己识，几番雷雨晚霞红。
> 闻鸡起舞星光在，旭日携来明庶风。

说是"无由感慨寒窗苦"，其实，正如《诗经》中的一句话："靡不有始，鲜克有终。"任何事情，都有某种缘由，这种缘由就是"初心"，也就是回答为什么要做这件事情。"有幸追求学问通"，则是爸爸半生的切身体验。做学问本身就是一件有意义的事情，至于"通"或"不通"，除了个人的能力和水平之外，也是一种价值观的评判了。"明庶"是黎民百姓的意思，我们做任何事情，都要以百姓心为心，方能体现出价值。

不要为瘦身而不吃晚饭

（2018 年 10 月 14 日）

你最近晚上也要上课，确实很辛苦，但这是必须要经历的过程。你也给自己写了许多励志的小纸条，有些内容虽然有点过分，但作为一种对自己的要求和激励，爸爸以为也未尝不可，只是要尽可能做到劳逸结合，就是要抽时间锻炼身体，不要整天趴在书桌上或钢琴上。妈妈的后勤保障工作做得是不错的，你在这方面没有什么后顾之忧，只要全力搞好自己的身心健康就可以了。

爸爸最近与 T 伯伯一直在进行书籍出版的各项准备工作。从内容上，还需要修改前言和后记；从编辑和宣传的角度看，还需要联系一些专家为书籍进行点评。最重要的是选择出版社，它直接影响将来书的销售和社会影响力。我们也在联系一些杂志和报纸，看看能否在正式出版之前做一些连载。总之，爸爸也有许多事情要做，每天也在忙，只是压力没有你那么大。通过体育锻炼，可以起到释放和缓解压力的作用，这就是爸爸经常提醒你要注重锻炼的原因。一日三餐还是要正常，不要为了瘦身而刻意不吃晚饭。人的能量主要来源于每天摄入的各种食物，不吃饭哪会有能量？消瘦，不一定就代表健康。这是一个简单的道理，你一定不要钻牛角尖。爸爸准备出版的这部著作，讲的就是人类文明进步的能量源泉，食物便是人的生存所需的能量。假如你连能量的来源都没有了，哪里还有什么体力去实现自己的理想呢？听爸爸的话，每顿饭都要吃，但都不吃多，辅之以坚持体育锻炼，你才能拥有健康的身体和旺盛的精力。

生活既是学校，更是熔炉

（2018 年 10 月 21 日）

最近，你由于功课特别紧张，因此没有时间上微信。这也是正确的，看微信、发微信会花费你许多时间。现在每一分钟、每一小时、每一天、每一周对你来说，都是十分宝贵的。不过，爸爸还是要提醒你，有时间多与妈妈交流，让她得到安慰，觉得你真正长大了。可怜天下父母心啊！

妈妈对爸爸讲，开学这两个月来，由于学习压力大，你的情绪有些不稳定，最近睡眠又成了高一开学的样子。看到你这个样子，爸爸妈妈也很心疼。昨天，我们一起在外面吃早茶，谈了许多事情。爸爸讲的一些道理，你似乎也听进去了。爸爸以为，我们每个人都要正确对待他人的评价。所谓"正确"，就是要认识到，别人的评价不一定是事实，我们只是听听而已，就像我们评价别人一样，也可能说的不是事实，至少不是全部的事实。这就如同面对一头大象，我们每个人其实都是很渺小的，摸到的只是象的某个部分，绝不是整头大象。在这种情况下，每个人其实都是犯了错误的，我们绝不能用别人的错误惩罚自己。也就是说，不能为了迎合别人的评价，而刻意改变自己的行为，结果搞得自己很痛苦，这就有点不划算了。正确的做法是，坚持自己应该坚持的，注意自己应该注意的。你现在还是个小孩子，整个的心思都用在准备高考上，爸爸也不相信你会犯多大的错误，无非就是与同学之间的一些小小的不愉快而已。爸爸上次在家长会上听 Z 老师讲，同学间的人际关系紧张是普遍现象，不是仅有你碰到这个问题。爸爸以为，这主要是由于你们大多数同学是独生子，在家里当"小皇帝"和"公主"习惯了，把这种不良的习气带到了学校，大家彼此之间缺乏包容，人际关系自然就紧张了。

生活是一所大学校，能让你们学到新东西；生活更是一座大熔炉，能让你们像凤凰涅槃那样浴火重生。当你们明年都考上了各自理想的大学，你们都会忘记今天发生的一些小摩擦，而且会将其当作花絮或笑料来谈论的。爸爸是过来人，有时候回想起小时候发生的一些事情，就是这种心情。爸爸在网上查出著名作家钱锺书的夫人杨绛的一段话，送给你，以使你从中得到启示："我们曾如此地渴望命运的波澜，到最后才发现，人生最曼妙的风景，竟是内心的淡定与从容。我们曾如此期盼外界的认可，到最后才发现，世界是自己的，与他人毫无关系。"杨绛先生是在100岁发表感言时说出这段话的，表面上与你目前所处的年龄、环境和你正在做的事情扯不上任何关系，当然也不能要求你这个花季少女现在就有与杨先生100岁时就有的感触。爸爸的意思是，前辈的一些感悟和感言，对爸爸、对你都会有所启发，使我们在心思不稳或心情不好时，可以得到一些安慰。

昨天，爸爸还对你讲了小时候向你借书桌时你哭鼻子的往事，你说似乎还有点记忆。那个时候，你才只有4岁，爸爸也在外地工作。咱们家里书房里的书桌归妈妈使用，爸爸想写东西时只能趴在床上。有一次回家，想写点东西，就向你借的小桌子，你有点不情愿，就哭了，眼泪汪汪怪可怜的样子。那次，在妈妈和姥姥的劝说下，你最后还是把你的小书桌借给爸爸了。有一年国庆节，爸爸从外地回来，那几天没有向你借小书桌。你有一天晚上问爸爸："爸爸，你以后回家是不是就不工作了？"爸爸觉得奇怪，问你为何问这个问题？你说："那你为什么不向我借小书桌了呢？"爸爸闻听此言，一下子把你抱起来，亲你的小脸蛋儿。你在爸爸的怀里笑得嘎嘎嘎的，左右躲避爸爸的胡须，以免扎你的小脸蛋儿。后来，爸爸把这一段趣事写进博士论文的后记里面，结果被一位答辩老师作为一种写作致谢的范式而宣传。你在上小学时，爸爸的一个同事曾经当着咱们全家人的面问你："你爸爸在家里干什么？"你回答："他总在读马克思《资本论》。"你把马克思和《资本论》放在一起，是因为封面上就是马克思在前、资本论在后。你当时是童言无忌，同时也说的是事实，对爸爸也起到了激励作用。原因是，在你的心目中，爸爸回家也是一直在学习和工作的，一旦不学习、不工作，就是反常的。你那么小的时候，在某些时候实际上也成为爸爸的"老师"了，至少是监督爸爸在家里不要"偷懒"的"老师"。现在，爸爸对你讲这些往事，一方面是让你放松紧张的情绪，另一方面也是意在说明，爸爸与你在某些问题上是互为老师的。

俗话说：有志之人立长志，无志之人常立志。爸爸相信你是有志之人，你决定要走音乐创作这条道路是你的长志。爸爸给你的建议，将来要努力写出弘扬中华传统文化的优秀音乐剧。我们以 20 年为期，期待着你为人类贡献一部优秀的作品。爸爸以为，中国古代许多神话传说故事，如《女娲补天》《精卫填海》和《夸父逐日》等，都是极好的素材，哪一个都不比《罗密欧与朱丽叶》逊色。你现在也不必开始做些什么，只是把这颗"种子"在你心田播下，它总有一天会开花结果的。爸爸相信你一定能够做到！

人生处处是考场，事事是考题

（2018 年 10 月 28 日）

本周爸爸去内蒙古二连浩特和包头出差，主要是考察铀矿资源项目。星期二上午，爸爸先从 S 市飞到 B 市，在机场与同事会合，还有一位外单位的 L 先生，然后一起乘飞机去二连浩特机场。爸爸虽然从小在内蒙古长大，但由于我们老家是农业区，基本上是汉人，因此很少听到讲蒙古语的。这次在飞机上与机场听到了许多蒙古语，说明这个地方有不少蒙古族。我们这次要考察的项目在苏尼特旗，爸爸问当地接待的人员苏尼特是什么意思。有人说是"晚上到达"的意思，"乌兰"是红色的意思。你以前似乎唱过一首蒙古歌曲，你比爸爸懂得的蒙语还要多。小时候，爸爸在收音机里听过一个蒙语广播节目，每次讲课者说的第一句话是"奴胡芝财白赛奴"，意思是"同志们好"。"赛"是"好"的意思。这可能是爸爸唯一会讲的蒙古语。身为内蒙古人而不懂蒙古语，说来似乎奇怪，但这也是我们国家地域广大、汉族人口众多的一种反映。汉语作为国家的通用语言是官方用语的这一特征，是维系中国作为多民族的中央集权国家的重要因素。秦始皇统一六国后所实行的"书同文、车同轨、统一度量衡"的三大举措，成为后世中国统一的符号。毛泽东有一句诗"百代都行秦政法"，说的是同样的意思。

在二连浩特考察完毕后，我们又于星期四去鄂尔多斯。晚上在街心公园散步，听当地人介绍，地方领导在公园里栽什么树的问题上反复折腾，最后听从现任最高领导的意见，前面几次栽的树都拔掉，价格一次比一次贵。爸爸对此事没有去考证，因此对他们所说的真伪不作评论。假如他们讲的是真的，那么爸爸总是不理解，为什么有些领导要在这方面体现出权威性呢？有人说，这里面有利益。爸爸猜想，无非是让自己的亲朋好友承包栽树工程，从中渔利吧。这就犹如在调动干部的过程中收受贿赂一样。你还小，对于这些事情还没有直接的感受，爸爸之所以对你讲这件事，意在说明，你今后走向社会也会碰到类似的事情，如果你是决策者，就不能频繁地干这种"后任否定前任"的事情。因为它劳民财伤，同时也会有腐败，所以不得民心，而有违民心的事情是干不得的。

星期三晚上，你在微信中告诉爸爸，你和妈妈已经在去 B 市的火车上了，你马上要睡觉了。这次培训一直持续到春节前，时间不算短，但对于你春节后参加 M 大学的音乐专业考试是十分重要的，因此你需要付出比平时更多的努力。你总说你学音乐是"半路出家"，或许也有些道理。但爸爸认为，你从 5 岁开始学钢琴，上初中时又学了吉他，平时在音乐上花的时间并不少，打下了一定的基础，也不能说是"半路出家"。但距离专业水平肯定还有差距，这也是事实。正因为有差距，你才需要继续上大学深造。你既然选定了将来走专业音乐创作的道路，那就要为自己的理想去奋斗。现在预计三、四个月后考上考不上，还为时尚早。爸爸只能对你说，越努力，距自己的目标就越近，考试也就越有把握。

你上小学时，爸爸曾经对你说过一句话："人生处处是考场，事事是考题。"你当时可能听不懂，与爸爸争辩说，只有在学校里才有考场，也只有老师发下的卷子才是考题。你这样说也没有错，那时你是小学生，今天你已经是高中生了，而且正在为高考作准备，重新体会一下爸爸当年说这话的含义，可能会有不同的感悟。爸爸给你举一个这次出差的例子，在飞机上看报纸，受到一篇文章的启发，于是在报纸的边角处写下爸爸的体会，就是对"三角原理"有了更深的认识。你学过几何，应该知道三角形的结构最稳定。事实上，如果你观察生活中的一些事例，你都会从三角形的稳定性角度来分析一些问题。

爸爸还告诉你一件有趣的事情。我们到达二连浩特时，当地一家公司总经理来接我们，路上问"明天是否需要订会议室"。如果是你，会怎么回答？爸爸当时感觉对方可能在订会议室方面有困难，因为我们要考察的项目在野外，附近也许什么建筑物也没有，更不会有什么会议室。爸爸当时稍微多想了一下，就明确对主人表示不需要，有什么条件办什么事。我们明天主要是在现场考察，到时候把地图摊在地面，当场研究问题就是了。那位总经理听了爸爸的表态，似乎有点如释重负的意思。如果爸爸当时不加思考，就说"最好有一个会议室"，那么明天就会给主人增加很多麻烦。我们这次出差的日程安排非常紧凑，内蒙古草原上又是地广人稀，从一个地方到另一个地方，路上本来就要花费许多时间，为了订这个会议室便会浪费更多的时间。这是一件小事，爸爸就是想通过这件事情让你懂得一个道理，凡事都要站在对方的角度想一想，也就是换位思考。能够为别人着想，人际关系就会处理得比较好，自己在事业发展过程中的阻力就会少，助力就会多。"得道多助，失道寡助"这个成语，其实也包含了为别人着想的意思。你今后在与同学的相处中，要多多应用这种换位思考。

"活到老，学到老"

（2018 年 11 月 4 日）

这个星期，爸爸从老家来到 B 市，周末去北京大学为工学院的研究生讲课。星期四晚上，爸爸在住的酒店后面的涮羊肉店吃涮羊肉，有点吃多了，饭后走路 1 小时。在路上，与妈妈进行微信交流。她说老师隔一天为你上 2 个小时的课，你平时就是写作业、练琴。这种生活倒是很有规律，只是你需要克服心理负担过重的问题，因为你总是担心自己考不上。爸爸妈妈总是对你讲，只要你努力过了就行了，至于结果，还是不要太在意。假如明年考不上，大不了再复读一年，或者你就转而定下心来复习文化课，与同学们正常参加高考就是了。爸爸以为，就凭你的基础和你们学校的整体学习氛围，你不会考不上大学的。

星期六晚上，爸爸在北京大学上课。班长说，今天许多同学晚上有事，来不了，有部分外地的同学已经回去了。上课的人虽然不多，爸爸有点失望，但还是对同学们说："作为老师，哪怕只有一个人听课，讲授都是一样的。"

课堂效果还是不错的，有一些互动。结束之后，一位 S 省的同学与爸爸一同坐地铁。路上，爸爸问他，考上北大研究生时有什么感想。他说，考上时还是有一点激动，报到后看到北大的校园，觉得应好好珍惜。爸爸很是认同他的看法，因为爸爸担任北京大学兼职教授也有两年了，每次来北大，都有一种特别的感触，觉得人的一生中能够在北大的校园里度过一段学习时光，是极为幸运的事情。爸爸当年没有考上北京大学，虽然有些遗憾，但这个结果反而成为爸爸在职业生涯中孜孜以求、不断进取的精神动力。现在，爸爸能够登上北大的讲台，也未尝不是一个"失之东隅、收之桑榆"的例子。《新概念英语》第二册中有一句俗语"Never Too Old to Learn"，翻译成汉语就是"活到老、学到老"。即使退一万步说，你明年没有考上你所心仪的大学和专业，你还有其他道路可走，而且还有充裕的时间。不必心急，更不必气馁，每天按部就班地上课、写作业就可以了。

说到《新概念英语》，在你上小学时，爸爸为了激励你学英语而背诵了前三册的所有课文。每个周末，爸爸只要是在家，就陪你上各种补习课。你在上课时，爸爸就拿着事先打印的几篇课文，找一个安静的地方背诵。妈妈当时还嘲讽爸爸像一个准备高考的高中生，说我们家里该用功的人不用功，不该用功的人却每天用功。你还记得这段经历吗？当时妈妈说这话时，你还对着她的背狠狠地斜她一眼，嘴角有点愤愤不平地向上翘。当然，现在情况不同了，爸爸把背过的课文忘得差不多了，而你的英语水平已经达到相当的程度了。这就是古人为什么总是强调学习要趁年少的道理，"童子功"是一生事业的基础，必须夯坚实。从这件事情上可以看出，你的潜力巨大，只要扎扎实实地学好现在的功课，就完全不必为将来的高考发愁。

听妈妈说，你现在对身体的胖瘦很敏感，天天都在减肥的焦虑中。妈妈给你买了几个香蕉，你就嫌香蕉含糖量太高，不肯吃。其实，这也是你的心情焦虑的一种表现。爱美之心，人皆有之，你作为一个女孩子，很在意自己不要发胖，这是可以理解的。另一方面，你知道历史上"环肥燕瘦"的典故。美，不在于胖或瘦，而在于身材的匀称。你的个头在同龄的女孩子中算是高的，因此体重稍微高一些，是正常的。这个事情你自己把握就好了，爸爸妈妈只是提醒你，每天高强度学习的能量都是来源于食物，你还是要正常饮食，只要稍微控制一下食量和品种就可以了。

今天下午，爸爸在北大给另一年级的学生上课。今天听课的比昨天晚上稍多几个，有一位母亲带着9岁的儿子来听课，倒是最认真的一个。课程结束后，她妈妈问爸爸能否合影，爸爸说可以。照完相之后，她又要爸爸在小朋友的本子上写几句话。爸爸想了想，写了"北京大学的未来之子，始于今日的课程"。这位妈妈对儿子讲，伯伯的字写得真好，你要好好学。

下午上课之前，在北京大学校园里转悠时，给你发了一张爸爸拍摄的未名湖照片。你说，每天正常上课。这就好。爸爸下周二去你上课的地方看望你，希望你把上音乐课当作一件快乐的事情，而不要总想考试的结果。

一条马路，隔开两个世界

（2018 年 11 月 11 日）

星期二早饭后，爸爸步行从酒店走到地铁站，坐地铁去 M 大学看望你和妈妈。妈妈星期一就告诉爸爸，你星期二没有课，会一个人去琴房里练习。爸爸到得早，在你平时练琴的琴房门口一边看书一边等你。也许是爸爸看书时没有抬头，你也没有注意，我们相互之间谁也没有看到谁。9 点过了，爸爸还没有看到你，就进去问管理人员。这个人正在弹琴，态度不是太友好，不让爸爸上楼。爸爸介绍自己是你的父亲，表示只是来看一看你练琴的环境就行了。他说不要超过 5 分钟。爸爸上到二楼，听到你唱歌的声音，就循着声音到你的琴房。爸爸本来是兴冲冲地来的，而你却说"我练琴时不希望别人打搅"。爸爸讨了个没趣，也就下楼了。反正管理人员也不希望爸爸久待，他也是怕爸爸打搅你练琴。妈妈在你们的出租房里，爸爸打电话把这个情况告诉她，妈妈说你最近的情绪有点波动，劝爸爸还是要包容。

爸爸没有事情干，于是去琴房对面的 M 大学校园里转转。这里是你心仪的大学，你这一段时间这么艰苦地补课，目的也就是想从马路那一边的琴房跨进这一边的校园。这是你目前的理想吧。尽管只有一条马路之隔，但真要完美地跨过这一步，的确是一件不容易的事情。一旦跨过来了，不仅是一种荣耀，同时也是对爸爸妈妈的宽慰，而这正是你的思想压力所在。想到这里，爸爸也就对你刚才的态度有所理解了。爸爸在一个教学楼里走动，感觉有点头晕，可能是血压有点升高，于是在一个教室里的桌子上趴了一会儿。一位女士进来说要锁门，爸爸就出去在校园里继续转悠，神情有点恍惚，还迷路了。

11 点多钟，妈妈打来电话，说你可能快下课了，要爸爸去接你，然后我们一起去吃午饭。爸爸在琴房门口等了一会儿，你就出来了。你看到爸爸，也许是对你早上的态度有点不好意思，也没有说什么，只是领着爸爸去你和妈妈经常吃饭的一个叫作"呷哺呷哺"的小饭馆吃火锅。吃饭过程中，你的情绪很正常了，有说有笑。其实，这才是你这个年龄的孩子应该有的举动，应该活泼一些，而不必整天为考试而忧心忡忡。爸爸讲了早上坐地铁的体会，在地铁等候列车时，人很多，列车门口十分拥挤。爸爸一想，反正也不急，于是等下一列，结果下一列的人少了很多，说明"退一步海阔天空"的道理。假如你明年考不上，完全可以再复读一年，总可以实现你的音乐梦。你也不一定非要走音乐创作的路，也可以正常参加高考，总是可以考上大学的。因此，你不必给自己施加太大的压力，尽可能放松一些，就像爸爸今天早上坐地铁那样，这一列人太挤，就等下一列，反而不挤了。爸爸记得看过一幅漫画，一伙人在上楼时都在那个传送电梯口上挤，有一个人则步行从台阶走上去，不仅不拥挤，反而快一些。人生也是这样，当别人挤独木桥时，你可以从边上绕过去，或许会发现一条阳关大道，走起来更顺当。

那天，我们在吃饭过程中虽然显得轻松愉快，但爸爸还是担心你的精神太过紧张。第二天晚上，你没有课，爸爸就通过微信与你交流。人来到这个世界上，最能包容自己的就是父母。其他人，哪怕最要好的朋友，也不会无条件地彼此包容。社会上一般人之间的相处，或多或少总会存在着利益交换的因素，不会是纯粹的友情。就拿给你上课的老师来说，主观上是为了挣培训费，客观上教给你技能，而不会反过来。这些都是一些最朴实的道理，爸爸希望你仔细地体会。你每天努力学习，固然很辛苦，但妈妈照顾你的日常起居，可能更辛苦。你的辛苦，是为了实现你自己的理想；妈妈的辛苦，只是帮助你实现理想，她本人并没有什么额外的企图。因此，爸爸再次嘱咐你，妈妈每次做好饭，你应说一声"谢谢妈妈"。久而久之，成为习惯，你就会培养出好心态。

你现在的体型已经很苗条了，不能再刻意瘦身了，晚上一定要正常吃饭。你说自己"喜欢饿着的感觉"，实际上还是一个心理问题。你要知道，健康比苗条重要。你现在是最需要能量的时期，每天多运动就行了。爸爸的这个意见也与妈妈讲了。爸爸前几天给你发的红包，是对你保持乐观情绪的鼓励，而绝不是对你不吃晚饭的奖励！呵呵！

笔耕不易，弹琴也不易

（2018 年 11 月 18 日）

爸爸今天已经回家了。听妈妈说，你最近上课和练琴的情况还是比较正常的，只是晚饭不吃令人担心。爸爸还是鼓励你正常饮食，然后每天抽时间锻炼，把摄入的能量消耗掉。通过这种方式，使你的体能增强，从而可以应付更为紧张的学习节奏。

你的学习有进步，爸爸也有一点小小的进步，就是利用这次出差的机会，把书稿全部修改完毕，共计 412720 字。下一步就是联系出版社的事情了，在此过程中还要继续修改书稿。事实上，根据爸爸以往出版著作的经验，直到出版社拿出校样稿，还在不断地修改。由于这本著作是爸爸迄今为止最为重要的一部学术著作，花费了近 20 年的心血，因此需要找一个比较合适的出版社。这就需要时间，比较不同出版社的出版条件，也不是一件容易的事情。将来你如果有著作出版，爸爸可以为你提供一些经验。

笔耕不易，弹琴也不易。你弹钢琴，每天都要反复地练习，这种不断地练习就相当于对书稿不断地进行修改。俗语说"隔行如隔山"，实际上"隔行不隔理"，天下的道理是一样的。弹好一首曲子需要不断地练习，写好一篇文章、一本书也需要不断地修改、润色，这些就是所谓的"打磨"。你小时候写作文时，爸爸妈妈让你再修改，你有时就不耐烦。后来上初中时好多了，知道打草稿、修改，然后再誊写在作文本上。每当看到老师表扬你的批语，你就很高兴，爸爸妈妈也为你感到自豪。文章都是修改出来的，曲子也是反复练习才能弹出作品的神韵。孔夫子为了弹好《韶》这支曲子，反复地练习，乃至"三月不知肉味"，尽管有夸张的成分，但也表现出孔夫子领会了曲子的神韵之后的快乐之情。爸爸希望你对所弹的曲子更多地是欣赏，而不要完全只是为了对付考试。前者的快乐会多一些，后者的压力会大一些，你还是要舍压力而取快乐。你当初参加钢琴考级时，通过第 8 级之后，爸爸妈妈就不让你再考更高级别了。因为应付那类考试，整天就是翻来覆去弹那几首应考的曲子，反而失去了弹奏和欣赏很多优美曲子的机会，你也就没有什么快乐了。考级是给别人看的，欣赏和快乐则是自己的。当然，爸爸妈妈肯定是会尽一切能力帮助你实现自己的理想的，但爸爸妈妈也经常对你说，如果以损害健康而换取考上大学，那么宁可不上这个大学。你要体会爸爸妈妈的良苦用心。

对你的教育投资最有价值

（2018 年 11 月 25 日）

爸爸回想起你自上幼儿园后，参加了各式各样的补习班，也花了很多的钱。有一次，爸爸的一位同事说你多才多艺，爸爸说，任何一项技能都是用钱堆起来了。爸爸这话不假，但爸爸妈妈为了培养你的综合素质，打心眼里愿意花这个钱。爸爸妈妈一直认为，为你接受良好的教育而投资，是最有价值的投资，而不是存一笔钱给你的将来留下。与其给你留下一笔金钱，不如将其用于对你的教育，这才是最有价值的事情。

爸爸的表弟，你叫表叔，有一位正在上大学的儿子，你应该称呼他表哥。这位表哥喜欢历史，写了不少点评历史人物的文章。前不久，这位表叔将表哥的一篇《浅谈陶谦在真实历史上的形象》的文章发给爸爸，希望爸爸能够指点一下。爸爸写了一段评语："我仔细读了贤侄的文章，史料掌握得比较充分，能言古人所未言，有独到见解。行文流畅，语言简练，属上乘文章。贤侄年龄尚轻，由于时间和阅历的限制，对史料的挖掘有待深入。对人物评价，应放在当时的历史环境中，设身处地为人物着想，既不能脱离史料，又要跳出史料。有些判语可以再斟酌，比如，从陈（寿）、范（晔）的史料中，推出他们对陶（谦）有偏见，证据似欠。再比如，说陶心胸狭隘，也无进一步的说明。最后，说陶能力不及曹（操），也须以事实为依据。另外，前面部分中大段引用史料而缺乏分析，有些层面论述得也不太清晰。史论文章，最好是夹叙夹议，从史料中得出观点。以上只是我的浅见，供贤侄参考。题目中'真实历史'的'真实'两字似乎多余。历史就是历史，后人很难断定是真实还是虚假。"爸爸把这段话发给表叔，他转发给他儿子。

爸爸对你讲这件事情的含义，就是凡是愿意学习钻研的亲戚或朋友的子弟，爸爸都是乐意对他们进行鼓励的，上述的这段评语，有肯定，也有建议，就是一种鼓励。爸爸对别人是如此，对你更是如此。你小时候写的一些作文，爸爸妈妈都为你输入电脑了，将来你有时间的话，再让妈妈调出来看看，也许会别有一番感慨，也许会惊奇自己怎么会写出那样的文章。不过，你现在的主要任务是认真准备高考，不必想这类事情。爸爸今天也只是想让你放松一下紧张的神经，调剂一下生活。你上大学后，如果写有关音乐的文章，就超出了爸爸的能力与知识范围，爸爸只能欣赏而提不出什么意见了。

笔记本与版权都是爸爸的"孩子"

（2018 年 12 月 2 日）

这个星期二下午，爸爸去一位校友的办公室，接受母校档案馆的一位 Y 老师所进行的口述档案采访，爸爸讲了几件难忘而有趣的往事：

——大学入学时，在火车站下车后，有接站的老师和同学，其中一位老师喊"有无某某系的同学"。自己就是这个系的，当时心里感觉很温暖，也很自豪。

——由于眼睛红绿色弱而由放射化学专业转到核物理，第一次力学小测验得 63 分，竟然是全班 4 个及格同学之一，从此有了信心。

——免试推荐上研究生，有时间自学研究生的课程，提前一年毕业，自今无人打破此纪录。

——导师给我复印资料的签字本，但我半年仅复印 3 次，宁愿用笔和纸作摘抄，以不辜负导师的信任。

——宿舍里禁止用电炉做饭，我一个人住一间宿舍，但从来不用电炉，检查的老师表扬我。大学期间，从来没有一次买饭夹塞儿（即插队）。

——老师打分数的往事：曾保生先生（量子力学满分）、朱介鼎先生（数学物理方程 99 分）；段一士和赵书诚先生（量子场论，有一题做错，专门查看我的笔记本）。

——研究生毕业等待分配的那个暑期，百无聊赖。张振国先生请我到他家吃饭、下围棋，还表示要借给我生活费，对我给予了极大的精神安慰。

Y 老师说爸爸讲得很生动、很真诚。爸爸说自己有 24 个笔记本，她说还是由学校图书馆保存比较安全，爸爸说有点舍不得，但再考虑考虑。

关于爸爸的笔记本，你在家里看到过，只是你没有兴趣。爸爸曾经让同事帮助复制了一套，将来或许还是应该把原件捐赠给母校档案馆，才可以永久保留。如果将来留给你，恐怕也无法长久地保存下去。

最近，爸爸在联系出版社，有的出版社提出爸爸把版权出让。爸爸真是不愿意出让版权，因为书稿就好像是自己的孩子。这如同前面爸爸提到的那 24 个笔记本，明明知道自己家里是无法长久保存的，但因为它们犹如是自己的孩子，真是舍不得交出去。当然，这些东西虽然像是爸爸的"孩子"，但只有你才是爸爸妈妈真正的孩子，爸爸对那些"假孩子"都如此珍惜，对你这个真孩子当然就更加珍惜了。你也更要珍惜自己，方法之一就是晚上也要正常吃饭，以保持足够的能量摄入，才能应付紧张的学习生活。

昨天，爸爸在网上看到两篇学英语的文章，觉得挺好，于是就转发给你和妈妈，并且请妈妈提醒你看一看，或许对你会有帮助。妈妈说，今年学校的考试形式改了，1 月 1 号先考文化课，通过后才能参加 2 月 15—22 日期间的专业考试。爸爸丝毫不怀疑你的实力，抓紧复习一个月，通过学校出题的文化课考试应当有把握。妈妈也感觉你能够顺利通过文化课考试。2 月份考完专业课后，就可以集中精力准备高考了。

人生的功课要交给时间

（2018 年 12 月 9 日）

星期一，是你们高考报名的日子，妈妈发微信问爸爸的单位和职务。虽然只是报名，但爸爸还是很兴奋，因为这就意味着你终于接近于长大成人，对于高考这个重大事件已经触手可及了。爸爸回想起 2002 年年底刚来 S 市时，你还不会走路。我们全家 5 口人（还有爷爷奶奶）从 B 市坐火车来 S 市，路上把你放在手推车里。我们隔壁卧铺的一位爷爷很喜欢你，他感觉我们一家是多么地温馨和幸福。爸爸把一块毯子盖到你的身上，这位爷爷还说，千万别把孩子捂坏了，那可不得了。转眼之间，你已经到了考大学的年龄。光阴似箭，日月如梭，真是不假啊。其间的世事沧桑，人情冷暖，也真是变化莫测啊。

　　听妈妈说，你对自己过度地严苛要求，追求完美，压抑真性情，有时候容易发泄情绪。这是一种内心强烈冲突的表现，实际上是对自己不自信，但又有太高要求。人人都有自己的个性，你也不例外。爸爸觉得，你现在还是个孩子，有些事不真懂。明年假如能顺利地考上大学，有些问题也就自然解决了。世上的许多事情，还是要交给时间。正如妈妈所说，这也是一种人生功课，只是每个人的功课不一样。妈妈还认为，多数人终其一生也不知自己是谁，为何而生。这个问题太大了，你现在还不是思考这种重大人生哲学问题的时候，但有一点需要明白，不论碰到多么不高兴的事情，也不论你感觉有多么大的压力，只是你的整个人生道路上的一小步。你自己悟出来有困难，爸爸妈妈给你点拨一下，你可能会若有所思，有时也会豁然开朗。

　　学校文化课的考试内容，你告诉爸爸说，语数英合卷，语文占40分，数学、英语各占30分，没有作文。爸爸问你有没有做过模拟题，你说学校没有模拟题，连老师都没有，因为这是第一次学校自己命题。爸爸觉得，这个考试对你不是问题不大，而是一点问题也没有，你只要放平心态，不要慌乱，就一定能够顺利通过。你还是要对自己有信心，只有你有自信，妈妈在旁边才会有信心，也才不会为你担心。

焦虑只能带来负面效果

（2018 年 12 月 16 日）

　　星期一中午，妈妈来电话，让爸爸下午去你们学校找学籍处 Y 老师，在高考报名确认单上签名。爸爸坐地铁去了你们学校，找到了 Y 老师，她从一叠子表格中找出你的高考信息表。爸爸问她签谁的名字。Y 老师说代你签字。爸爸反复核对了好几遍内容，用笔指着上面的内容，一个字一个字地默读，核对无误后，又拍了照片给妈妈发过去，请她再核对一遍，千万不要出错。妈妈核对完之后说没有问题，爸爸才签字，并请 Y 老师确认完全符合要求后才离开。在此期间，有许多同学也来找他们的信息表，有一些表可能填得不对，Y 老师对一些同学说："怎么连自己的信息都填错？"爸爸听到有同学说是他们的爸爸妈妈代填的。由此可见，爸爸的小心谨慎还是应该的。假如你的信息表真有什么错误，重新填写还来得及，否则，就会耽误正常的高考，那真会带来灾难性的后果。

中国有句俗语："不怕慢，只怕站。"所谓"慢"，就是要以谨慎的态度把事情做好，而不要马马虎虎地忙中出错；所谓"站"，就是因着急而把事情做错，最后不得不重新来过，结果相当于等在那里，反而更慢了，这就是欲速而不达。你小时候考试时，爸爸多次告诉你，拿到试卷后一定要用笔尖点着试题上的每一个字，一个字一个字地仔细看，直到把试题的意思完全理解后再答题，而绝不能用眼扫一遍就急着开始答题。在这方面，你有时候做得不太好，由于粗心大意而把题做错。爸爸的一个同事说，表面上是粗心，实际上还是不熟练。爸爸以为他说的是对的，考试从来都是"难者不会，会者不难"。从现在开始，每一次考试对你来说都是过关，相当于体育比赛中的淘汰赛，只要一关未过，后面就没有机会了。因此你一定要按照爸爸说的这个办法，宁可慢一点，把试题的含义搞清楚后再动笔答题。爸爸前面说的为你核对高考信息表内容，用的就是这个办法，它看上去比较笨，但效果很好。由此推及到做学问的方法，就是要下笨功夫，不能总想着走捷径，事实上也没有什么捷径。笨鸟先飞，往往最先到达目的地。你看这个"笨"字的写法，竹字头下面一个"本"字。竹子是一种再普通不过的植物了，很容易生长，而且长得也快。但它需要扎下根，也就是要有"本"，而"本"就是根的意思，一木泛指树木，一横指土地。竹子只有在土地中才能扎下根。呵呵，爸爸是在瞎解释，没有去翻字典，可能不太准确，但意思是不会错的。植物有了根本，就会发芽、开花、结果，因此，你千万不要小看这个"笨"字，事业成功、人生幸福的"密码"都蕴含在这个"笨"字里了。

妈妈说，你总是焦虑，担心自己过不了M大学的文化课考试。爸爸给妈妈发了一段微信："告诉她不要总是焦虑。在她成年之前，遇到任何问题，爸爸妈妈都会帮她摆平的。每天要自己给自己注入正能量，充满了自信，便会成为一个自信的人！她在初中毕业那年去美国游学，不是见证了什么叫精英人士吗？所谓精英，就是具有自信的人！不论将来的考试成绩如何，在精神上要强大起来，这才是有出息！人生的道路虽长，但关键处只有几步！"爸爸也给你发了一段微信："你每天要自己给自己注入正能量，给自己一些心理暗示，就是自己肯定行！充满了自信，便会成为一个自信的人！你初中毕业那年去美国游学，不是见证了什么叫精英人士吗？所谓精英，就是具有自信的人！你如果总是焦虑，哪怕只是嘴上说说，也是不好的，它只会给你带来负面的心理暗示。"你虽然没有回复爸爸的微信，但爸爸相信，你会认真考虑爸爸的这段话和妈妈当面对你的开导的。你要这样想，与你一起参加学校文化课考试的那么多学生，大家面对的是一样的试题、一样的环境和一样的压力，既然是考试，那就要分出高低上下来，除了平时积累的基础外，临场的心理承受能力更为重要，而这一关是必须要过的。这正是爸爸以前多次对你讲过的话："人生处处是考场，事事是考题。"心理关必须要过，而过关的"法宝"就是要树立自信，焦虑只会带来负面作用。爸爸再直白一点说，大家都是一样的，比拼的并不是文化课本身，而是比谁的矫情更少一些。矫情这个词儿，在这里的意思就是不要假装谦虚，嘴里总说自己不行不行。只要平时抓紧复习，该干什么就干什么，考试结果该是什么样就是什么样。你当着妈妈的面少说一些不自信或者负面的话，妈妈的心也就安了，反过来会与你形成一种默契的心灵沟通，从而会给你增添勇气和能力。

"自己的事情自己做"

（2018 年 12 月 23 日）

昨天是农历冬至节，民间有俗语"冬至四十天，阳历过大年"。意思是说，冬至节后再过 40 天，就该是春节了。除了中国的传统节日，你们这一代人还时兴过西方的圣诞节。爸爸要对你说，咱们中国人就该过自己的节日，对于那些洋节，千万不能当真。这也是一种关系到是否对中华传统文化有没有自信的问题，关系到国脉的传承，因此绝不是小事。对于中国人来说，最重要的是春节。你听说过欧美哪个国家也过春节吗？没有！他们的圣诞节就如同中国的春节一样。至于某个国家的总统在春节那天对华侨祝贺春节，仅是一种政治上的姿态，以示与中国的友好，或者有什么现实利益的考虑。不过，你正处于迎接高考的关键时期，爸爸也不愿扫你的兴，还是同时向你祝贺这两个紧挨着的节日快乐吧。为了让你高兴，爸爸给你发了两个红包，都是很吉利的数字，让你开心地过节。

爸爸记得，你在上小学时曾经背过陆游的一首诗："古人学问无遗力，少壮工夫老始成。纸上得来终觉浅，绝知此事要躬行。"你当时可能不一定完全理解诗的含义，现在应该明白了。许多事情如果不是自己动手去做，就没有体会。晋惠帝司马衷说"何不食肉糜"，是因为他没有种过地，没有挨过饿，不知道民间的疾苦，属于"站着说话不腰疼"。爸爸上周对你讲过，Y老师抱怨一些同学把高考信息表都填错了，同学说是父母帮助填的。你的表格也是妈妈帮你填的，爸爸帮你代签的字，其实这些事都应该由你自己来做。当然，你现在B市上课，客观上无法自己回来签字，也属情有可原，但爸爸从小对你说的"自己的事情自己做"的原则，还是应该坚持的。假如你的那些同学的表格真是父母帮他们填的，他们自己就浪费了一次"自己的事情自己做"的锻炼机会，因填错而需要重填，反而耽误了他们更多的时间。如果把时间看作是一种资本，那么这种资本投入就没有获得应有的价值。

爸爸最近一直在联系出版社，同时也联系一些专家对书稿做点评。这件事情与你目前正在准备的高考相比而言是一件小事情，但要把它做成、做好，则需要在各个环节上都做好准备，任何一个细节都不能忽略。不管什么事情，做成并做好真是不容易。高考对于你来说，是当前最重要的事情，能够顺利地考入你所心仪的学校和专业，是非常不容易的，因此，你最近加紧复习也是应该的。爸爸妈妈永远是你的后盾，会一直为你加油！

"滴水之恩，当以涌泉相报"

（2018年12月30日）

你还记得在S市迎宾馆住的L爷爷和L奶奶吧？今年9月份，L爷爷去世了，只有L奶奶和一直照顾他们的X阿姨仍在。前几天，爸爸与X阿姨通电话，她说已经回北京了。当时，爸爸在电话里深深地叹了一口气。X阿姨知道爸爸心情不好，安慰爸爸说今后还有见面的机会。回想起十几年来我们一家与他们的交往，真是百感交集。记得在L爷爷95岁那一年，有一次爸爸去看望他们，L爷爷说，刚才有一个客人祝他"长命百岁"，他说"我难道只能活五年了？"爸爸回家后对你说，下次见到L爷爷，一定不要说"长命百岁"，而要说"健康长寿"，不要为 L 爷爷设置一个生命的极限。你当时说记住了。人生苦短，但往事并不如烟，许多事情留在了我们的记忆之中，有些也保存在爸爸的笔下。L 爷爷享年 104 岁，也有离开的那一天。逝者已逝，我们活着的人都要更加珍惜大好时光，爸爸要好好工作，争取多做一些事情；你要好好学习，争取考上你心目中的理想大学。这就是对逝者最好的报答。

昨天，爸爸与 Y 姐姐的爸爸 H 伯伯通电话，谈到为他的导师 W 爷爷助学基金捐款的情况。H 伯伯共捐了 3 次，18000 元；爸爸捐了 2 次，15000 元。W 爷爷的另外两位嫡系弟子捐得都很少，我们都认为他们俩不够意思，也为他们感到不好意思。当然，捐多捐少并不重要，只要表达一种心意就可以了。问题在于，这两位伯伯当初是 W 爷爷比较欣赏的学生，而且 W 爷爷对他们的学业长进和工作分配都是提供了极大便利的。W 爷爷搞的助学基金，也不是 W 爷爷自己享受这个钱，而是帮助更多家庭困难的同学完成学业，这是功德无量的善事。爸爸对你讲这件事情，就是要让你树立一个知恩图报的意识。古人讲："滴水之恩，当以涌泉相报。"爸爸妈妈对你有养育之恩，姥姥姥爷对你有照顾之恩，老师对你有教育之恩，同学对你有帮助和陪伴之恩，你都要记在心间，将来以不同的方式予以报答。现在对你来说，健康成长就是对大家最好的报答。

H 伯伯建议爸爸将来能够写出一部反映我们国家 40 年改革开放波澜壮阔景象的小说。他说，这 40 年的时代变迁，如果没有一部全景式的小说来表现，有点说不过去。他认为，需要花 5—10 年时间进行打磨。爸爸表示可以考虑，构思一下总体的框架。H 伯伯出的这个题目很有意思，爸爸从小也有文学梦，假如真把这件事情做成了，应该很有价值。也许爸爸真正开始写的时候，你已经大学毕业了，或许还可以对爸爸提供一些帮助，那样就太好了。

又是一年过去了，你后天有一节课，因此这个假期的负担还不算太重。你和妈妈在 B 市过新年，一定要多保重，你尽量不要与妈妈顶嘴，她说什么你就听着。她有时唠叨你几句，都是为了你好。爸爸祝你顺利通过文化课考试。要充满自信，依靠实力，拥抱正能量。

祝愿便是最好的新年礼物

（2019 年 1 月 6 日）

星期二，你在 M 大学参加文化课考试，自己感觉考得还可以。其实，你原来的担心本来就没有必要，还是要相信自己的实力。你想一想，根据以往的统计，你们中学的高考录取率是 100%，一本线是 95%，现在参加这样一个艺术类的文化课考试，举一个不太恰当的例子，就是"杀鸡用牛刀"。尽管任何事情都有"万一"，但爸爸心里清楚，在这件事情上没有什么"万一"，除非你因为别的原因而没有参加考试。爸爸知道，你这把小"刀"还是很锋利的，斩获这次考试的成果应当不在话下。

学校的文化课考试结束后，你还要赶回来参加 G 省的专业联考。考试时间还没有确定，你正好利用这个机会强化专业课程。爸爸充分相信你的实力，你自己也要吸取前一段的经验教训，不必忧心忡忡，而是要以轻松自信的心态迎接联考！要说新年礼物，爸爸除了给你发一个红包外，还是祝你顺利考上你心目中的理想大学，从而完成人生中的一次重要淬火。

省联考只是"小试牛刀"

（2019 年 1 月 13 日）

这个星期，你一直在紧张地准备 G 省艺术类联考，主要是自己复习，有时也去找老师上专业课。临考之前，老师也只是指点一下，传授你一些临场发挥的经验。由于每个人的考试时间不一样，科目也不一样，因此只有等待通知。四门课程分两个半天考完，也还算紧凑。

今天早上，妈妈陪你去 G 市参加考试。下午考了乐理和练耳，你感觉还可以，这就好。明天还有两门课程，你今天晚上就好好放松，与妈妈出去散散步，聊聊天，不要想考试的事情。对于你来说，联考只是"小试牛刀"，爸爸相信你明天一定与今天一样顺利！爸爸等你的好消息！

既不要妄自菲薄，更不能妄自尊大

（2019 年 1 月 20 日）

　　星期一，G 省联考结束了，你感觉考得还可以，认为考题一点也不难。爸爸早就说过，你的实力是有的，平时练习的水平已经超过考试的要求了，完全没有必要焦虑。现在看来，一切都在预料和掌控之中。尽管学校的文化课成绩还没有公布，你也不必着急，按部就班地准备下个月的专业考试就可以了。妈妈说，给你补习的老师说，你现在的水平已经超过专业考试的要求，只要正常发挥就可以了。当然，老师无法给你打包票，说你一定能考上，但你自己要有这种自信，嘴里不要轻易说出自己不行的话。正能量的心理暗示对你非常重要，爸爸妈妈虽然不懂音乐，但从小听你弹钢琴、吉他和唱歌，加之许多老师对你的评价，我们心中还是很有数的。

　　前天，我们国家的"两弹元勋"之一的于敏先生，以 93 岁高龄辞世。于敏先生的主要贡献，就是主持研制了我们国家的氢弹。在爸爸这些学核物理的人的心目中，于敏先生是泰山北斗级的人物，我们对他非常敬仰。爸爸认识我们国家许多著名的科学家，比如王淦昌先生，被誉为中国的"原子弹之父"，爸爸与他还比较熟悉，但就是没有见过于敏先生，颇有《史记》中说的"高山仰止，景行行之，虽不能至，然心向往之"的感触。从辈分上说，王先生算是于先生的长辈。爸爸从王先生的道德和学问，可以推知于先生与王先生也是一样的人物，对他的逝世很感哀伤，于是写了一首《七律·悼于敏先生》诗：

　　　　人造金乌已放飞，神州回荡一声雷。

　　　　祖传白纸堪描画，国产专家不靠谁。

　　　　核盾无形弘志气，苍天有泪洗丰碑。

　　　　古来九秩都稀少，立下奇功即永垂。

　　"金乌"指太阳，氢弹相当于人造太阳。毛泽东曾经说过，中国是一穷二白，"一张白纸，没有负担，好写最新最美的文字，好画最新最美的画图"。我们国家的原子能事业就是在"一穷二白"的基础上，在"最新最美"的蓝图激励下搞成功的，因此，诗中说"祖传白纸堪描画"。于敏先生没有去外国留过学，是名副其实的国产专家，被誉为"土专家一号"。

　　爸爸虽然没有见过于敏先生，但发自内心地写诗悼念他，这就是道德的力量、精神的力量、学问的力量。你虽然以后不做"理工女"了，但于敏先生的学问和品格还是值得效仿的，至于他对国家的贡献，不是人人都可以达到的。你将来要用音乐这个手段把中国的传统文化向世界推广，其价值也是十分巨大的。任何时候都要切忌"两妄"：既不要妄自菲薄，更不能妄自尊大。前者是说要有自信，后者是说不能自负。爸爸首先要做到，并且愿意与你共勉！

写日记可以培养韧劲和恒心

（2019 年 1 月 27 日）

你最近都在很安心地准备专业考试，情绪也比较稳定。这就很好，本来也没有什么可担心的。M 大学的文化课考试和 G 省的联考都已经结束了，虽然还不知道成绩，但你自己心中有数，相当于过了两关。剩下的专业课考试和高考，还是按照目前的节奏，一步一步地往前走，既不要浪费时间，更不必耗费精力。这也就是爸爸经常对你讲的平常心。小时候，爸爸本来说过要教你下围棋，但你的兴趣不大，因此也就作罢了。下围棋，最讲究平常心，就是每一步只要按棋理走就可以了，也就是心不能乱，否则，就会一招不慎满盘皆输。在紧张的学习之余，你要坚持参加学校的"阳光体育"，这是"磨刀不误砍柴工"。

爸爸上次对你说的 Y 姐姐的爸爸 H 伯伯的导师 W 爷爷夫妇来了深圳。今天晚上，我们在一个饭馆聚会。以后几天，H 伯伯安排他们到 H 市和 A 市游玩。说起 W 爷爷夫妇，对你也有恩。当年妈妈要生你的时候，就是 W 爷爷的夫人 L 奶奶帮助联系的医院和医生，因为 L 奶奶就是医生，当时在卫生部工作，比较好找熟人。后来有一次，爸爸妈妈带你去 W 爷爷和 L 奶奶家里，他们对你十分喜爱。在你上小学时，有一次 W 爷爷和 L 奶奶来 S 市，爸爸妈妈本来说好带你去看望他们，因为他们也十分想见到你。爸爸查了日记，那是 6 年以前的 2013 年 1 月 12 日，是个星期六，爸爸妈妈原定中午宴请 W 爷爷夫妇，本来你要带一幅字"敬祝 W 爷爷、L 奶奶福如东海、寿比南山"，爸爸一大早就去书店将宣纸买了回来。你写完后，爸爸妈妈认为写得很好，但你自己不满意。既然不满意，你就重写一幅呗，但你却闹情绪，结果搞得爸爸妈妈很郁闷，也很难为情，最后决定妈妈在家里陪你，爸爸一个人去见他们。当时对你很生气，现在回想起来，也是一件有趣的事情，小孩子就是那个任性的样子，或者也是一次成长中的经历吧。

　　说到这件事情，你就知道爸爸为什么鼓励你经常写写日记，哪怕是周记也好。如果不是爸爸写日记，恐怕凭记忆不会将时间、地点、人物、事件都说得清清楚楚。当然，你现在需要集中精力准备高考，客观上也没有时间、没有心情写日记。当你上大学后，爸爸还是建议你写日记，因为好记性不如烂笔头，况且这些都是你个人乃至我们全家的历史，是第一手的资料，非常珍贵。另外，数十年如一日地记下自己的所见、所闻、所想、所思，绝对可以培养一个人的韧劲和恒心。"恒心"这个词出自《孟子》："苟无恒心，放辟邪侈，无不为已。"在这里，恒心是指人所常有的善心，也就是道德标准和行为准则。孟子这句话的意思是，如果人没有长久不变的善心（也就是固定的道德标准），便会放荡无耻，无恶不作。可见，恒心对人的高尚道德的养成是多么重要。假如不是爸爸写日记，你从小到大成长过程中的点点滴滴就无法记录和保存下来，以后只靠你自己和爸爸妈妈的回忆是不可靠的。爸爸每周给你写的这些家长里短，你现在看来觉得琐碎极了，无聊极了，但当你人到中年时，特别是当爸爸妈妈辞世时再看爸爸写的这些东西，你就会有完全不同的感受。实际上，爸爸也是通过这种方式表达对你的一种爱意，希望你能够理解和感受得到。爸爸坚持每周给你写信，也是一种韧劲和恒心。

大学文化课和省联考都通过了

（2019 年 2 月 3 日）

　　星期三，妈妈说你参加 M 大学文化课和 G 省联考都通过了，这真是一个大好消息，你也就可以放下心来，认真准备专业考试了。你最近不好好吃饭，总想着减肥，着实让爸爸妈妈为你担心。女孩子爱美，希望自己拥有傲人的身材，这是可以理解的。但如果过分地节制饮食，有可能患上厌食症，那样对你的身体损害是极大的。爸爸希望你还是要重视这个问题，不能一味地认为瘦就是美，更不能以个别人的不适当评判作为你节食的依据。别人对你的身材的评价，怎么都比不上爸爸妈妈对你的健康的关心。

爸爸最近也经常回忆你小时候的一些事情，有时候也翻看以前的日记。自你上幼儿园开始，爸爸只要周末在家，就会接送你参加各种各样的补习班。平时不在家，也就没有办法了。爸爸已经尽了自己最大的能力，为你提供了必要的经济和其他方面的条件，爸爸也只能做到这样了。爸爸平时对你的问候，你有时候可能觉得很烦。这也不要紧，只要你能开心，爸爸也就心安了。你最近没有上课，自己在家里复习，可以把心静下来。无论如何，你要吃晚饭。爸爸还是那个观点，健康才是美！节前你不愿意爸爸陪你出去逛街，而是觉得给你发红包比较实在。那么好吧，爸爸就给你发红包吧。呵呵！

"千年往事皆成史，一盏台灯可借光"

（2019 年 2 月 10 日）

转眼又过了春节。除了感叹时光快速流逝，现在最重要的事情就是你准备专业考试。妈妈说，给你补课的老师认为，正常情况下你应该没有问题，因为你现在的水平级别已经远远超过专业考试的要求了。只要你能够放松心态，就可以正常地发挥出自己的实力。你不是说收到红包的感觉很好吗？爸爸在大年三十早上给你发了一个大大的红包，祝你好运。

爸爸上高中时的语文老师 N 先生发来一首《赞我书房》诗：

蓝天白云红太阳，窗明几净好书房。

翻阅古今看历史，浏览世界赏风光。

改朝换代走马灯，山青水秀胜天堂。

屋宇虽小空间大，古今中外里面藏。

N 先生是爸爸和爷爷父子两代的老师，当年对爸爸比较关照。爸爸上高一的下半学期，学校要举办各科竞赛，那个时候很时兴这种竞赛。由于人数的限制，因此各班只能通过选拔考试的方式来决定由谁代表班里参加学校的竞赛。爸爸的语文选拔考试成绩不太好，似乎没有达到代表班里参加的资格成绩，心里有些失落，好在数理化都取得了资格，也算不错了。令爸爸没有想到的是，N 先生还是宣布爸爸代表班里参加语文竞赛。爸爸当时也很坦率地对 N 先生讲，选拔成绩不好，有点不好意思。N 先生说，不要紧，正式竞赛时好好发挥就可以了。爸爸当时真是有点受宠若惊，复习就更有劲儿了。竞赛成绩公布后，爸爸语文获得第二名，其他科的名次也不错。平时，N先生经常把爸爸的作文当作范文在全班宣读，而且还让爸爸把一些他认为优秀的作文用专门的稿纸抄写后交给他保存。虽然事情已经过去38年了（那一年是1981年），但当时的情景爸爸仍然历历在目。有一次在B市，我们几个高中同学与N先生聚会，席间爸爸问他，当年让同学们抄录的作文是否还保存着。N先生说不记得放在哪里了，需要回家找一找。假如还保存着，爸爸看到当年自己写的作文，该是一件多么快乐的事情啊！现在收到N先生的诗，心情很愉悦，于是乘兴和作一首《七律·书房咏兼和N先生》诗：

独处蜗居最向阳，无床无被不当房。

千年往事皆成史，一盏台灯可借光。

偶赋新词留异趣，常思故友作同堂。

黄金屋小乾坤大，锦绣文章竹简藏。

爸爸自己觉得中间的四句不错，自然流畅而意味悠长。除了描述书房的本质特征外，主要是表达对老师长辈和同窗学友的感恩和怀念。在人的一生中，除了父母兄弟姐妹外，感情最为真挚的就是自己的老师与同学了。中国人有"一日为师、终身为父"的说法，表达的也是对老师的深厚感情。爸爸把诗发给一位诗友，他说这首诗应好好斟酌，也许会出现传世名句。他认为，最后两句不好。"黄金屋"取材于宋真宗赵恒的《劝学篇》中"书中自有黄金屋"的句子。爸爸回复"再斟酌，慢慢想"。其实，诗词这种东西，仁者见仁、智者见智，爸爸写诗填词是随感而发，只要表达了情感就可以了。当然，有时候对个别字句也会像唐朝诗人贾岛那样做一些推敲，但绝不像他"两句三年得，一吟双泪流"那样苦哈哈地为作诗而作诗。爸爸有时候看你弹钢琴时愁眉苦脸的样子，可能与爸爸想吟诗而脑子里没有句子是一样的感受吧？你现在有考试的压力，爸爸则没有，可能感受也不一样。

再过两个星期，你就要参加专业课校考了。爸爸妈妈信任你，你更要有自信。爸爸经常骄傲地与同事说："我女儿从小在学习上就极主动，从来不用父母操心。"他们都很羡慕。这次考试，爸爸相信你一定会取得成功！

93 岁的太姥爷不肯输液

（2019 年 2 月 17 日）

春节过后，爸爸回老家看望奶奶和姑姑、二叔。在农村，人们一年忙到头，只有春节这几天比较悠闲，亲戚们互相串门、吃饭，很是热闹。由于气候和上学的原因，你还从来没有跟着爸爸回老家过一次春节。待你考上大学后，还是要回老家过一次年，自己体会一下与城里过年的不同。

从 S 市到 H 市的航班经停 W 市，爸爸在 W 市机场买了一些当地特产。到 H 市后，姑夫、T 姐姐和堂弟接机，T 姐姐买了好几个大雪糕，一人一个。大冬天吃雪糕，也是别有风味。爸爸在车上给他们俩发了红包。在姑姑家吃完晚饭，二叔一家就回 B 市了，因为二叔第二天还有事情。姑夫说，二叔本来前两天就要回 B 市，但一直等爸爸回来聚会，这个年才算是过了。

爸爸的姥爷，你应该称呼太姥爷，今年 93 岁了。春节期间可能受凉感冒了，病得很重，爸爸和奶奶、姑姑都去看望。太姥爷不想吃东西，爸爸给他喂了一盒酸奶，精神似乎好了很多。但不吃饭总是不行，爸爸建议还是送到县医院输液，可是老人家自己死活不肯去。大老舅请人算卦，说是不出三天就不行了。爸爸认为，还是要相信科学，不能相信算卦。太姥爷不愿意去医院，想请医生来家里输液，但医生也不愿意来，认为年纪太大了，害怕担责任。爸爸的几位舅舅（你称呼老舅舅）已经在准备后事了。前天晚上，爸爸去大老舅家，他讲了太姥爷的经历。太姥爷的成分是富农，土改和"文化大革命"期间挨整挨斗。那个年代，地（主）富（农）反（革命）坏（分子）右（派）不被当人看，是一种人格的侮辱。1978 年，地主富农摘帽了，太姥爷在村里的社会地位一下就提高了，别人家有什么红白喜事，都会请太姥爷去代理东家主持活动。这就是人情冷暖、世态炎凉。大老舅让爸爸给太姥爷写祭文，爸爸与他开玩笑说，要外甥写祭文，按照古礼需要支付润笔费。大老舅说给1000 元，爸爸马上说回馈一倍（2000 元）。实际上，爸爸心里早就想好了，不论大老舅给多少，爸爸都会回馈一倍，这也是爸爸作为外甥对太姥爷表达心意的方法，并不是什么润笔费。

老家的这些事情，你听听就好了，就当作听爸爸讲故事。将来你有兴趣的时候，爸爸可以详细给你讲爸爸小时候在老家的经历，有些事情还是挺有趣的。你现在就是好好准备学校的专业考试，其他事情都可以放下不管。

考试就是"难者不会，会者不难"

（2019 年 2 月 24 日）

　　二叔办完公司的事情后，从 B 市回到老家，与爸爸相聚。老家睡觉的方式，一家人一个挨一个地睡在一盘炕上。有一天早上，爸爸醒来后看到躺在旁边的二叔的头上多了白发，心里升起一股怜爱之情，同胞手足之情是其他任何情感所无法替代的。其实二叔是一个很聪明的人，就是不爱读书，结果只考了一个中专。他现在自己经营一个小公司，有点举步维艰。大环境是如此，也真是难为二叔了。大家都是为生活而努力奔波，也是没有办法的事情。去年以来，二叔公司的经营略有改善，外债还了一些，还有一些，估计还要奋斗两三年才能完全还清外债。

　　有一天晚上，爸爸在一位表叔家吃饭，碰上了小学老师 W 先生，彼此都有点百感交集的意味。爸爸自从参加工作后，与 W 老师就再也没有见过面，如果在路上碰到，爸爸可以认出他，因为那时他就是成年人了，而爸爸当时是一个小孩子，现在年过半百了，他不可能认出来。我们聊起当年的好多事情，有一年他从学校调到大队当民兵营长，从此就脱离了教师队伍，在老家人的眼中也算是当官了。但在爸爸看来，其实不是一个最佳的选择。如果他一直当老师，现在可能各方面应该更好一些。他今年 65 岁了，还在县里的农村信用社上班，他自己说把年龄改小了。在偏远地区，这类事情很多。

　　星期二下午，你告诉爸爸，M 大学的专业课考试结束了，连笔试带面试总共考了两个小时。爸爸未敢问你考得怎么样，妈妈说你感觉试题很简单。这样就太好了，你可以集中精力准备正常的高考，但压力不像其他同学那样大，因为艺术类考生的高考成绩比普通高校的录取线要低很多，这对你来说不是什么问题。妈妈向 M 大学的老师询问你的考试情况，一位老师回复，你的面试结束后他就知道你的考试情况了，他说你自己也给他发了信息。他说，面试老师对你的作品很是认可。你这下就更可以放心了，回来后踏踏实实、轻轻松松准备高考吧。

前天晚上，你与爸爸进行微信交流，你的 G 省联考成绩超过一本线 58 分，很棒的成绩。M 大学的文化课测试只知道通过了，但是不知道考了多少分。只要通过就好了，考多少分并不重要，因为学校单独进行文化课考试，只是作为一种门槛性质的资格考试，目的在于涮掉一部分人，以减少参加专业课考试的人数。爸爸估计学校也不会公布成绩，你也用不着去关注。你说，如果专业课通过，后面的文化课就随便学了。你这种心态非常好，反而可以正常地发挥出你的水平，不至于因心态失衡而出现反常情况。考试这种事情，历来是"难者不会，会者不难"，只要你平时的功夫到家了，考试结果自然不会差。当然，高考作为我们国家最重要的考试，不论哪种情况，你都要认真准备。如果高考成绩进入名牌大学的录取线，你今后的自信心不就更强了吗？你说随缘。这表明你的一种轻松的心态，爸爸也理解。爸爸以为，只要专业课考试不出现意外，你今年考上大学应该是十拿九稳，爸爸有把握提前祝贺你成为大学生了。这一步很重要，是你人生当中即使不是最重要的一关，也是比较重要的一关。

爸爸写完了给太姥爷的祭文（以后再专门发你看吧），用的是四言体，与当年给爷爷写的祭文的形式是一样的，这也是我们古人写祭文的常用格式。毛泽东的《祭黄帝文》就是这样的格式，你若有兴趣，可以在网上看看。爸爸看到三姨奶奶在亲属群里发布信息，今天带太姥爷去医院检查，做了心电图、脑 CT，均没有大问题。爸爸与三姨奶奶通电话，她说昨天对太姥爷讲，还是去医院输液，尽快好起来，帮二哥（你叫二老舅）照看羊羔。太姥爷竟然同意了。这说明，他本人的求生欲望还是很强烈的。中午，爸爸给四姨奶奶打电话，一瓶液体输完，太姥爷的精神明显好了。这一关看来可以闯过去了。爸爸把祭文发大老舅，请他提出修改意见，并且开玩笑说，看来这次无法挣到润笔费了。大老舅说，早晚会用到的。下午，收到大老舅的回复："可赞。无字可改，从祖至今，都有详叙，家中儿女，无一遗留（漏）。一生苦乐，尽言其尽。生前生后，皆有描叙。舅学术低，满心欢喜。"爸爸发给姑姑看，她回复："写得感人，顿时泪下。好，好，好。"但愿太姥爷这次能过这一关，也是我们家族的一种福分。

太姥爷闯过了生死关

（2019 年 3 月 3 日）

星期三，太姥爷出院了，看来算是过了一关，在家里慢慢养着吧。爸爸与姑姑通电话，她说太姥爷的体力还是弱。这是正常现象，毕竟 93 岁的人了，前一段好几天不吃饭，肯定体虚。

你的专业考试成绩到 4 月份才公布，在这一个月期间，你还是要保持耐心，按照学校的要求正常上课、复习就可以了。爸爸有一个同事，他的女儿也与你一样，在 5 年前考上了一所著名的音乐学院。爸爸听他说，当初他女儿也是先通过 G 省联考，然后通过音乐学院的校考，后来的文化课高考成绩也不错。爸爸知道，你在没有拿到通知书之前，心里总是有点忐忑不安，这也很正常。爸爸当初在等待大学录取通知书时，也有过类似的经历。你还是要把心态放轻松，这个月好好复习文化课就是了。

爸爸本周本来不想给你写什么了，但当初给你许下的诺言还是要履行，因此写了上面这些话，尽管已经重复过很多遍了，但多说一遍，或许对你能起到一点心理安慰作用，使你感觉到爸爸的心总是与你同时跳动。

现在的拼搏对将来极有价值

（2019 年 3 月 10 日）

A 爷爷去年 10 月份住院，爸爸一直不知道，其间打过几次电话，发过几次问候短信，他都没有回复。上周，从 Z 叔叔那里知道他住院的消息，爸爸这周去看望他。A 爷爷对爸爸一直关怀有加，他虽然退休 30 年了，但爸爸与他一直有来往，因此，爸爸作为晚辈，去医院看望他是应该的，就如同 L 爷爷在世时爸爸经常去看望他一样。我们中国人讲究尊老爱幼，就是要有实际的行动。A 爷爷见到爸爸很高兴，兴致很高地回顾过去的一些往事，有些事情爸爸也是第一次听说。

A 爷爷向爸爸介绍了他的整个发病过程。去年主要是发生过一次脑梗，过去的胆囊炎引起其他一些病情，春节和元旦都在医院度过。爸爸问他还喝不喝酒了。他说，想还是想，但在医院不能喝，否则，一旦出现情况，家属会被医生批评。与 A 爷爷告别后，他儿子送爸爸到电梯门口，说他父亲的肝上长了一块东西，只是他本人不知道。医生的意见，暂时不作处理。肝的问题，也许与他一辈子喝酒有关系。A 爷爷说他有三个习惯：一是多喝水，二是多走路，三是喝白酒。他自己认为白酒对身体有好处，这也算是他的一家之言吧。

你最近一直在复习文化课，好在不用再学专业课，负担就没有那么重了。每天复习功课肯定得累，但有几个事项需要注意。

一是睡眠时间。你每天只睡 4 个小时，这样也不行，你要保证每天睡 7 个小时，否则，学习效率不高。只有睡眠充足，才能提高记忆力和反应力。你说有时候失眠，这是神经太紧张的缘故。你要从内心里放松。从 M 大学的文化课考试到 G 省的统考，再到专业考试，你都轻松应付了。在考试之前，你也有过焦虑，但看到考试题后，你不也觉得这些试题不过如此吗？高考也是一样的，你要相信自己的基础和实力。每天晚上 10 点就上床，翻一会儿错题集，或看看闲书，一会儿就睡着了。

二是学习方法。你们现在进入了第二轮复习阶段，老师以前都已经把基础知识点讲完了，现在讲专题，老师讲课都是一笔带过，你有点跟不上。这也正常，因为你已经有好几个月没有上课了，你在准备专业课考试时，别的同学也没有去睡大觉。在这种情况下就更要讲究学习方法，爸爸的建议是，通过做模拟题和以往各省的试题来查漏补缺，把没有把握的知识点搞明白，每天都消灭一些错题，慢慢恢复实力。你哪有不懂的，就多去问老师。每次去老师办公室，多准备几道不懂的题。通过举一反三，你很快就会赶上去的，不要紧张。

三是成绩预测。每次模拟考试，实际上都是一次成绩预测。你认为自己高考只能考 400 多分了，语文、英语都挺好的，生物、化学也还好，就是数学、物理，尤其物理，基本全军覆没，啥也不会。爸爸刚才说了，你有几个月没上课，这也很正常。那你就在数学和物理上多花一点时间，通过做题把知识点补起来。你现在不要去想分数，只要每天解决一些问题就行。再者说了，你的文化课不会过的。以 G 省去年 500 分的一本线来说，你们学校在此基础上打六折，也就是 300 分。今年的高考一本录取线假定是 550 分，你只要考过 330 分就够了。以你现在的状态，都可以考 400 分，因此，你完全不必担心文化课上不了线，那对你来说是轻而易举的事。

　　总之，你一定不能着急。通过做作业和模拟试题，每天消灭一些知识点的缺陷，一两个月就补起来了。只有静下心来，你才能克服目前的焦虑。要给自己一些心理暗示，就是"我可以赶上来"。这一点很重要，千万不要有"我啥都不会"和"全军覆没"的念头。调整好情绪，逐渐进入状态就好了。没什么好恐惧的。为了你今后的前途，现在拼搏是有价值的，也是必须的！爸爸妈妈相信你，每天都在给你加油、鼓劲！你一定行！

要把压力转化为拼搏的动力

（2019 年 3 月 17 日）

　　不知不觉又一个星期过去了，你每天在学校里上课、复习、考试，表面上看起来很无聊，其实每天都很充实。我们国家有一个乒乓球运动员叫荣国团，他生长在香港，上世纪 50 年代从香港回到内地，振兴中国的乒乓球事业，成为新中国第一个夺得世界冠军的乒乓球运动员。他说过一句名言："人生能有几回搏！"你现在的状况就是在冲刺，就是要冲击那条高考录取线，就犹如一个田径场上的运动员拼尽全力向着终点线冲去，这就是一种拼搏的状态。

　　爸爸上周对你说过，为了你今后的前途，现在拼搏是有价值的，也是必须的！爸爸妈妈固然理解你的压力大，尽可能说些宽慰你的话，但是，该对你说清道理时还是要说清楚。如果你把这些都理解为更大的压力，而没有主动把压力转换为进取拼搏的动力，说明你的心理没有得到锻炼。爸爸再说得直白一点，你们那么多同学，哪个没有压力？哪个在学习上感觉轻松自在？没有，都有压力，都不会轻松。在这个时候，大家就是要凭着一口气、一股劲，奋力向终点冲去。温室里长不出参天大树，小屋里练不出搏击千里的雄鹰。这次高考，对你和你的同学们都是一次考验，对爸爸妈妈这些家长们来说也是一次考验，大家都要经受这样的考验。你知道"凤凰涅磐、浴火重生"这个故事，一只凤凰扔进火里烧不死的，经过烈火的煎熬和痛苦的考验，才能获得重生，并在重生中得到升华。现在的情形是，你在最前方，爸爸妈妈在你的身后，其实我们都是一起在战斗，一起面对考验，我们都要经受住这样的考验。

　　美国总统罗斯福在他的第一次总统就职演说中说过一句永久激励人心的话："the only thing we have to fear is fear itself."翻译成汉语，意思是"我们唯一值得恐惧的就是恐惧本身"，也就是说应该无所畏惧。当你扛过这两个半月，并且取得好成绩后，你会感谢爸爸今天对你说过的话！宝贝儿，加油！

能安下心来，就是最大的进步

（2019 年 3 月 24 日）

爸爸上上周给你讲了三个应注意的事项，你做得还是不错的。虽然还是有点焦虑，但大体上能够安住心，按老师的要求进行复习。前天，你通过微信给爸爸发来一张模拟试卷，一道大题是空白，你说自己语数英还可以，理综班里倒数，物理都是废的。不要紧，给自己定个小目标，每周往前面进一进就可以了。物理把基本概念巩固一下，不要纠结于大题。你说高考物理就没有单独考基础题的，从选择题开始全都是综合类型。既然如此，你找几道典型的大题，向老师请教几次，每次让老师给你彻底讲懂。在听的过程中，你有什么不明白的知识点，就问老师。宝贝儿，千万不要心急！越是这种情况，越要把心静下来，以寻找突破的方法。学习这种事也要顺其自然，没必要焦虑。你要相信，你们同学当中很多人不如你，因此还是要有自信，要相信自己的学习能力。

爸爸多次对你说过，你是艺术类考生，与普通高考生的要求不同，只要上了高考录取分数线，就可以了。你也认为，300 来分的线肯定能过，光考个语数英都基本上过了，理综随便写两个字都能拿分，但是只考这么点分很丢人。你有这种认识，就很好！你需要克服焦虑，保持平常心，争取每天有点进步就好了！况且，你的目标是考入你所心仪的大学和专业，而不是与其他同学在分数上比个高低上下。你现在需要战胜自己，而不是战胜他人。

昨天，你对爸爸说，刚考完 G 省第一次模拟考试，对了答案以后，估计只能考 440—460 分之间。爸爸觉得这个成绩很不错了，比你原来估计的 400 分高多了。争取每次有点进步就可以了，先确保上线，然后再争取高分。

模拟考试成绩超出预期

（2019 年 3 月 31 日）

你们的一模成绩公布了，你考了 479 分，远远超过了你预估的 440—460

分，而且超过了省重点保护线的 467 分。你的语文和英语考得很好，尤其是语文很给力，年级第 30 名，全班作文 50 分的同学中，艺术类考生就你一个。数学和理综稍微差一些，通过 M 大学录取分数线是没有问题了，但你觉得这个成绩还是很烂。宝贝儿，这个成绩很好了！爸爸祝贺你！这只是一模，从中发现问题，你还有时间改进。你认为还得攻克数理化。很好！爸爸很高兴！你自己知道问题在哪里，就好办！这次模拟考试成绩超出你的预想，说明你还是有实力的，要继续树立信心！你说你不需要大餐犒劳，那么爸爸就给你发一个红包以示鼓励吧！你这个周末好好放松一下，就当作犒劳自己了！

全家盼望已久的好消息

（2019 年 4 月 7 日）

这个星期终于得到了我们全家盼望已久的好消息！星期二晚上，你给爸爸发来微信："老爸，M 大学录取结果出来了，我的专业课是第 2 名。"妈妈把从网上的考试成绩截屏发给爸爸，作曲专业（电子音乐方向）排名合格的共计 80 名，妈妈说只录取前 20 名。为了保险，你还参加了另外一个电子音乐编辑专业的考试，排名为第 34 名。妈妈说，煎熬了半年，为此差点崩溃，这下可以踏实睡觉了。

这个结果，既是你本人努力的结果，也是妈妈对你操心照顾的结果。你这下就可以轻松愉快地准备高考了。在自如的状态下，反倒能考出好成绩。艺术类高考成绩是一本录取线打六折。去年 G 省理科一本录取线是 500 分，艺术类只要 300 分就够了，你的第一次模拟考试的成绩是 479 分，远远超出 300 分的录取线了。正式高考时，哪怕就是完全失败，你也不会不过 300 分的。这次也是一次炼狱，对你、对妈妈都是，你会更加走向成熟和自信，进而实现你的人生理想！路就在脚下，张开双臂迎接未来吧！

爸爸反复看考试成绩网上截屏，越看越激动，遂填了一首《少年游·祝贺女儿专业考试排名第二》词：

数年勤苦沐春风，好梦已成真。

双亲牵挂，孤身焦虑，微信送佳音。

时光流逝人增寿，曲谱应常新。

吉他弦中，钢琴键上，山水互为邻。

本周还是你的生日，真是双喜临门。爸爸说要给你买一个大蛋糕，你说不用啦，已经很久不吃这种东西啦。蛋糕、面包这些精致碳水化合物你都不吃，现在是低碳水饮食，连含糖量高的水果都不怎么吃了，只吃瘦肉、杏仁、蔬菜这些玩意儿。爸爸问你想要什么，你说想要大学录取通知书。呵呵，这个录取通知书一定会得到的，而且现在几乎已经捏在你的手里了！爸爸认为你现在应该是比较开心、放心的时候，可你还是想高考分数高一点，不能当班级倒数。你有这样的想法当然也不错，但总是可以放心了，不用担心考不上大学了。

昨天，我们全家在外面吃午饭。你点了自己喜欢吃的菜，爸爸要了一斤黄酒，与妈妈庆祝你的 18 岁生日。你特别高兴，与爸爸妈妈谈了很多事情。多亏去年五一节去了 B 市，找老师给你辅导，才找到了应考的正确路径。如果只听 S 市培训老师的话，有可能南辕北辙。爸爸说，这就叫作"吉人自有天相"。这也说明，老师的水平会直接影响学生的学习效果。你讲自己参加面试的情形，主要是真诚打动了老师。你对老师说，本来想报考本校的新闻主持专业，只是出于对音乐的热爱，才报考作曲专业。妈妈说，今年全国有 5 万人报考你们学校的各个专业，文化课考试刷掉一半。报考作曲专业的有 300 人，录取 20 个，你的专业排名第二，爸爸估计你的面试成绩也应该不错。谈到你未来的专业发展方向，你说想在音乐剧方面有所建树。爸爸建议你关注中国的几个古典神话故事，如夸父逐日、后羿射日、女娲补天、精卫填海、大闹天宫；戏剧方面，如霸王别姬、西子湖、长恨歌（马嵬坡）；人物方面，如秋瑾、赵一曼、江姐，等等。这些都是你将来进行创作的极好素材。你用音乐这个工具与世界对话，把中国的传统文化向世界推广，这是极有意义的事情，未来"音乐大使"的使命光荣啊！妈妈也认为爸爸的这个想法比较好。至于将来做什么、怎么做，只能由你自己决定。

现在离高考还剩整整两个月，妈妈已经在考场附近的酒店为你订了房间，以免高考那两天由于堵车而发生迟到的事情。许多同学家长也都是这么做的，这似乎已经成为一道"必选题"了。饭后，我们去一家超市，你买了几盒酸奶和一盒草莓，准备拿到学校去吃。你本来想买不含糖分的巧克力，但超市里没有。你现在吃东西很挑剔，生怕吃含糖的食物而长胖。其实，你已经很瘦了，再这样下去会对身体健康造成伤害，但爸爸妈妈也不好说太多，因为你现在听不进去，也只好由着你了。

今天，你在学校里吃东西就吐，上课听不进去。爸爸猜测可能是昨天在超市买的那盒草莓没有洗干净，你说你反复洗过了。你还说你没胃口，几天不吃饭都不饿。你还是要按时吃饭，只是少吃主食，饮食要均衡，千万不能搞出厌食症。爸爸妈妈以前多次对你说过，如果以搞坏身体来换上大学，那宁可不上大学。现在，我们仍然是这个态度。同样，如果以搞坏身体来减肥，那宁可不减肥！生活的本质不是让人看的，而是自己的体验和享受。

第一次为你的作品作点评

（2019 年 4 月 14 日）

你上个星期日肚子不舒服，妈妈这个星期二带你去医院检查一下，也没什么问题，医生只是要你放轻松。你可能主要是精神因素，其实没有必要再紧张了，因为你的专业考试成绩那么好，不需要担心什么了。你把一个量体重结果的截屏发给爸爸，说正常人的 BMI 不能低于 18.5，女生体脂率不能低于 22%，身高 168 厘米的女生体重不能在 105 斤以下。但就算这样，你还是会觉得自己胖。爸爸认为，自己的感觉有时候靠不住，还是要相信科学标准。

你给爸爸发过来你写的一首曲子《灵魂》，是你当时校考时提交的一首作品，问爸爸听完后有啥感受。爸爸仔细听了好几遍，写下了自己的感受：

爸爸：爸爸感受到的是一个活泼有趣的灵魂，她时而在溪中戏水，时而在林间舞动，时而跳上云端四处张望，时而又落在肩头悄声耳语。你刻画的这具灵魂真的有灵魂，她是你的影子，跟你、随你、相伴你！整首曲子一气呵成，韵律感十足，衔接之处十分自然流畅，特别是结尾的处理很活泼，似乎感受到这具灵魂向听众俏皮地招手告别。我想，老师应该给你打满分！爸爸爱你噢！

女儿：哈哈，我就是在描述一个灵魂审视自己一生的故事。

爸爸：如此说来，爸爸的感受有点靠谱。但爸爸确实不懂音乐语言。

你又给爸爸发来一首曲子《梦魇》，爸爸也写下了自己的感受：

爸爸：怎么这么恐怖！

女儿：要的就是这个效果。

爸爸：倒是很有做梦的怪异感！一个黑色的身影由远及近，飞进一片树林，不住地穿梭飞行。树梢上的鸟和林间的动物受到惊吓，纷纷起飞、奔跑，整个树林乱作一团。一群鸟飞走了，但随即又飞回来了，似乎识破了这个身影的伎俩。其他动物也渐渐地平静下来了。身影似乎不甘心，加快了穿越飞行。但随着东方透出亮光，大地马上就要苏醒，这个身影觉得无趣，在林间扑腾了几下，由近及远地飞走了。树林彻底安静了，等待着新的阳光再次照射进来。

女儿：呃，可以这么理解。其实我是描绘死神来着。

爸爸：这个身影，可能就是死神！但它终究敌不过阳光！

爸爸对音乐是外行，只是因为你写的曲子，爸爸用心听，才有上述的感受。你非常熟悉《列子》中描述的先秦时期的琴师伯牙与樵夫钟子期之间的《高山流水》的故事，爸爸可是听不出来"峨峨兮若泰山，洋洋兮若江河"的意境，只是根据你的曲名加上爸爸的想象，才有上述的感受。当然，音乐是需要想象的，其实诗词也是需要想像的。爸爸妈妈今后愿意成为你的所有作品的第一个听众，我们会觉得很幸福！

全家重游野生动物园

（2019 年 4 月 21 日）

星期一晚上，你给爸爸发微信："老爸，你不是说要送我礼物吗？哈哈哈。我在网上看中了一款东西，但是它好贵，呜呜呜。"爸爸今天早上看到你的微信，如数给你转了钱，你马上就收了，回复"谢谢老板"。

这个星期，本来是你们学校第二次高考模拟考试，但你这几天身体不太舒服，不想参加了，想去动物园看动物，下周参加 G 省的第二次模拟考试。妈妈把与你交流的微信截屏发给爸爸，你说你的英语"贼好"，阅读题全做对。爸爸提出与你和妈妈一起去，你在微信截屏中说："如果我爸不影响工作，当然可以。我们一家三口好久没一起出去郊游过了。"

星期四上午，我们去野生动物园。妈妈昨天在网上订好了门票，每张99元，进门时刷身份证就可以了。我们一路走、一路看、一路聊闲话，你显得很轻松。

花了 20 元钱买了几枝带叶的树枝，喂长颈鹿。在孔雀园里，正好看到了孔雀开屏，真是难得一见。在看猴子时，我们回忆起你小时候有一次来这里，你骑在爸爸的脖子上，手里的糖果被一个小猴子突然抢走了，你吓得哇哇大哭，嘴里说"再也不来看猴子了"。你说依稀记得这件事情。

　　走到中途，妈妈说她的腿发颤。这是肚子饿了，爸爸在一个小店里给她买了一根热狗和一个茶叶蛋，她吃下去，就好多了。你一开始说什么也不想吃，但咬了一口茶叶蛋，觉得不咸，于是要爸爸给你买 3 个，爸爸妈妈劝你不要吃这么多，经过"讨价还价"后给你买了 2 个，结果几秒钟内你就把它们干掉了。你给爸爸妈妈推销你的饮食原则，不吃碳水化合物，认为那是垃圾食品，鸡蛋是优质蛋白质。爸爸说，蛋白质吃太多，也会胆固醇高。你给爸爸讲道理，人体摄入的胆固醇高了，自身就不会再产生胆固醇了。爸爸也说不过你，只好由着你吧。中午在一家小饭馆吃自助火锅、烤肉，你吃得还算不少。爸爸最后吃了两小碗冰淇淋，你们娘俩有点吃惊。其实，爸爸吃冰淇淋只是偶然如此，不像你一次吃好几个鸡蛋。这个小饭馆要求开始就要结账，而且扣 20 元作为押金，以防客人随意浪费食品。我们临走时，前台退爸爸 20 元现金，爸爸顺手给了你，你说还不如给你打进微信，因为你现在也不用现金。你真是个小机灵鬼，问爸爸你做头发有没有补贴，爸爸说有，只要你能放松心情，不要那么精神紧张，这些小事爸爸都能办到。

同学间的情谊非常珍贵

（2019 年 4 月 28 日）

　　这个星期，妈妈去泰国，爸爸去 B 市出差，你在学校复习功课，倒也比较平静。

　　最近，你真是成了购物狂了。星期二凌晨，你给爸爸发来一个在网上购物的截屏，说自己大晚上睡不着，开始爆发购物狂欲望了，向爸爸求补贴。爸爸给你转钱过去，你还有点小盈余。你只要放轻松，就能睡着了。

　　星期四，你要爸爸去中学部给你交高考体检费，但爸爸在 B 市，只能过两天回去给你交了。不一会儿，你发来微信，说你们同学的爸爸帮你交了费用，要爸爸把钱转给你就好，你转给你的同学。从这件事情上你就知道，同学之间的情谊是多么重要，关键时刻就会相互帮助，你要好好珍惜。

省二模考完了，你对了答案，估计语文在 115—125 分之间，数学为 110 分左右，英语在 130—135 分之间，理综保守估计有 150 多分。这样算来，你的总成绩为 500 分左右，这个成绩很好了，你应该非常满意了！你说这次省二模出的卷子比较简单，所以大家分数会普遍好一点，因此一本线肯定也会高一些。你说这次数学太感动了，你生平第一次前三道大题全对，要不是后面没时间写了，就四道大题全对了。爸爸祝贺你，这说明你还是有实力的，重点是把心态放轻松！爸爸的书稿也与出版社正式签订出版合同了，我们同喜同贺吧！

第一次向爸爸妈妈诉说心声

（2019 年 5 月 5 日）

昨天，你给爸爸写了很长的一段话：

爸爸，我有一些话想跟你说。今天我做了一篇英语完型填空，讲的是一个人回忆他的父母生前的一些事情。看完后我很难过，因为我想到了我自己这些年对你和妈妈的态度。以前我还恨过你们，生过你们很多气，也让你们为我操了很多心，而且我以前对爸爸有很多不理解和误解，但现在我明白了。或许你有一些做得不够好，不够成熟，但我知道你已经在你的能力范围内给我最好的了。我以前对你态度很不好，让你很难过，还说了很多伤害你的话，现在我给你道歉，对不起爸爸！以后我争取更多理解你和妈妈，希望你可以原谅我过去伤害过你的那些事情，我会努力当好你们的好孩子。

爸爸看后，心里很感动，也很高兴，因为看到你长大了，回复了你几个流眼泪的图像，这对爸爸来说也是第一次。事实上，每个人都有许多的第一次。只要你能健康成长，比什么都重要！你写这段话，有这样的认识，其实也不出爸爸的意料，因为爸爸一直坚信，你早晚会理解爸爸妈妈的苦心的。爸爸把 2014 年 11 月 19 日写的一首《七律·致女儿》诗重新发给你：

女儿日记胜仙丹，能治头晕不诉冤。

忙碌想听天籁曲，清闲常看菩提篇。

妈妈心里一团火，爸爸家中半片天。

雏凤高飞千万仞，终将热泪报拳拳。

那时，你还在上初中，有一次你让妈妈发给爸爸一篇你的日记《爸爸，我想对你说》，对爸爸发了许多牢骚，主要是觉得爸爸平时对你的要求太严了，对你的陪伴太少了。爸爸当时看了你的日记，也对自己的行为进行了反思，第二天写了这首诗，其中"妈妈心里一团火，爸爸家中半片天"两句是对事实的描述，而"雏凤高飞千万仞，终将热泪报拳拳"两句则是爸爸对未来的信念。那个时候，爸爸就坚信，你早晚会理解爸爸对你的用心的。果然，昨天你的那段话应验了 4 年半前爸爸的预感。人总是会长大的，只是或早或晚而已。

爸爸把你这段话转发妈妈，她与爸爸有着同样的感受。她说与你通了一个小时的电话，你对妈妈也说了类似的话。妈妈对你说："不要后悔，应该开心和高兴啊，因为很多人在很大年纪的时候，都无法体会到爸爸妈妈的爱，而你在这么小就能懂得，这样以后的日子可以更好地和爸爸妈妈相亲相爱。每个小孩子都会犯错误，这是必须的，不犯错误的小孩子是不正常的。如果时光能倒流，我一定会让你小时候犯更多的错误，自由地成长。"爸爸同意妈妈的话，古语也有"浪子回头金不换"的说法，何况你以前的一些行为也属正常，总体上你还算是一个乖孩子，并不是什么"浪子"。

爸爸也有很多话要对你说。你通过英语练习题的内容，从别人对父母的情感而联想到自己的行为，看上去是一种偶然，其实有其必然性。这说明你的内心里有感恩父母、反省自己的种子，一场春雨便会使其发芽、生长。爸爸对爷爷的看法与态度的变化，也与你有类似的过程。爸爸在前面发你的那首诗，也算是自我反思与期待的一个记录吧。你讲了不少道歉的话，爸爸妈妈很感动。实际上，爸爸妈妈虽然是成年人，但在做父母这件事上，我们也是生手，也是第一次，也有一个学习的过程。既然是学习，就免不了犯错误。现在回想起来，有些错误还很严重，而且不可弥补。假如再让我们重新做父母，也许是另外一个样子。生活的严酷性，就在于从来不会给我们彩排的机会。你作为一个孩子，犯一些小小的错误，更是理所当然。事实上，你从小到现在，爸爸妈妈从内心里对你一直很满意、很自豪。你从幼儿园开始，在学习的自主性上就一直很强，一回家就坐在自己的小书桌前做作业，然后才吃饭和做别的事情。我们从来没有在学习上为你担心过。你 4 岁那年，爸爸写博士论文时向你借小书桌，你还哭过一次鼻子。爸爸把这件事情写在博士论文的致谢中，赢得了很多人的惊叹，清华大学的一位博士导师说，原来博士论文的致谢还可以这么写。你成长过程中的许多事情，爸爸都有记录，适当的时候会把这些文字送给你的。对于爸爸妈妈来说，你是上天赐给我们的最珍贵的礼物，你的喜怒哀乐，就是爸爸妈妈的喜怒哀乐。这个话不是爸爸今天才说的，而是在你小时候就多次说过，每次带你出去玩，爸爸总说："你高兴，爸爸妈妈就高兴。"有一次去公园，你骑在爸爸的肩头问："爸爸，是不是我高兴，你和妈妈就高兴？"爸爸说："是啊，爸爸多次说过。今天带你出来，就是让你高兴的。"如今，你马上就要上大学了，很快便开始独立的人生，但在爸爸妈妈眼里，你永远是我们的宝贝孩子，你的喜怒哀乐仍然是我们的喜怒哀乐，爸爸妈妈会在我们的有生之年陪伴着你继续前行，当然主要是指精神层面。从这个角度看，你从来不是一个人在奋斗，你的背后永远站着爸爸妈妈。因此，你没有任何担心、抑郁的必要，还是要以阳光心态面对生活中碰到的一切！你的健康与快乐，就是爸爸妈妈最大的心愿！我们大家都要成熟、长大！

你在思想认识上的转变，或许与你上次模拟考试的成绩有点关联性。星期二，你的第二次模拟考试成绩出来了，竟然有510分，其中你最头疼的理综为172分，"2019年G省普通高考英语听说考试"成绩为满分15分。爸爸说什么来着？你的实力是有的，不必没来由地担心。这次的模拟成绩，更有助于你树立自信心，而且从今以后心态越轻松，学习效率也就越高。

你最近在网上购买了各种调理生理周期的补品，爸爸并不完全反对你吃这些东西，但内因还是靠调节自己的心态，做到精神放松，身体状况自然也就平和了。由于前几个月的持续精神紧张所导致的一些生理问题，也不能着急，主要是靠自己放松心态。你总是焦虑，对身体肯定不好，别人也帮不上忙。你的模拟考试成绩很好，没有必要再担心什么了。你先问问妈妈，让妈妈问问医生再说，不要自己乱吃这些东西。待你参加完高考，爸爸在暑期带你回老家一次，好好调节一下你的身心状态。

猜到了你送爸爸的生日礼物

（2019 年 5 月 12 日）

星期二，你给爸爸发微信，祝爸爸生日快乐。这是多年来你第一次这样做，爸爸很感动！表面上看，这只是一件小事，而且爸爸也从来不过生日，但你竟然有心记住了爸爸的生日，说明女儿终于长大了，懂得关心爸爸了！从这个角度来看，它对你的成长来说又是一件大事！本来嘛，所谓的大事、小事，也没有绝对的标准，对于国家来说，许多家庭再大的事也是小事；而对于一个家庭来说，许多在别人眼里是小事的事也有可能是天大的事。比如，你今年参加高考，对于别人来说，顶多是关心一下，但不会认为它是多么了不起的大事，但对于我们家来说，今年再没有比你参加高考更大的事情了。你上周给爸爸发的那段话，对于你来说，就是一件脱胎换骨的大事，因为它意味着你的成熟与觉悟。

最近，你的睡眠有了很大的改善，但还是太缺觉，感觉每天都睡不醒。这还是由于你的精神紧张的缘故。从现在开始，你应该放缓复习的节奏，看看错题集，脑子里放放电影就行了。你的理综终于能上 180 分了，接近 G 省一本线的平均水平，这是一个很大的进步，只要能保持住就可以了。当然，考试成绩与试题的难易程度和你的复习重点也有关联性。你感觉昨天和今天你们学校的高考模拟试题难死了，但不要紧，要难大家一起难，而且锻炼一下心理承受能力，也是好事。注意总结一下经验，待老师把试卷讲评之后，你就会对一些问题理解得更深刻了。

你在母亲节送妈妈一份花茶和一大束粉色康乃馨当作礼物，这很好，妈妈肯定开心。你说父亲节时也为爸爸准备了礼物，暂时保密。今天网上传已去世的节目主持人李咏的夫人在微博上的一句话："少气你妈，比什么都强。"很有意思。你只要有心，就可以了。一个问候，对爸爸妈妈足矣。你让爸爸猜礼物是什么，爸爸认为，不论是什么礼物，爸爸都会感受到你的爱心。至于猜，有点难度。你用一首诗"柴门反关无俗客，纱帽笼头自煎吃。碧云引风吹不断，白花浮光凝碗面"来提醒爸爸，那就是茶叶？你在微信上回复："你怎么这么溜（牛）？我挑选了一款比较适合你的茶叶。"爸爸是从那首诗猜到的。见笑见笑！

需要给予自己积极的心理暗示

（2019 年 5 月 19 日）

星期三下午，你将模拟考试成绩发给爸爸，认为成绩不理想，有点气馁，说数学和理综课程太难了，自己学不进去。其实，你也不用多想成绩，每天正常复习就可以了，会点啥就学点啥呗，把语数英的分拿够就行了。你认为自己语数英大概加起来能考300分，理综拼拼凑凑100来分，总分估计420多分。爸爸觉得，这个成绩很好了，没有必要灰心！

你的英语和语文成绩一直很稳定，基本上英语每次都是130分以上，这次考试作文又是53分，而且自从返校以来，每次作文都在50分以上。你希望高考语文作文也能像平时一样写得这么好，但对数学没有信心。爸爸认为，从现在开始，你就不要拼命复习了，开始放松节奏，每天翻翻书就行了。你也要克服掉自我贬损的毛病，凡事都要顺其自然，该怎么样就怎么样！爸爸这也是鼓励你要有自信，这种自信也包括你的内心想法以语言表现出来的积极向上的姿态。这么多次的模拟考试，并没有出现你担心的事情嘛！积极的自我心理暗示对你非常重要！在实际结果没出来之前，谁也无法预测。考试更是这样，尤其不能为自己设定一个什么线。唯一能做的事情，就是充满自信地认真准备。

昨天，你的模拟考试成绩出来了，语文114分，英语135分，数学83分，理综137分，总分469分。这个成绩很好了，这次语文有一点小失误，适当注意一下就行，这也给你提一个醒，知道哪里有漏洞。考试题的难度与大家的真实水平存在正相关的关系，不存在侥幸和运气。

"真羡慕你，拥有如此优秀的女儿"

（2019年5月26日）

爸爸这个星期出差，在机场收到你的微信："爸爸，我能跟你商量个事儿吗？我前段时间买了一些保健品，吃了一段时间，我现在胃口和睡眠都变得比以前好了，状态也好了，能正常学习生活了。我打算再吃一段时间这些保健品，现在网上做活动，我打算一次性多囤积一些，预算为1500大洋。请问你能资助我吗？另外，高考完后我请你吃饭，并且提前给你父亲节礼物哈。"爸爸转给你之后开了一个玩笑："爸爸现在已经腰包空空了！"你回复："哈哈，你现在投资我，我将来会以超大利息回报你。"这是必须的！

除了买东西，这个月有两个特别的日子，一个是5月20日（520，"我爱你"

的谐音），另一个是 5 月 21 日（521，谐音也是"我爱你"），你都开口向爸爸要红包，鬼精鬼精的！

这个星期，你们学校还有一次模拟考试，但你因头疼而没有参加，把试卷拿回去自己做。你估计语文大概在 115—120 分之间，数学大概是 113 分的样子，理综和英语还没开始写。你还俏皮地说："啊，我真羡慕您，拥有如此优秀的女儿，哈哈哈哈。渴望得到奖励。"爸爸还是给你发红包。现在对你来说，争取高分没有什么实际的意义，只要顺利通过学校要求的分数线就可以了。

"妈妈做的一切，都是为你好"

（2019 年 6 月 2 日）

离高考越来越近了，你还是每天上课、考试。你说自己想开了，与其搞数学，不如研究茶道，反正数学对你将来也没啥用。呵呵，现在数学对你的用处，就是高考时能为你的总成绩里适当地添几分，总不至于是零分吧。这几天一定要调整心态，放低高考成绩的期望值，超过 300 分就是成功。晚上早点睡，把身体状况调整到最佳状态。爸爸今天在 B 市，明天回去。下周可以陪你考试。爸爸妈妈的心，永远与你在一起。昨天在路上，迎面碰上一位妈妈对她的六七岁的儿子说："妈妈做的一切，都是为你好。"她说出了天下父母的共同心声。昨天是儿童节，你已经是青年了，爸爸也过了中年。但愿我们永远有一颗童心！临近高考，你还需要保持体力，因此要按时吃饭，暂时把减肥的事情搁到一边。

平生最重要的考试结束了

（2019 年 6 月 9 日）

举国瞩目的高考终于结束了，你也就可以彻底放松了。不管成绩如何，都不会影响你考上大学的最终结果，下一步就是耐心等待学校的录取通知书吧！爸爸回顾这几天的经历，觉得将其写下来，也是一件很有趣味的事情。

正式考试的前一个晚上，T 姐姐向爸爸询问你的情况，她说与你的微信交流情况也很好。爸爸把你上次发的那段话和爸爸给你的回复转发T姐姐。她看到你的进步，也很激动："孩子终于长大了，舅你可以很欣慰了，你有个很棒的女儿。"确实，T姐姐说出了爸爸的心里话。

为了确保你的高考顺利，妈妈想得很周到，今年3月份就在考场附近的酒店订了房间，一个晚上1600元，真是贵。酒店也真会做生意，知道家长为了孩子高考而不在乎这几个钱。这也是事实，每个家长都会尽可能地为自己的孩子提供最好的保障条件。你和妈妈入住的第一天晚上，我们去旁边的一家日本料理店吃寿司，属于一种自助店，大家围坐在一条流水线的长台旁边，线上经过的各种颜色的小盘子盛着各种食品，客人可以任意选取。最后结账时，服务员按不同的颜色而收费。爸爸记得很多年以前，我们全家在另外一个地方吃过一次。爸爸查日记，那次是2009年7月11日，星期六，地王大厦，整整十年前的事了。你晚上不怎么吃饭，拿了一些寿司，把上面的三文鱼吃完，剩下的米饭全给爸爸了，十年前的那一次也是如此。饭后，我们一起去外面散步，听你讲去年下半年准备专业考试的故事，借此为你减压。B市的老师说你的基本功不行，需要补课。经过一段培训，老师纠正了你的一些缺陷，使你的能力增强了。面试时，你与老师争辩，请老师耐心让你表演完，但老师已经知道你的能力了。这也算是一个趣闻吧。回到酒店，爸爸陪你去健身房锻炼了一个多小时。爸爸在旁边守着，就是担心你不小心受伤，那就惨了。今天越是放松，明天发挥就可以越加自如。

星期五是高考第一天。爸爸昨天问你，是否需要爸爸今天早点来陪你去考场？你说不需要，只要中午11点半在考场外面等就可以了。我们在酒店一楼的小火锅店里会面，你昨天就说好要吃这里的小火锅。爸爸没有问你考试的情况，你自己说上午的语文试卷不难，作文也写得比较顺手，你写了一篇有关劳动的演说。吃完饭，回到房间休息。下午不到2点钟，你就让闹钟把自己叫醒了，说要早点去考场。爸爸把你送到考场，然后回房间看书等候。下午考数学，爸爸原以为5点半考完，妈妈查了时间，原来5点钟考完。爸爸一看手表，已经4点50分了，赶紧下楼跑步去考场外面等候。你说，试题变态的难。爸爸从先出来的考生们的表情和言语中已经知道了。爸爸安慰你，要难大家都难，你与他们的要求不一样，总分只要过300分就可以了。话是这么说，爸爸还是感觉到，你很想考一个好成绩。你今天晚上与同学约好，要去酒店的健身房，不与爸爸妈妈一起吃晚饭了。你锻炼回来，洗完澡，我们聊天，使你放松精神。爸爸对你提了三条将来谈恋爱的原则：同行才更能相互理解，不要考验人性，距离在产生美的同时也产生隔阂。你似乎对这三条也不反对。当然，你现在还是一个孩子，不太可能有更深刻的体会，待你上大学后，谈一次恋爱，慢慢体会吧。

星期六是高考的第二天，也是最后一天。上午考理综，你说试卷很难，很多题都没有把握。爸爸安慰你，难易对大家都是一样的，试题难，有可能将录取线拉下来，对你反而更有利。我们还是吃小火锅，你把2根鸡腿吃下去了，又吃了3个鸡蛋（你早上从餐厅拿出来的）。下午考最后一门英语。2点半，爸爸把你送到考场外，5点半去接你。有早出来的考生，享受了家长们的掌声欢迎，有些家长还带了鲜花。你说英语也难，对许多答案没有把握。妈妈从网上也看到全国各地的反响，普遍反映数学难。还是那句话，难易对大家都是一样的。关于出题的难易，爸爸有一个基本的看法，就是各科都要有一定的梯度。以数学为例，前60分应该让考生觉得比较容易得分。中间60分适当增加综合性和难度，也不要太打击考生的自信心。最后30分可以增加难度，以选拔尖子生。当然，为高考命题是一门很深的学问，每年都有许多专家参与其事，不是那么简单，爸爸只是随便发表一点个人的感想而已。

无论如何，对你这一生最为重要的高考结束了，随之而来的是新的人生路程。你需要一段时间的休息和放松，同时也为下一步的大学生活作一些思想上的准备。其实，很多事情重在过程，结果反而不是那么重要了。以你为例，为了准备高考，苦苦挣扎了3年，其间发生的一些事情，当时看来似乎有点惊心动魄，但随着高考的结束，一切都烟消云散了。当然，往事并不如烟，回头来看，这个过程还是很珍贵的，因为它是你的一段历史，也是我们全家的一段历史。对一些重要的事情和过程，爸爸都用笔记录下来了，将来爸爸把这些文字整理出来，你读后会倍感欣慰。

回望来时的路，再想想未来要走的路，你会觉得人生还是有意义的，其中最重要的意义就是看到了自己一路走来留下的脚印，看到了自己在最脆弱的时候选择了坚强，看到了当时以为过不去的那些坎儿原来不过是一道道的小土梁，当然也看到了爸爸对你一路上的陪伴。风会过去，雨会过去，风雨过后产生的彩虹也会过去，唯有爸爸用笔记录下的你的成长印迹，则会随着文字的流传而永远保留下去！爸爸又想起唐朝诗人宋之问的那句名言："自古皆死，不朽者文！"爸爸希望你今后既要用音乐符号更要用文字符号记录下你的人生轨迹，它将永存于天地之间，不仅是对自己的交代，更是对下一代的启示！

难得的休闲时光

（2019 年 6 月 16 日）

对于你来说，高考结束后，是一段难得的轻闲时光。这几天，你都在家里抄经练字，调整一下心态也是好的。过几天，你还要做一个眼睛小手术，也需要静养。

昨天，爸爸在 B 市参加一个专家研讨会。你给爸爸发微信："Daddy，你啥时候带我回老家啊？7 月 20 号有一个关于音乐剧和声乐的公开课，我想去听，不知道那时候你是不是已经带我走了。"爸爸初步决定，7 月 25 日之后带你回老家吧，之前爸爸还有一个会议。反正离你大学开学还有差不多 2 个月的时间，我们的计划可以随时调整。你这一段就踏踏实实地练书法，让你那颗躁动了近 3 年的心慢慢安静下来，这对你进入人生的下一段很有好处。大学生活与高中生活是完全不同的，你这一段时间正好对你的理想好好梳理一下。爸爸妈妈尽管可以给你一些指导，但主要是你自己想清楚，将来想做什么、该怎么做。这就是哲学上所说的"外因是变化的条件，内因是变化的根据"。

少看手机，保护眼睛

（2019 年 6 月 23 日）

你的眼睛手术之后，要按时点眼药水，这几天不要去游泳，少看手机。因为几年前爸爸也做过一个眼睛手术，稍微有一点经验。你说有医嘱，那就按照医生的话去做。

最近，爸爸也没有更多的话要对你说，只是提醒你好好静养，调整身心。当然，这一段时间保护好眼睛是最重要的。你少看手机，爸爸也不多给你发微信了。

金榜题名的日子

（2019 年 6 月 30 日）

星期一，盼望已久的高考成绩终于揭榜了。你的总成绩 471 分，超出了你的预计，尤其是没想到自己理综能考那么高分，你也十分高兴。这个成绩，已经与 G 省高考一本线 497 分很接近了。你有近一年的时间没有好好上课，而且即使上课，也与其他同学的心态不一样。人家是华山一条路，只有复习文化课，而你则是提前通过了专业课考试。在这种情况下，你这个成绩已经是非常优秀了。G 省艺术类考生 9688 人，你的排名是第 162，进入前 2%，位于今年 G 省音乐术科考生中的金字塔顶端。这个成绩远远超过艺术类文化课 297 分的录取线，你上大学已无任何问题。爸爸把消息告诉姑姑，她回复："我们的侄女棒棒滴！我们全家族为你喝彩！我们家又出人才啦！"

你和妈妈在设想，你这次会不会是以文化课第一的成绩入学。爸爸以为，第一不第一的，已经不重要了。今后就要用你的音乐语言与世界对话了！爸爸要说的是，不论何时，都是山外有山、人外有人，努力做好自己便好！

你最近还在吃那些网上介绍的补品，但效果不大。你听爸爸一句劝，所谓的补品功效，都是广告。正确的方式，还是要正常吃饭。健美、健美，只有健康，才是美，不必一味地追求瘦身。你要有科学的判断力和健身理念，不要被广告所迷惑。人的能量来源于一日三餐，这是科学！前段时间，你要高考，爸爸不愿让你不开心，因此顺着你，也对妈妈说不要对你说什么了。现在爸爸要说，不赞成你的那种单纯追求瘦身的理念。你的自信，应来源于你自身所拥有的强大正能量，而不是体型的胖瘦。你如果再瘦下去，就损害健康了！你这次倒是听进去了，希望爸爸给你一些时间进行调整。这当然可以了，只有你自己想通了才行，否则，爸爸的这些"说教"有时候只会使你反感。

今天填报志愿，你其实只填报一个 M 大学作曲专业，只是走一次程序。你谈了自己的一些打算，将来如果当不了大师，就当老师好了。比如将来到 S 大学的音乐学院开创一个电子音乐专业，然后开始你的教书育人生涯。你就按自己的心愿和能力，踏实向前走就好了。将来当个音乐老师，这是非常好的职业。当好了老师，也可以成为大师啊。快乐、充实、美满、和谐的人生最重要，比所谓走红当明星更重要。即使你想将来进军歌坛，也未尝不可，只是要顺乎自然，不必刻意就好！对于普通人来说，明星并不是什么"必需品"，当然也谈不上什么"奢侈品"。所谓"花无百日红，人无千日好！"你说记住了，接着努力，但不去刻意追求结果。这是正确的人生观和价值观。

具有创意的入学通知书

（2019 年 7 月 7 日）

星期五上午，爸爸去 S 大学给化学系的大一和大二部分同学讲课。爸爸现在是 S 大学创业创新学院的产业教授，属于兼职教授的类型。

你的眼睛还在恢复之中，不要多看手机，按时点眼药水。你最近在网上买了好多茶，说现在很享受喝茶，有时也喝咖啡，有一点洋派了。爸爸现在基本上不喝茶和咖啡，保持最简单的生活状况。你告诉爸爸，M 大学准备请书法家为你们写入学通知书，这倒是很有创意的一件事情。现在大家都在想方设法创新，搞出许多创意，这也是形势使然。不然的话，同学们会觉得索然寡味。

回老家之前的思想准备

（2019 年 7 月 14 日）

再过 10 天，爸爸就要带你回老家了。你多次对爸爸说，回老家后，请姑姑和二叔他们千万别管你的饮食和生活，因为你不吃晚饭，也不吃那些油腻的菜。到时候再说吧，在老家吃饭可能是这里一顿那里一顿，你反正是清淡一点就是了。老家的厨房与你理解的不一样。回老家应注意的一些事项，爸爸还是要向你讲清楚，因为你现在是成年人了，别人会比较关注你的言行。通过你，乡亲们会对爸爸妈妈作出评价，这就涉及一个家教的重大问题。核心是低调谦虚不张扬，入乡随俗，千万不能摆架子，对人要有礼貌。你都能听得进去，表示不会给爸爸丢脸。这次 T 姐姐也回去，她会陪你，她怎么做你怎么做就行了，因此你也不会感觉孤单。你回老家，是祭祖，是体验生活，就要"入胡地、随胡礼"，所谓"入乡随俗"。这才是一个人的真正修养。

老家的气候，早晚有点凉，因此，你要带着长裤和外套。天热时，穿短裤短裙也是可以的，不过，老家村里的人更喜欢朴素的装束。你这次回去，看看田野草原，多走走路，感受一下原始的草原环境。二叔的儿子、你的堂弟是一个很可爱的小家伙，爸爸每周给他发一首诗让他背，现在已经背了一百多首了。他正值幼儿园放假，你这次可以带着他玩，体会一下当姐姐的感觉。总之，这次回老家就是让你开心。开心也是自己的一种感觉，正如杨绛先生说的那样："人间不会有单纯的快乐，快乐总夹杂着烦恼和忧虑，人间也没有永远。"

昨天，爸爸陪你去逛街买东西。我们去一个超市里吃午饭，你点了一碗冷沙拉，里面只是蔬菜和牛肉。爸爸点了一碗热汤，里面有两块鱼，给你吃了一块。吃饭的过程中，说起爷爷去世，爸爸禁不住流泪，你安慰爸爸别哭了，否则让别人误以为你把爸爸气着了。爸爸与你商量这次回老家住几天，有三种方案：一是你与 T 姐姐一起回来，爸爸再多住几天陪奶奶；二是我们一起回来；三是 T 姐姐先回，我们俩多住几天。你希望与 T 姐姐一起回来。这样也好，爸爸就给你们订票。

这个星期最大的喜事，莫过于你正式被 M 大学录取了。这个信息虽然只是在网上看到的，纸质的录取通知书还没有寄出来，但说明你考上大学已经是板上钉钉的事情了，真是一件可喜可贺的大事，你也可以彻底放下心了，这次回老家也算是给我们整个家族报喜。金榜题名，自古就是光耀门庭的大喜事。

你的公众号可以打赏了

（2019 年 7 月 21 日）

最近，你在你的公众号上写了不少音乐评介文章。爸爸每篇都看，尽管不了解那些欧美流行歌曲的背景以及你所说的作曲或演唱的风格，但这就是爱屋及乌。你的微信公众号可以打赏了，虽然爸爸鼓励你说"今后通过写文章，可以赚一点零花钱了"，但你目前只能是玩玩而已，还不能完全靠这个来赚零花钱。当然，不管别人如何，只要你写出文章，爸爸妈妈都是会为你打赏的，这是出于爱与欣赏。虽然钱不多，但对你具有激励作用。爸爸与妈妈商量，今后我们俩的打赏尽可能保持一致，以免你有别的想法。从今以后，再也不要丢下手中的笔，把所见所闻、所想所思及时记录下来，日积月累，慢慢就会成为你的财富。

你很关心下周我们回老家住在哪里的问题。老家是县城和农村，与大城市和家里没有可比性。爸爸理解你可能会对老家的土炕不适应，只能回去后视情况而定。你在老家其实只有 4 天，一晃就过去了，不要过多考虑这些事。你回老家，除了给爷爷和列祖列宗上坟，就是以闲适的心态观察老家的人们是怎么生活的，你的精神就会得到放松，并且愈加珍惜自己拥有的一切。回去之后，这里走走，那里看看，时间很快就过去了，不需要特意安排什么。入乡随俗，是最重要的处世原则。你还记得唐朝诗人贺知章有一首著名的诗："少小离家老大回，乡音无改鬓毛衰。儿童相见不相识，笑问客从何处来。"贺知章离开家乡外出做官几十年，乡音不可能一点也不改，但他一回到故乡，就刻意用家乡话与人们交流，这是一种低调，否则，乡亲们就会说他有官气、有架子。从外地回到故乡的人，越是低调平和，不张扬，不显摆，人们背后的评价就越高。你表示要慢慢学会低调平和一些，有这个想法就很好，爸爸相信你会做好的！

前几天在网上买的《英语四级真题》，你做了听力练习，感觉有一点点难，但是基本能听明白，25 道题只错了 2 个。你这是第一次做这种不太熟悉的题型，已经很好了。再做几套题，你开学后的英语分级考试成绩一定不会差。爸爸以前对你说过，一步领先、步步领先。假如你的英语分级考试成绩好，被分到 A 班，那么今后学校如果有与欧美大学的交换留学生名额，你在语言上就有了优势。因此，这个暑期你好好准备一下，争取开学后考一个好成绩，为你今后争取出国留学的机会开个好头。万事开头难，只要走好了第一步，以后就会顺利多了。

平凡与低调是做人的本分

（2019 年 7 月 28 日）

前几天，你又在公众号上发了几篇音乐评介文章，爸爸也都看了，写得不错，继续努力。爸爸有一个建议，就是写文章还是要推敲修改。比如，有一篇文章的开头用了"众所周知"这个词，就不合适。因为你的个人爱好和你目前的知名度，还没有达到众所周知的程度，顶多是你的同学和老师知道你，一些经常往来的朋友知道你而已。况且，即使你将来成名成家了，也要更加谦虚低调，不要理所当然地认为你是名人，别人应该知道你、仰慕你。没有这回事。对于同样的一件事情，在不同人的眼中，其价值是不同的。你读过《红楼梦》，贾府中的一些事情，在焦大的眼中就一文不值，认为府中的人都是肮脏的，只有府门前的那两头石狮子是干净的。你看，外表光鲜亮丽、权势熏天的贾府，在焦大的眼中竟然是如此的不堪！

爸爸再给你举一个例子，我国著名围棋选手聂卫平，当年在中日围棋擂台赛中一战成名。与他同时代有一位电影演员叫李秀明，很有名气。有一次，他们参加一个联谊活动，聂和李正好在一起。聂就问她："李秀明同志，你是做什么工作的？"聂问完这个问题，旁边有些人很不理解，觉得他竟然连李秀明这位大明星都不知道。爸爸是看了报道才知道这件事的，当时就认为，隔行如隔山，聂卫平可能很少看电影，即使看电影也不一定会关注哪个演员，他为什么一定要知道李秀明是谁呢？李秀明本人大概也不会强求聂卫平一定要知道她是谁吧。

呵呵，一个"众所周知"，引出爸爸啰唆了这么多，似乎给你的头上浇了一盆凉水。不过，爸爸倒是觉得这种啰唆是必要的，浇一盆水也可以使你冷静，意在提醒你，今后走向社会，时时处处都要低调平和，即使在事业上小有成就，也不能有任何盛气凌人的架子。我们都是老百姓，过老百姓的平凡生活是最好的。前面提到的聂卫平，由于对我国围棋事业的重大贡献，当时的国家体育运动委员会授予他"棋圣"的称号，邓小平就对他说："圣人不好当啊！你还是当老百姓的好。"将来在各种条件和环境的驱使下，即使有一点小小的成就，也要感恩于时代、感恩于环境、感恩于为你提供机会和帮助的所有人。你如果理解了爸爸这番话的真意，你也就打下了独立走向社会的思想基础。另外，妈妈前几天带你去看一部老的动画电影《狮子王》，你从小狮子辛巴的身上可以悟出很多做人的道理，就是要经风雨、见世面，独立面对险恶的环境。

宁肯与群星做伴，莫要与日月争辉

（2019 年 8 月 4 日）

这次回老家，是你自 10 年前第一次回去的第二次，但两次故乡行有着本质的变化。第一次，你还是个小孩子，嚷嚷着要去草原上放羊。这一次，你已经是一个婷婷玉立的大姑娘，再也不想着放羊了，而是骑在马上眺望广阔无垠的大草原，以开阔你的眼界。这次老家的亲人看到你，都很高兴，尤其是 93 岁高龄的太姥爷更是高兴，给了你 1000 元钱。其实，这不是钱的问题，而是表明太姥爷对你的喜爱，也是对你考上大学的祝贺。太姥爷给你的不是钱，而是老寿星的福气。姑姑特意向一位表叔借了他家在县城的楼房让你住，一来是考虑到你睡不惯北方农村的土坑，二来是方便你洗澡，三来也是让你有一个独立的空间。二叔开车带我们去草原上玩，让你领略北方草原的广阔无垠。你也很珍惜这次机会，除了拍照片和视频，还把你的一些感受写下来发到微信群里，与更多的人分享你的经历和感受。

爸爸对你的一些感受也是认可的。比如，你面对金黄的油菜花和向日葵，看到羊群和公鸡，就与陶渊明的《归田园记》诗产生联想，把"结庐在人境，而无车马喧。此中有真意，欲辩已忘言"的诗句发到微信朋友圈中；看到广阔无垠的草原，不由自主地哼唱起歌曲《梦中的额吉》，同时也感叹自己不会蒙语的尴尬；站在巍峨的大青山顶上，发出"风飒飒兮木萧萧，堪笑青山空渺渺"的感慨。结束故乡之行时，你写下了一段文字：

游历了农舍，体味"茅檐低小，溪上青青草"，骑着马在草原上遨游，感受"鹰击长空，鱼翔浅底"；登上陡峭的得胜沟大青山，瞭望"会当凌绝顶"，想象八路军曾经在这里的浴血奋战……旅行就是一场最好的心灵治疗。沿途都是风景，今后更要学会感受生活自然中的小确幸和小美好。感恩爸爸一路陪伴，以及爸爸的摄影技术真好。

既要读万卷书，也要行万里路，两者的结合，才能真正做到"知行合一"。如果你这次不回老家，就看不到这些风景，不会有这些真切的感受，当然也更不会使自己的心灵得到治疗。你也对姑姑表示，去 B 市上大学后，就可以有更多的机会回老家了。你的这个想法很好，每个人都不能忘记了自己的根，记住老家，就是留住了乡愁，也就是栽下了自己的血脉之根。我们中华民族几千年的文化延绵不绝，就是这样一代一代地传承下来的。你在给爷爷上坟时说的那段话，爷爷的在天之灵一定听到了，他也会保佑你在今后的人生道路上越走越好！

今天，你在微信朋友圈中发了一张照片，并且写了一句话："要做清晨那缕最温暖的朝阳，也要做夜空那颗最闪亮的繁星。"这句话很好，很阳光，很有志向，也很有寓意。爸爸给你留言："做一个平凡的人最好，隐身于繁星之中和朝阳之后，更温暖平和。"爸爸就把这句话，作为你即将走入大学校门的赠言吧，希望你做一个平凡而踏实的人，宁肯与群星做伴，莫要与日月争辉！

后 记

　　女儿高中3年期间，我共给她写了154封信，仍然像小学和初中时那样，履行了每周写一封的承诺。

　　高中阶段的一些信，与小学和初中相比，篇幅比较长一些。这也是很自然的，因为孩子长大了，思想也比小学时深刻一些了，碰到的问题既多又复杂，因此，我想对她说的话，无论是广度，还是深度，都增加了很多。当然，秉持着"有话则长，无话则短"的原则，有些则非常短，只是点到为止。不论长短，谈话的内容仍然以家长里短为主，辅之以一些所谓的"说教"。

　　我在"初中篇"的"后记"中有一句话："女儿会长大的，我给她的信还是要一直写下去的。"高中的3年，不论是对女儿，还是对爸爸妈妈来说，都是极其难忘的。这种难忘，主要是时光的自然流逝所留下的印迹太过深刻，包括在此期间女儿心理上的焦虑与躁动、行为上的特立与独行、思想上的蜕变与成熟，不仅构成了她的成长轨迹，更成为爸爸妈妈体验为人父、为人母的责任与义务、沉重与担忧以及光荣与梦想的一面镜子。女儿的一举一动时刻牵动着爸爸妈妈的心，这些细节，我在给女儿的信件中都有所体现。我在"小学篇"的后记中写了这样两句话："女儿对于我的感受如何，只有她自己才能表达出来。这种表达不是现在，而是将来。"至于这个"将来"是什么时候，我当时并没有给出预测，心里想的是至少在她大学毕业之后，甚至是在她成家立业之后。实际上，虽然女儿的成长是一个渐变的过程，但也有突变的表现，而且这个突变来得比我预料或者期待的时间要早的多得多，这就是她于2019年5月4日那天给我发的一个微信：

　　爸爸，我有一些话想跟你说。今天我做了一篇英语完型填空，讲的是一个人回忆他的父母生前的一些事情。看完后我很难过，因为我想到了我自己这些年对你和妈妈的态度。以前我还恨过你们，生过你们很多气，也让你们为我操了很多心，而且我以前对爸爸有很多不理解和误解，但现在我明白了。或许你有一些做得不够好，不够成熟，但我知道你已经在你的能力范围内给我最好的了。我以前对你态度很不好，让你很难过，还说了很多伤害你的话，现在我给你道歉，对不起爸爸！以后我争取更多理解你和妈妈，希望你可以原谅我过去伤害过你的那些事情，我会努力当好你们的好孩子。

　　5月4日是一个普通的日子，但在中国则是一个重要的节日，被称为"五四青年节"。青年节，也是成年节，就是说过节的人不是幼年、童年和少年，而是青年了，意味着成年和成熟。这么一个特殊的节日，女儿给我发了这么一段令我既惊且喜、既在意料之外又在情理之中的文字，在我看来，这就是一种突变，就像小鸡用嘴啄破蛋壳露出小脑袋那样，标志着在她的人生道路上完成了一次重大的蜕变。从这个意义上来说，我在她上小学和初中时写的那些文字，都是有意义的，就好像她在那时吃过的饭菜变成了营养，至少提供了她在成长过程中的第一手资料。面对女儿对父母流露出的真情，我给她写了一封长长的信，讲了作为父母的不容易，因为做父母对我们来说也是第一次。人的第一次，哪有那么圆满，哪能考虑那么周全，犯错误是难免的。重要的是，我们有缘成为相亲相爱的一家人，甘苦与共，携手同行，一直走到今天。可以说，女儿的成长与成熟的过程，也就是我们一家人共同成长、共同成熟的过程。

　　现在，女儿高中毕业了，并且考入她一直心仪的大学和专业，这是最令我欣慰的事情。可以毫不夸张地说，女儿的如愿以偿，比我当年自己考上大学时还要令我高兴和振奋，因为这个事件代表着"长江后浪推前浪，一代新人胜旧人"的历史逻辑，更是新希望的象征。她在高中期间，对未来的职业规划也几经变化。最初，以我的想法，她最好学文科，以发挥她爱读书、爱写文章的爱好，但她本人有志成为一个"理工女"，要学理科，爸爸妈妈也支持。最后，她坚定地选择了音乐创作，说自己一坐到钢琴前就忘记了周围的一切。对她的最后决定，爸爸妈妈也支持。主要基于两个理由：一是即使她将来考入一个名牌的理工科大学，毕业后成为一名工程师，但在这个世界上，有她这个工程师不多，没她这个工程师不少，而她却会因职业与自己的爱好特长没有得到高度契合而失掉很多创造和快乐；二是父母的责任不是为孩子规划未来的职业发展道路，而是要帮助和支持孩子实现她的人生理想。截至目前，她的愿望得到了全部的满足，这是对父母的最好回报。今后在专业上能否有所成就，全凭她自己的努力了。作为父母，我们也完成了阶段性的责任和义务，今后仍将继续陪伴着她前行。

最后，还要向读者交代的一件事情是，在女儿初中毕业后，曾经有友人建议我出版在女儿上小学和初中期间写给她的信件。我当时也准备这么做，并且很荣幸地请北京大学著名学者王余光教授和中央电视台著名少儿节目主持人、小朋友们非常热爱的鞠萍"姐姐"惠赐了序言。新华出版社责任编辑贾允河博士，是我多年的合作者与朋友。当我把这部书稿的"小学篇"和"初中篇"交给他审阅时，他提了一个非常重大的问题：我在这些信件中表达出来的教育思想，尚需时间和实践的检验。我认为他讲的有道理，因此就推迟了书稿的出版，两篇序言也就一直搁置了。现在，我写给女儿的所有信件"小学篇"、"初中篇"和"高中篇"一同出版，虽然出版时间推迟了，但两篇序言的价值并没有减少，反而显得更加珍贵了。事实上，序言中所表达的教育思想的价值，一点也不比正文逊色。另外，由于女儿经过高中阶段的3年努力，考入了自己心仪的大学和专业，从某种程度上验证了在她的成长过程中父母的一些做法有其特定的作用和价值。在这套书稿出版之际，对两位作序者和责任编辑表示衷心的感谢！

与"小学篇"和"初中篇"一样，我将书中涉及到的一些人名和地名用英文字母替代，主要是出于保护相关人士的隐私。假如这套书稿能够为与我有过同样经历的父母们以及今后也面临着陪伴子女走完从小学到高中的全部历程的父母们有所启发，我将深感荣幸！如果已经完成前一阶段、正在进入新阶段学习生涯的学子们，读了此书而回顾起他们曾经与父母之间有过类似的经历，为他们当时的某些不当行为表示懊恼，并且愿意在新的学习阶段尝试着与父母建立新的交流模式，那么我将更加荣幸，同时也会因更多学子受到心灵触动后改变思维方式和行为方式而倍加欣慰！

最后，我对阅读本书的父母们提一个建议，就是用你们手中的笔将孩子成长过程中的点点滴滴记录下来。虽然说"换个名字，说的就是阁下的事情"，但毕竟世界上没有两片相同的树叶，独特性才显得珍贵。这些记录将成为你们与孩子的宝贵财富，为你们将来的生活预付许多快乐。我在整理这些记录中，就已经享受到了莫大的快乐。

2019 年 9 月 1 日

补 记

在整理完这部书稿半年之后，非常荣幸地请北京大学著名学者王余光教授和中央电视台著名儿童节目主持人鞠萍女士惠赐序言。由于时间差的关系，原来的"后记"中对此没有作交代。他们在序言中所表达的教育思想，丝毫不比本书正文逊色。在他们惠赐序言三年之后，书稿得以正式出版，特向两位序言作者表示衷心的感谢。

2020 年 4 月 10 日